# しゅるーんとした花影

つれづれノート㉑

銀色夏生

角川文庫 17307

# しゅるーんとした花影

つれづれノート㉑

2011年4月4日(月)
〜
2012年1月10日(火)

## 2011年4月4日（月）

会社を宮崎に移転するので部屋の解約届を不動産屋さんへFAXで送る。2ヵ月後に退居。ガスは使っていないので、ガスだけ今日、止めてもらった。午後、その部屋を片づけ。

## 4月5日（火）

カーカ（娘・短大一）、6時半に起きて登校準備。今日の午後2時にカーカの学校の近くの駅で待ち合わせして、部屋探しをする予定。カーカが昨日の夜のおちゃわんを洗ってなかったので、洗ってよと言ったら、「1個だけだから、たまったら洗おうと思って」と言う。「そのつど、洗って」と言っとく。

カーカの感覚はまだこの家が自分の家で、私の子どもで、私からやってもらうことは自分の権利だと思っている。その感覚は、ひとり暮らしを始めたら変わるだろう。

「カーカのものは全部持って行ってね。そして、この家の鍵《かぎ》は返してね」

「ええーっ！」

「ここはもうママとさく（息子・中一）の家になるから、いない時にカーカが人を連れてきたりしたらいやだから」

「ふうん」

（と言ってたけど、案外カーカは帰ってこず、来るとしても月に1〜2回程度、夜おそく。

なので鍵もそのまま）

私は今日からは家の片づけ。今の一番の重大事項は家の片づけだ。カーカの荷物がなくなったら、私もかなりやるつもり。カーカさえいなくなったら部屋をきれいに保つことはできる。この家の散らかりはカーカが諸悪の根源だった。カーカの部屋がまずゴミ箱になり、そこからあふれでたものがリビングの向こう側からだんだん堆積《たいせき》し始め……。すべてを整理整頓《せいとん》することが、とても楽しみ。さあ、さっそくできるところからやろう！

で、午後、カーカと待ち合わせ。早く着いたので大学に行ってみる。ひとけがなく、静かできれいな学校だった。カーカと会えて、部屋探しに行く。大学の推薦のところのひとつを見に行ったら、ものすごく安くてものすごくボロボロで廃墟《はいきょ》のような部屋だった。もしここに住んだとしたら悲しくなるような。で、他のところに電話したら、だれもでなかった。で、駅の前の不動産屋さんへ行ってみた。２軒見せてもらった。最初のは、ここも古くて悲しくなる物件。次のは、なんか男のひとり暮らしっぽい。料理も出来ないような台所。今月下旬に空くというところの資料を見せてもらったらいい感じだったので、そこが空いたら連絡くださいと言って帰る。とても疲れた。片道２時間弱。

夜、さくも帰って来て、カーカとふたりでテレビを遅くまで見ている。

**4月6日（水）**

さくに学校までの通学路を教えるために、一緒に学校まで歩いてみる。天気もよく暑いぐらいだった。片道25分ぐらいかかり、「遠いね」とさくが言う。私にしてはめずらしく1時間も歩いた。帰って、マフィンサンドを作って食べる。

幻冬舎文庫『ひとりが好きなあなたへ』ができあがった。紙の変更はあったけどきれいな本になってうれしい。万華鏡の写真がとてもきれい。CD付き写真集『偶然』の話をする。

夕方になった。夕方になると景気づけにお酒を飲みたくなる。もはや中毒？　エイジくんを注意できない……。ちょっと食材を買いに行って、帰る時、茫漠《ぼうばく》とした孤独を感じる。なんだろうな。やらなきゃいけないことが公私ともにいくつかあり、それで気持ちが落ち着かないということはある。ただ、それが終わったからといって落ち着くかといえば、きっと同じだろうなと思う。今、落ち着かないのだったら、この先も落ち着かないのだろう。だから今、落ち着くようにしたいと思う。

「教育音楽」という雑誌でNHKの合唱曲について毎年、作詞者、作曲者、指揮者、伴奏者に原稿を依頼しているそうで、私にも800字のメッセージをというのが来た。さっきそれを書いた。

「僕が守る」　　　　　　　　詩人　銀色夏生

「仲間」というテーマを聞いて私の心に浮かんだのは、助けあう、支えあう、守りあう、というようなイメージでした。お互いがそれぞれの力になるということ。人と人とのふれあい、それも、より深く、生きることに直結した、真剣なつながりを表せたらと思いました。

人はだれでも孤独なのだと思います。孤独さをかかえて自分の人生を生きています。だからこそ、他の人と触れ合えることが素晴らしいのだと思います。孤独を感じ受け止める心が、人の温かさに涙する心です。

完成した合唱曲を聴いて、また作曲された上田《うえだ》さんや指揮者の清水《しみず》さんの言葉を聞いて、私は改めて新しい意味をこの詩に感じました。関わった人の数だけ、歌った人の数だけ、歌の意味は深く広く豊かになります。たくさんの人たちが、それぞれに違う個性を持った人たちがこの歌を歌うことで、より大きな、思いもよらなかった力を生み出し、その時、助けを必要としている人を支えたり、力づけることができたとしたら本当にうれしいです。

最初、タイトルを「空も星も」としていました。でも、なにかインパクトが足りない、なんとなく違うと思っていて、しばらく考えて、「僕が守る」にしようと思いつきました。でもこれだとあまりにも強すぎるかな、女の子が歌うとき違和感があるのかなとか、ちょっと迷いましたが、今は、このタイトルにしてよかったと思います。

これほど直接的ではっきりとした言葉はないから。


人を救うのは人だと思います。

なによりも強いのは、なによりも弱いと思われているものだと思います。

この曲がどんなふうに歌われ、どんな想いが込められるのか、見守っていきます。

**4月7日（木）**

さくの入学式。のんびりしていたら約束していたイカちん（さくのパパ）が迎えに来た。先にさくを出て行かせて大慌てで着替える。道に出て、そうだと思い、木の前で記念写真を撮ってもらう。

入り口を間違えたりしながら、学校に着いたらすぐ式が始まった。就学通知書を持ってくるのを忘れたけど大丈夫だった。

入学式って、前向きでいいなと思った。希望あふれる感じがした。ところどころ個人的に笑えるところがあって、心の中でくすりと笑う。

イカちんもそういうところがあり、ちょっと笑ってた。「なに？」と聞いたら、来賓の方が挨拶《あいさつ》して頭を下げるたびに、ひとりだけ律儀に頭を下げている新入生がいたとのこと。

終わって、私は用事があったので先に家に帰り、イカちんにその後の保護者の話し合いと写真撮影に出てもらった。

ふたりが帰って来て、PTAの役員選出が気まずい感じで行われたという話を聞きながら、買ってきた助六を食べる。さくにはロコモコ。

制服を脱いださくは、やっとリラックスした様子。「どうだった？ 学校」と聞いたら、「ふつう」とのこと。みんな大人しくて、先生が冗談を言っても笑わなかったそう。


午後、仕事したり、いろいろ。

夜、エクトンとの対談本の原稿チェック。4月からは仕事はしないでちょっと休みたいと思っているのに、いつもやることがあるのはなぜだろう。でも……確か、これが終わって、あとひとつ終わったら、もう当分ないはず。もう当分、なにもしたくない。絶対に時間のかかる仕事はしないようにしたいと心に誓う。

夜中、というか11時半、また地震が来た。起きてテレビをつける。しばらくしてカーカが帰って来たので、ニュースを見ながらちょっと話す。カーカに、ひとり暮らしの生活費はいくらいくらにするから、その中で自分でやりくりするようにと言ったら、急に真剣に考え始めている。「1カ月1万円生活、もう1回見たいな」とか「定期代はだしてくれるの?」とか「あの部屋は広すぎるな……」とか「バイトしよう。弁当屋で」とか。

## 4月8日（金）

相変わらず散らかった部屋で朝食。早くカーカが引っ越して荷物を持って行ってくれないとこちらは掃除もできない。カーカの荷物がなくなったら、まず専門業者に徹底的な清掃をお願いする予定。そのことを考えるだけで気持ちがいい。

ごはんを食べて、7時半にカーカ、7時50分にさくが登校。

この感覚、ひさしぶり。子どもたちがふたりとも同じ家から学校に行く。

昼間外出して、4時半ごろ家に電話したら、だれも出ない。さくは今日は5時間と言っていたから帰ってるはずじゃないかな。気になって、早く家に帰った。注文していたヒバボールが600個届いていたので、カートを借りて部屋まで運ぶ。さくは帰ってない。ドアにカートを挟んで家のドアを開けたまま、トイレに入り、道に迷っているのかもしれないからこれからさくを探しに行こうと思いつつ、トイレのドアを開けたら、
さくが廊下にじっと座ってこっちを見ていた。私を驚かそうとして。
「ギャア――ッ」と叫んだ私。あまりの恐怖に。映画「呪怨《じゅおん》」の男の子のようだった。

さて、その恐怖も落ち着き、学校のことを聞く。なんと、前の学校（4年生の時）にいた子がふたりもいたらしい。クラスは違ったそうだが。「うれしかった？」と聞いたら、「うん」と言っていた。ふうん、じゃあ、よかった。

「意図と糸」

細い糸のようだ
細い糸のようでなければいけないと思う
通るべき道の細さは

なぜ人々は人々を　これほどまでに失望させていくのだろう

常に意識していないと
ズレていく
大事なことから

意図は糸のように

焦点を絞り込ませ
対象に直接つながらせ
そして我々をそこに運ぶ

4月9日（土）

家で仕事。最後のいろいろな雑事。これらの仕事が終わったら当分なにもない。身軽になり、身軽になったところで自由なことができる。なにもないから、自由なアイデアを自由に実行できる。考えるだけでうれしい。でも今はまだまだある。最後の仕上げとも言うべき、こまごまとした仕事。早くそれらをやりおえよう。まず、グッズ販売用のヒバボール600個にこぶたのイラスト焼き印を押す。ぐっと焼きつけると、煙があがる。ひとつのヒバボールに何カ所も押す。かなり時間がかかり、肩も痛くなる作業だ。時々さくがヒバボールを手渡してくれる。

4月10日（日）

仕事って人とするものだから、その人と仕事をしていいのか、信頼できるか、安心か、ということが重要だ。このあいだこの人と仕事をやっていいのだろうかと不安になるような人と知り合った。その人に頼まれたあることをやったら、それから2ヵ月もなんの連絡もなく、先日やっと連絡がきて、「今後このようなことがないように致します」と謝ってる。でも、それって信用できるのかな。2カ月も連絡しない時点で非常識だと思う。そういう人が言う言葉が信じられるだろうか……。言葉だけでは何でも言える。それを実行して事実になる。行動が誠実さの証明になる。うーん。とりあえず、「保留にさせてください」と返事した。対応すべてが仕事の一部だと思う。そして仕事は人とするもの。

## 4月11日（月）

熊本のツーから電話。街を元気にさせるためにたくさんの女性が集まって結成されたイベントチームに所属し、すごく張り切っていた彼女だったが、そのイベントチームの存続の危機だとか。会議中止の連絡が来て以来、ぱったり連絡がなくなったのはたぶん、リーダーふたりがケンカ別れしたのではないかと言う。いつも話が合わなかったから。

「ショック。街を元気に、国を元気にって張り切ってたのに……」

「しょうがないよ。まとめる力がなかったんじゃない？」

「会議ではみんな感情的になって人の話も最後まで聞かないし、これが立派な肩書を持って人に教えたりしている人たちかしらと不思議だったのよ。自分の感情はコントロールできないの？　って」

「政治家だって、ケンカするじゃん」

「そうよね～」

「まあ、そういうこと、多いよ」

「ワンランク、トーンさげて、様子見るわ」

「それがいいよ。臨機応変に、水のように流れにまかせて」

「そうね」

いつもパワフルな彼女なので残念そう。ワンランクトーン下げて、が笑える。

桜がきれいだから、散歩行こうよとカーカが言う。夕方、さくが帰ってきたら行こうか(行かなかった)。


さて先日、世田谷《せたがや》のとあるライブハウスから、出演依頼が来た。

「今回の企画は歌詞、詞、詩……そこに最大級の破壊力と説得力を搭載させることができるアーティストを集めたいという想いで、企画を開催することに致しました。全部で4組で考えていて、言葉というものにこだわったイベントにしたく、もう1組を探していた時に銀色夏生さんが、音楽の活動もされていて、さらにライブもされるということを知りました。今回は詩人、バンドと言う形で出演をお願いしたいと思っています」という。他の3組のバンドをみると、個性的なアングラパンクロッカーばかり(そのうち1組は、松本人志の映画でも歌っていたという竹原《たけはら》ピストル)。この主催者自身も、自称変態Jポッパーとのこと。すばらしい。そんな硬派なところから。……でも、これは絶対、私のことを男と思ってる(笑)。「男」「詩人」「バンドやってる」の3点のみで来たなと思った。で、

かった気もするが。

「うちでやってるバンドは『山元《やまもと》バンド』といいますが、こちらへの依頼でよろしかったでしょうか？」という返事をHPを添付して出してもらった。

すると、返事来ない。パンクロッカーの中で歌う「直立不動の天使」カーカを見てみたかった気もするが。

とりあえず会社の住所を宮崎に移転し、今借りてる部屋をたたむのだが、家具、どうしようと思ってた。なごさん（弟のお嫁さん）がテーブルと椅子を持って行き、私が残りを東京と宮崎に分けて送って……と考えていたら、カーカがひとり暮らしを始めることになったので、そこに持って行くのにちょうどいいのがあるかもと思いつく。カーカも見たいと言うので今度一緒に見に行くことにする。本棚、事務机、椅子、ゴミ箱、コピー機はよさそう。あ、買う時、エイジくんが「これ、カーカさんに絶対いいですよ」って言って買った無印良品のクッションソファ、あれもいいかも。結局、カーカのところに行くことになるとしたら、もうこのことすら決まっていたかのような気がしないでもない。会社作ってCD作って、やっぱ会社やめて、引っ越し。荷物はみんなで分けて。無駄になってない。どれも。と、カーカに言ったら、「そういうもんなんだ」と言いながら、今日は学校休みなので、横浜に友だちと遊びに行くらしい。

「お昼代と夜代ちょうだい」と言うので1500円あげた。「今度からはこういうのできないんだよ」「わかってるよ」。やりくり、カーカって本質的にケチだから、やろうと思えばかなりやれると思う。「もし友だちが泊まりに来たら、シャワーのお湯代もったいないな」なんて言うので、「それぐらいはいいじゃない」と私。

ヒバボール（「癒《いや》しのこぶたボール」と命名）にこぶたのイラスト焼き印を押す日々。手と肩が痛い。ひとつのボールに何回も焼き印を押すので、結局、全部で1万回ほどグッと焼きゴテを押すことになる。もう2度としないと思う。グッズ作りも、それを売るのも、細かいところで結構大変だった。もうこれで十分わかった。2度と作りたくない、今は。前からグッズを作りたい、作ったら人にあげたりできて楽しそうと、折りにふれ魅力的なふうに憧《あこが》れていたが、一度やったら本当に夢のような妄想は消えた（笑）。私には本作りがあっている。

## 4月12日（火）

午前中は、またこぶたボールに焼き印押し。今日は津井《つい》一太《いった》くんキャラ。肩と手が痛い。

事務所にある本。去年のフェアの時に購入した新品の文庫が600冊ほどある。なんで自分の本、あんなに買ったんだろう？　うっかりしてたか。保存用にと思ったのだが。邪魔だ。あれも整理しないといけない。サインをしてホームページで売ろうかな。そこまでしたら、去年の後始末がすべて終わる気がする。そうしよう。夢を広げる作業は楽しいけど、一転、それらをたたむ作業も嫌いではない。それらをひとつひとつ目をそむけずに丁寧にやっていく作業は、私に冷静さを取り戻させ、新たな現実に目覚めさせる。

午後、リチャードさんと通訳のチャンパックさんと本の打ち合わせを兼ねて浅草でお昼を食べる。リチャードさんとはシャイなところが似ているのでそういうところ、話があう。「人に対して失礼な人が嫌いだ。尊敬できない人とは仕事はできない」と言ったら、同感されてた。

帰り、合羽橋《かっぱばし》でパッキング用品を購入する。明日《あした》「癒しのこぶたボール」をなごさんと袋に詰める作業をするので。それ用の細い紙のやつ。私は黄緑色が好きなので、黄緑色にした。と、麻紐《あさひも》。

家に帰って、ずっとやってなかった個人の会計事務をする。交通費などの数字をひとつひとつ打ち込む。ソフトが新しくなったので慣れない。どうしても数字が合わないところがあり、そこには手間どった。

「銀色夏生オフィス」は私個人の貯金から資金を出して作った。その資金で去年、事務所用の部屋を借りたりCDを作ったりグッズを制作したりしたんだけど、入ったお金から出たお金を引いたら、結局千数百万円のマイナスになる模様。

さくが帰って来て、カーカも帰って来て、おなかすいたと言うのでビーフシチューを作る。最後の方はカーカが仕上げて、さくとふたりで食べていた。明日から授業があるからA4のファイルが必要だとカーカが言いだし、駅ビルに買いに行くと言って8時ごろ出かけた。駅ビルになくて渋谷《しぶや》のロフトまで歩いて買ってきたと、10時ごろ帰って来た。頼んでいたさくの大学ノートも買ってきてくれた。ちょっと張り切っている様子。

## 4月13日（水）

朝、「昨日買ったルーズリーフの大きさ、間違ってた。完璧《かんぺき》だと思ったのに」とカーカ。A4を買ったつもりがB5だったらしい。

ふたりとも登校。洗濯して掃除。今日はなごさんとこぶたボールを詰める作業をするので、部屋をきれいにする。というか、散らかってるものを部屋の半分にぐいぐい押しやる。

全然終わらなかった。250個ぐらいしかできなかった。さくも帰って来て、紐を結ぶのを手伝ってくれた。なごさんの前でさくに「友だちできた？」と聞いたら、黙ってて、それでも聞いたら、なんか変な顔してる。「どうして変な顔してるの？」と聞いたら、「そんなこと、僕の口からは言えない」と言う。「そうか。こっちが友だちになれそうと思っても、向こうがどう思ってるかわからないからね」「うん」。なるほど。さくらしい。

明日から毎日、ちょっとずつやろう。ずっと手でくるくるとボールと紙のパッキンを回していたので、手のひらが痛くなった。

## 4月14日（木）

午前中、なごさんと昨日の続きのこぶたボールの包装。知ってる男の子が遊びに来たので、2時間ほど一緒に手伝ってもらった。そしたら並べたこぶたボールが日本地図の上半分のように見えたので、下半分も作ってもらった。

作業しながらその子に、「夢や将来の希望は？」と聞いたら、「なりたいのは、行きたい時に行きたいところに行けること」と言ったので、「それっていいね」と私は賛成した。なりたいものというのは状態であるべきだ。職業や成功や欲しい品物を手に入れる、ではなく、どういう心理状態・状況でいたいかということ。それが本当になりたいものの本質だと思う。こういう答え方をする人はめったにいないので、いいなと思った。

それで思い出したが、このあいだ虫くんと一緒にお寿司《すし》を食べていた時、「僕、お寿司が大好きで、大きくなったらこんな風に時々お寿司を食べに行けるようになりたい、と思ってたんですけど、今、本当に、自分のお金じゃないんですけど、仕事で食べられるんですよね。だから、夢がかなってるんです」と言ってた。そう、そういうこと。お寿司を食べられれば、別に自分のお金でなくてもいいはず。どういう経緯でもお寿司を食べられればいいのだから。これが成功の本質だと思う。幸せというのは、幸せだと自分が感じられる状態でいるということだ。自分の望むものの本質を捉《とら》えてみたら、それは自分がずっと夢だと信じていたものではなかったという可能性もある。本当に欲しいものは何かということがわかれば、夢の実現はもっと簡単になるだろうなあ。こだわりをはずす、ということが大事だと思う。人や世間の思い込みにとらわれないということだ。

さくが帰って来て、こぶたボールでできた日本地図を見て「これ、取っとこうよ」と言う。なんか、いいと思ったようだ。写真には撮った。

しばらくしたら、家に電話が来た。取ると、さくにだった。新しいクラスメイトから遊びのお誘い。でもさくは断っていた。さくって慣れるまで時間がかかる。その子どういう子？　と聞いたら、「友達がいっぱいいそうなんだよね」と言う。へえー。

部屋で仕事していたら、隣から奇妙なかわいい声が聞こえてくる。そおっと廊下にでて、近づいて耳を澄ませたら、さくの歌だった。イヤホンで歌を聞きながら一緒に口ずさんでいる。またそおっと部屋に引き返す。

夕方、夕食の材料を買いに行く。そこで、ふらふらと歩いていたら、和菓子コーナーに桜もちがあった。じっと見て、3個買う。この桜の葉っぱが好きなので。そしてまた前にふらふらと進んだら全国の銘菓売り場があり、今日届いたという有名そうな桜もちがあった。こっちにすればよかった。それをじっと見る。6個入り。どうしよう。桜もちはさっき買ったけど、これも味見したい。すごく味見したくなって、これも買った。

家に帰り、さっそく有名そうな桜もちの方を食べる。……そうでもなかった。

さくが、「くるくる丸めたら紐で結ぶからね」と言う。こぶたボール、途中までのを作ったら、紐で結ぶの、やってくれるらしい。

## 4月15日（金）

朝起きるのが早くなった。カーカが早く出かけるので。さくに、「忘れ物しないようにね。今日の忘れ物は？」と聞いたら、笑ってた。

ボール梱包《こんぽう》、5個やる。さくもちょっと紐を結ぶ。「あと200個だから、こうやって、5個ずつときどきやったら、10回で50個。1日10回やって、それを4日続けたらできるね。そうしよう。1時間に1回ぐらい、5個やろう」


昼間、細かい作業や細かい仕事をしたり、やらなきゃいけないことを考えたり、連日の作業疲れとで、とても気が滅入《めい》って来た。あまりにも滅入ってしまい、とにかく気が晴れない。しなきゃいけない仕事があるのにやる気が出ない。困った……。

しかたがないので、最悪の時の気分転換のひとつ、エイジくんと飲む、を選択。「近ごろは何してるの？　今日、軽く飲まない？」とメールしたら、即返。「いいですよ」。そこでグチをこぼすことを目標に、仕事しよう。

7時過ぎに待ち合わせして近所のスペインバルに行く。1階のピザ屋はがらがらなのに、ここはにぎわっている。つまみに頼んだ料理を「おいしいですね」とエイジくん。

近況は、バイトもクビになり、ここらでいっちょ気合を入れないとと思ったところに地震があり、今は職探ししてる、とのこと。お薦めの映画を教えてもらった。メモする。いつものように、くだらなそうなパワフルそうなB級映画。

最近あった「5大嫌なこと、ひどい人」のグチをこぼす。相当ひどい人に迷惑をかけられた話など、つい熱くなる。

## 4月16日（土）

カーカは遊び、さくは家でテレビ見たり、ごろごろ。地震もまたあった。ボールやって、仕事。

夕方、やよいちゃんちに行く。わ太郎くんも来た。カレーとサラダを食べながらいろいろ話す。わ太郎くんは占い師なだけにひとつのセンテンスが異様に長いのだが、そんな悠長に聞いてる私たちじゃないので、だいたいの要点をつかんだらすぐ次に進む。やよいちゃんは基本、人に興味がない。目の前のその人をリアルに深く知りたいという意味においては。テレビで見かけたある人のある言葉がすごくよかったというのはあって、よくいいポイントを教えてくれる。今日も教えてくれた。風変わりな教授の風変わりなところだった。ふむふむ。おもしろい。

わ太郎くんが今日も占い的に意味のあるらしい新しいブレスレットだかネックレスだか

を作ってくれてた。どんどん重く長くなっている。これを作るのが楽しいみたい。私はこういう、「物」に「自分以外の人が決めた意味」を込める趣味がないのでよくわからないのだが。一応、今だけ首にかける。

「わ太郎くんの占いの言葉って（むずかしすぎて）胸に響かないんだよ」と言ったら、あわてて一生懸命、なんか言ってた（笑）。わ太郎くんの占いは中国の統計学らしく、未来の出来事なんかを言ってくれるのだが、たいてい暗いので聞くと落ち込む。なので、「言わないで」と私はいつも制する。いつも、なんだか、病気になったり家族に問題が起きたり、とにかく何か悪いことが起こるんじゃないかと思わせるような言い方するから。それに比べたら前向きなチャネリングなんかはいい。「未来は作るもの。自分の思う通りに

まあ、ああいうのって、それぞれの人にとって向いてるものがあるのだろう。明るく言われたらしっくりこない、暗く注意されると励みになる、みたいな人はいるだろうし。人は性格によって、自分が元気になる方を好ましく思うということか。褒めてのびるタイプ、けなされてのびるタイプ。自信のつけ方。負けん気の強い人。いろいろな方向。どこからの押され方が効果的か。

**4月17日（日）**

晴れて、いい天気。きゅりあんライブのお手伝いを頼んだ高校の時の同級生ナオちゃん

と品川駅で待ち合わせて、ランチ。駅構内のエキュートに行く。地震の時のことを聞いたら、散歩に行こうとしてちょうど犬をかかえあげた瞬間に地震が起こり、ずっとそのままの姿勢で揺れていたとか。そのあと予定通り散歩に出たら、近隣のビルから避難してきた人々が寄り固まって携帯を見たりしていてちょっと場違いだったかもと、優雅に話していた。あいかわらずおっとりしている。霊感ご主人は、品川かどこかから新横浜まで歩いて帰ってきたとのこと。電車も止まってるしもう今日は帰ってこないわね〜と思ってお風呂《ふろ》に入ってたら帰ってきたから驚いたと、これまたのん気に語るナオちゃん。こんなに心配性じゃない人も珍しい。地震を怖がってたように見えないので「怖くなかった？」と聞いたら、「怖かった」というけど、私には怖がっているふうにはどうしても感じられない。この落ち着きは天性のものだ。ポジティブとカタカナで書くのも似合わないほど、自然体で肩に力が入ってない「心の暗くなさ」を持っている人。この人は何があっても大丈夫だと思う。そよ風のような人だ。

リアルなものはやさしい。逆説的に聞こえるかもしれないが、現実がいちばんやさしいと思う。別の言葉で言うと、いちばんやさしいものを現実の中に見ることができれば怖いものはなくなる。

## 4月18日（月）

カーカの部屋探しにまた行く。最初予定していた部屋を見たら、ちょっと古臭くて息苦しかった。「でも、まあいいか2年だし」という気持ちで一応申し込みだけしようと書類を書き始めたけど、「もうちょっと他のところも見たい」とカーカがぽそっと駐車場で言っていたことを思い出し、急がないことにした。それから駅前でお茶を飲みながらカーカが携帯で他の不動産屋をさがしたので、もう薄暗くなりかけていたけどそこに行ってみた。3件見せてもらって、その中にふたりとも見てすぐにここにしようと決めたところがあった。やはり、狭くてもいいから小綺麗《こぎれい》なところがいい。決まってよかったと思いながら、2時間かけて帰る。ちょっと軽く焼きとりを食べて帰ったら、さくはもう寝ていた。

人というのは裾野《すその》が大事だなと思う。ある程度トータルで見て「いい人、出来る人」というのは、裾野のどこかが大きく欠けていてはダメなのだろう。人のどの要素も、基本的なところに問題があると、表に形になって現われてくる。誠実さや責任感というのも広い裾野の上に築きあげられるものだとしたら、人の成り立ちは簡単なものではないなと思う。人生がなんかダメな人というのは、それ相当の理由がある。

ものすごくダメなところがあるのだけどものすごく秀でたところがある人って、ダメなところを補う役をしてくれる人が周りにいる場合が多い。そういう人は助けてあげたいと思わせる何かがあるんだろう。

いいところがあるけど、ダメなところもあって、助けてくれる人が常に現われるんだけど、生来のダメさがその人たちを呆《あき》れさせ、次々と助け手が入れ替わり立ち替わり現われるにもかかわらずやはりダメな人のダメっぷりに愛想尽かして人が寄りつかなくなるというケースもよくある。

**4月19日（火）**

東北地方に紙の工場が多くあって（港と水を使うので工場は海の近くが多いそう）、震災の影響が本作りに出てる。『ひとりが好きなあなたへ』は、予定していた紙がダメになり厚い紙に変更。『自選詩集　僕が守る』は薄い紙に変更された。でも、そうなったらそうなったで、「ひとり〜」は万華鏡の色がきれいに出たし、「僕〜」は薄さがなんとなく現実のリアル感を出しているように思う。

夜更け、「夕空」の配信開始。初めて自分でダウンロードというのをした。

ツイッターを見てみた。『ひとりが好きなあなたへ』の感想が届いていた。じーんとする。

私は臆病《おくびょう》で傷つきやすい。と、言うのは簡単だ。実際どうなのかは、だれにもわからない。自己申告の世の中。やがて結果がふりそそぐのも自分。

**4月20日（水）**

朝のニュースを見たりしながら毎日コツコツ包んでいた、こぶたボールの包装がさっき全部終わった。やったー。もうすぐ私がやろうと思っているすべての作業が終わる。手作業が。5月で終われば、ほぼ1年ということになる。私の活動期間。これからは、この期間に学んだことや思ったことや感じたことをゆっくりと咀嚼《そしゃく》していくことになると思う。

さくは最近、ダウンタウンの「笑ってはいけない」シリーズに夢中で、いつも見ている。ちょっとニュース見るから切ってと言うと、パソコンをかかえて隣の部屋へ行って見てる。登校前のちょっとした空き時間にも見ている。ずっと見ている。

「山元栄一《えいいち》」タオル（『しげちゃん田んぼに立つ』参照）を枕に巻いていたら、カーカが見て「すごいね」と。「欲しかったら、1枚あげるよ」と言っとく（引っ越しの時に荷物の中にすべりこませた）。

紙の匂いで好きな匂いがある。千代紙の匂いというのか。今日買ったものが入っていた袋がそうだったので、取っておいて何度も匂いをかぐ。

写真集の打ち合わせで幻冬舎の菊地さんと会う。写真集にCDをおまけでつけることにした。私が作詞作曲した歌をみんなに聴いてほしいので。帰りに隣にあったミュージアムショップをのぞいていたらホンマタカシの『たのしい写真』という写真のことが書いてある本があったので買う。これを読んで写真集の気持ちを高めよう。

## 4月21日（木）

昨日からホンマタカシの本を読んでて、写真集に対する気持ちが高まった。いい写真集を作りたい。写真っておもしろいなと思った。といっても、写真とは……などと考えはしないけど。私は写真もアートも本も音楽もどんな作品も、それを言葉で解説したり批評したりすることには興味がない。

カーカの荷物の引っ越しの見積もり。引っ越しの見積もりはいつも憂鬱《ゆううつ》だ。各引っ越し業者がけん制し合ってる感じが。まず、1社だけに電話して来てもらった。すると若い女性の方だった。ほっとする。値段も高いとは思わなかった。女性で信頼感があり、安心できて、ほっとしましたと伝えたら、とても喜んでおられたようだった。私のことを「おやさしいですね」と言っていた。来るのが遅れるという電話にやさしく対応したからだろうか。「娘さんが出ていかれると御心配でしょう」と言うので、「部屋がきれいになるのでうれしいんです」と言ったら、笑ってた。いい人でよかった。内容も希望通り。気が重かったが、こんないいふうになるとはうれしい。あまり悲観的に考えるのはやめようと思っているのに、つい悲観的になってしまっていたことを反省する。次からは、憂鬱になる時、楽観的でいることに挑戦してみたい。いつもはいやなあのこと、今回はいいふうになるかもと。

今日は7時から大井町きゅりあん小ホールで緊急トーク。「地震後の今、私たちが言いたいこと」。昨日は夜中の2時に目が覚めて、それから眠れなかった。興奮したんだか。で、夕方5時に会場に入って、リハーサル。慣れたせいか、今回は緊張してない。今までで一番リラックスして話せた気がする。7時から2時間。「夕空」も流したりして、静かで穏やかな雰囲気だったと思う。

これで当面のやるべき仕事は終わった。これから自分の世界に深く入れる。外に出る時も自分の世界に入ったままで移動したい。

## 4月22日（金）

写真集につけるＣＤの打ち合わせのために担当の女性ふたりと打ち合わせ。ふたりとも時代の色に染まらない独特の雰囲気を持っていて、会うと心が落ち着く。時間の流れも独特でゆったりとしている。古墳時代に戻ったような安らかな気持ち（想像）で帰る。

さくの中学の3者面談。先生、時間になっても教室に来てない。さくが呼びに行った。最初のこの面談って顔見せが目的なので特にこれといった変わった話はなかった。帰りに夕食の食材を買う。すきやきにした。

なごさんからメール、

「そういえば、きゅりあんの舞台のおじさんが『今日、元々予約を入れてたのは東電だったんだよ』って。『前々から（震災と関係なくて）なんかの説明会で使う予定だった』んだって」

うーん。ちょっとなんか、ハッとした。

何も「東電」が「悪者」じゃないんだよね。何を必要だと人々が認めるかという話。人それぞれの立場と暮らしがあり、目の前のことをやっていったらこうなったという役回りで。

昨日私が話したことは、原発の危険性とエネルギーのありがたさをこんなにリアルに目の前に突きつけられたことはないから、これは踏み絵になると思う、だれもが「自分の選択」をすることになるだろうということ、物事を必要以上に恐れないでほしいということ、死は引っ越しのようなものだと私は思っているということ、地震は「地球が動いている」から普通のことで、これからも起き続ける、その上で人が無事に生きていることが奇跡のようなものだと思うということ、など。

**4月23日（土）**

今日のこの解放感はなんだろう。しなきゃいけないことがなにもない感じ。

**4月24日（日）**

晴れて、いい天気。カーカはお出かけ。さくはパパのところへお泊り。
私は家でいろいろ。

さっき考えていたこと。最近の友だちの話。
友だちが、仕事仲間で結成しているある会をやめたいと言ったら、「そんなこと言わないで一緒にやりましょうよ。がんばって。足並みそろえて」とひきとめられたのだそう。でも、彼女がその会に所属するメリットはなく、逆にいろいろ細かいことでいいように使われているような状況らしい。今まで何度もやめたいと思ったけど、やめる理由がなくてやめられないのだとか。私は学生時代の部活のことを思い出した。やめようとしたら先輩にひきとめられて、嫌だった。やめようとして止められることほど嫌なことはないな……。

あと、それはしたくないからしないと言ったら、気が変わるように説得してくる人がいる。あれも嫌だ。だいたい私は、説得されて気持ちが変わるということがない。というのは、気持ちを言った時点で、自分の意志がはっきりとしているから、それ以外はありえないので。なのに、気持ちを変えさせようとあれこれ言う人が嫌い。だいたい人の言ったことを真剣に受け止めず、考えを改めさせたいというのは、相手に対するリスペクトがないんじゃないかと思う。もちろん、客観的ないい意見もあるだろうからそれはいいんだけど、自分のエゴを押し通そうとするような、我慾《がよく》に満ち満ちた説得ほど辟易《へきえき》させられるものはない。そういう人に限って何時間でも時間をかけて、「うん」というまでここから動きませんよというような傲慢《ごうまん》さがあり、自分の信念に酔っているようで鼻につく。ああ、だんだん嫌な気持ちを思い出してきた。セールスにうっかりひっかかって、いらないと言うのに次から次へと言葉をたたみかけられることはさすがになくなったけど、たまに電話が来て受話器を取ると、またなんとかプロバイダーの勧誘や、どこそこのなになにの売りつけ。しかも、とってもお得って感じのことを次々と。みんな詐欺のプロみたいなものだから口はうまいし、断ると逆切れされそうなアマチュアっぽさもなくしていない。断ると嫌な気持ちにさせられたらいやだなと思いながら、断りの言葉を思い切って発する。電話を取るのはホント、気をつけよう。

## 4月25日（月）

朝、カーカが出かけた。今日、不動産屋さんに鍵《かぎ》を受け取りに行く。私は家賃引き落としのために、カーカ名義の銀行口座を作らなくてはいけない。

次にさくが登校。いつもは部屋から声だけで「いってらっしゃい～」と言うのだが、今日は近くにいたので玄関まで行って、手をふって見送ることにした。すると、なんともかわいい。「いってくるね」ときちんと言って、こっちを見ていた。

うーむ。その感じが、朝から、ちょっと胸に沁《し》みるようなやさしさだった。


「いい人っぽい」と思うことの間違い。

あの人、いい人っぽいと思って、仕事の取引を始めた。見た目も、性格もいい人っぽい、懐かしい感じとかって思って。で、結局、それほどいい人じゃなかった。いい人っぽい人ってたくさんいる。みんな誰もがほとんどいい人っぽいのだ、最初は。その人のことがよくわかるのは途中からだ。「いい人っぽい」の中で、ちゃんと選ばないといけないと思った。


考え方。

ある人と話していて、なにげない、まあ、最近の報告のようなものをしたら、その人はそのことに対する意見をぽつりとつぶやいたのだが、それは私が思ってもみない角度からの解釈だった。なんというか、そんな方向から状況を悪く見る？　みたいな。そこまで想像して考えなくてもいいようなマイナス思考。で、私は思った。その人は、どうも人生をうまく生きていないような、精神的にも肉体的にもぎりぎりな感じでいつも生きているような人なのだが、だからか、と思った。瞬間的にしてしまうそういうひねくれた負の考え方がその人の物の見方を作り上げてきたとしたら人生もうまくいかないだろうなと、私はビールを飲みながらつまみを食べながら、静かに思った。簡単なアドバイスでは動かないような凝り固まりを感じた。

さくが学校から帰って来て、「東京って、みんな、ごめんなさいって言うんだね」と言う。聞いたら、駅とかで何人もの人が「ごめんなさい」「すみません」と言うのが聞こえたと。

「ああ〜。人が多いから、ぶつかりそうになったりすると言うよね。ママも言うでしょ？」「うん。……僕も言おうかな……」「言えば？」

それから、「早く宮崎に帰って草の上に寝っころがりたい」とも言っていた。

**4月26日（火）**

昨日、口座を作れなかったので今日また行く（申し込み書が本人の筆跡じゃないといけないらしい。用紙をもらった)。明日《あした》、カーカの引っ越しなので、欲しがっていたビタクラフトの鍋《なべ》1個とセイロを買ってあげようと思ったけど、行った店になかったので私のをあげることにした。

カーカの荷物がなくなったら家中を専門業者にたのんで徹底的にクリーニングするつもりなので、見積もりに来てもらった。そのプロが「片づけと掃除は違いますからね。私は掃除はしますが、片づけは苦手です」などとおっしゃる。そうなんだ〜。片づけは、いるものといらないものを分けなきゃいけないから、あの作業に時間とエネルギーがいるんだなと思う。

カーカが早く帰って来た。荷物を詰めかけて、また外出。ツタヤとコンビニに2時間ほど。結局、明日朝早く起きてやると言って、途中で寝てた。

## 4月27日(水)

準備が終わらず、私がカーカの部屋のものすごいゴミの山のような洋服類を片づけることになってしまった。1枚ずつ折りたたんで重ねる。いろいろなものが散らばってる。AKBの同じCDを30枚も大人買いしていたという証拠のブツがでてきた。握手券めあて。3万円分も。ムッ。こんな買い方、仕送り暮らしになったらもうできないだろう。

10時に引っ越し業者の方が来られて、汗かきながら次々と荷造りをして運んでくれた。

そして、ついにスッキリ。カーカの部屋がガランとなった。カーカはたぶん、一度も掃除というものをしていなかったはず。掃除機をかけて、窓を開けて空気を入れ替えた。リビングも広々。いいねえ〜。さくが帰って来てよろこんでいる。「やっぱ、きれいなのがいいよ」と。今日から自分の部屋で静かに眠れるね（昨日まではリビング）。

夕方、4時ごろ電話。引っ越し業者の方から、お部屋にまだ帰ってらっしゃいませんがと。え？　と驚き、カーカの携帯に電話するも留守電。メッセージを入れて、メールもして、やきもきする。しばらくしたら通じたので、カーカと話す。「4時半じゃなかったっけ？」とのんきに。「3時半って言ったでしょう？」

あわてて部屋に向かってくれた。「5分で着くそうです」と引っ越し業者の方に電話する。何から何まで。

さくとふたりの静かな夜。さくは自分の部屋でテレビを見てくれてるし、とても平和で気持ちがいい。カーカ、何してるかなと電話するといつものように留守電だった。しばらくしてメールが「電話、なにかしら」。「どうしてるかな？　と思って」。すると、「いいかんじだよ〜。（今朝渡した来月分の）生活費、ずいぶん少ないわね……」ときた。ま、そんな感じでちょっとやりとりする。「AKBの同じCDを30枚も買うなんてことはもうしないだろうね」と伝えとく。

とにかく私は、部屋がきれいになってうれしい。これからますます整理整頓《せいとん》してきれいにしたい。今までそれができなかったが、これからはできることがうれしい。さっそく異様にきれいになった(今までの反動)。

地震後、窓から見える夜景が本当に暗くなった。東京タワーも暗い。時々、細いハート型の灯《あか》りがついている。六本木《ろっぽんぎ》ヒルズも灯りが少ない。暗いなと思いながら見る。だからどうっていうわけじゃないけど。

**4月28日(木)**

パソコンに向かう用事と仕事。細かくいろいろとあり時間がかかる。一度、夕食の買い物に出て、帰る。

大澤誉志幸《おおさわよしゆき》さんに20年以上ぶりに詞を書いた。3年前に頼まれて書いて、曲もすぐについたのだけどいろいろとスムーズに進まずにやっと来月発売されるとのこと。その音源が届き、「それからの君は」というその歌を聴きながら買い物をした。なんかじーんときた。

時の流れを思う。その歌に寄せて書いた文章。

「ありがとうと僕は言っただろうか」

―「それからの君は」に寄せて―

以前、「そして僕は途方に暮れる」という歌の詞を書いたことがあります。今回の詞は、その歌に出てくる主人公のその後という意味も含め、その歌を好きになってくれたファンの方々と、その歌の誕生に携わった人々に伝えたい思いを込めて書きました。

また大澤さんに詞を書いてもらえませんか？　と言われた時、ずいぶん長いこと書いてないし、私に書けるだろうか、それに何を書いたらいいのだろう、今、大澤さんに何を歌ってほしいだろうと、頭の中が真っ白になりました。じゃあ、今度一度会って話を聞かせてください、それから考えますと話して電話を切りました。そしてそれを忘れてぼんやりと過ごしていたある日、ふと、そうか、本当のことを書けばいいんだ……というか、書くとしたらそれしかないと思いました。

時がたち、私たちは大人になります。そして、かつて自分が何に囲まれ、どんなに素晴らしい人たちと一緒にいたか、あとになって初めて気づきます。ずっと、もう会えなくなったあとになって。

でも、ありがとうって言ったかな……、ありがとうってまだ言ってない。あんなにたくさんの素敵な人に出会って、素敵な時を過ごしていたのに。きっと迷惑もかけたのに。ほんの少し会っただけの人でも、今でもこんなに覚えてる。大切なことに気づくこともできなかった未熟だったあの頃。自分の気持ちをうまく伝えられずに、ありがとうもごめんなさいも言えなかった。ということは今、目の前にいる人にも、言わなくちゃいけないのに伝えきれてないことがあるかもしれない。後悔しないように、今、目の前にいる人のことを大事にしたい。

直接的にも間接的にも、今まで出会ったすべての人たちと出来事への感謝を込めて、かつて、そして今、大切に想う人がいるすべての人に捧《ささ》げます。

作詞家　銀色夏生

家に帰って、また仕事。

写真集『偶然』の写真選び。これは、でも、楽しい。パッと見て、ハッとしたものだけを選ぶ。どうしようと一瞬でも迷ったものは違うのだと思う。動きが、どこかにあるもの。どこかが動いているものを今回は選ぼうと思う。その動きが、速くても遅くても。

カーカから、メール。

「電子辞書わすれて盗《と》られた……」

「悲しいね」

「うん。そんなに使ってなくて大学でかなり使うようになったから悲しい」

かわいそうに。私も、大学の時に無防備に現金の入ったカバンを置いてて、置き引きされたことがあったな……。

「ママも大学の時に置き引きされて、大金を盗られたことあったよ。で、バイトした」

その後、炊飯器いくらぐらいのがいいの？　という電話があり、着実にひとり暮らしの道を進み始めてる。ガンバレ、カーカ！　電子辞書盗られたてのカーカ！

**4月29日（金）**

ゴールデンウィーク。さくと宮崎へ。洗濯して、干して、電気消して、出発。
空港で、まだ座る席を決めてなかったことを忘れてて、いつものようにカードで入ろうとしたら止められ、手続きをし直す。ちょっとバタバタした。

鹿児島空港は快晴。雲ひとつないまぶしさ。くるみちゃんに迎えをたのんでいた。
空がまぶしくて驚く。
家に帰ったら、庭の草がのびている。そしてモッコウバラが満開。空気がきれいだ。
さくと私。それぞれに気ままに過ごす。

夜、『あしながおじさん』を読みながら寝る。この中であしながおじさんから帽子代50ドルが贈られた時、借りているお金はすべて将来返すつもりだからと言って辞退し、帽子やそのほかの美しい身のまわり品は大好きだけど、「その代金を支払うために自分の将来を抵当にしてはならないのでございます」と返事するところが好きだった。あと、「もし私が子供を持ったとしたら、自分がどんなに不幸でも、子供たちには大きくなるまでは苦労を知らせないつもりです」というところも。

## 4月30日（土）

朝寝坊して、ごはんを食べて、さくは友だちが来て、私はカーカにたのまれた「おたま置き」を探しに行く。他にもいくつか買いたいものがあったのでそれも。テレビのアンテナのケーブルとかドアストッパー。ドアストッパーは、ほしかった通りのいいのがあった。黒くてゴムで三角の。超強力と書いてある。

東京に送る皿類を出す。カーカのところと私のところ。

私はついに東京の家に食器棚を買った。私にとってそれは、そこにしばらく住む、ということを意味する。食器棚ってわりと住む場所によって制限される。部屋に作りつけのところもあって、そしたら食器棚はいらないし、台所の形や大きさによって今まで使っていたものが使えないことが多いから。なので食器棚は買わずに、今までずっと本棚を代用していた。でもこれからはさくも一緒だし、たぶんしばらくはそこに住み続けることになるだろう。……そんな気がする。場所的に便利だし、さくとふたりなら快適に住めそうだし。なので、そうとなったら食器棚があったほうがいい。たくさん物を入れられるから。

ということで、ついに食器棚を買ってしまった……。しみじみする。これから私は、自分の暮らしを気持ちよく整えて、自分にとっての快適さを追求するだろう。ああ、楽しみ。のんん気に暮らしたい。どういうわけか私は2週間ほど前から幸福感に満たされている。ほほえみが浮かんでくるような小さなやわらかい幸福感だ。ひさびさに落ち着く安心感。

仮住まいという意識から脱して、これからは生活の他の部分も整え、とにかく気持ちのいい日々を過ごしたい。それで、こっちにある食器を送ることにしたのだ。

けっこうある。食器って重い。


夕方から曇ってきて、ぽつぽつ雨も。

草むしりをする。これから5日までずっと、私は庭の剪定《せんてい》と草むしりをし続けるだろう。

**5月1日（日）**

朝早く起きて庭を散歩したら、木が倒れてた。隣の木と近いので片側だけが伸び、そこに雨が降って重くなり倒れた様子。半分ぐらいから上を切りおとして、また元のように起す。

食器の荷造りをしなきゃいけないのだけど、大変そうなのでまだしてない。昼間は読書してだらだら過ごす。夕方、ちょっと草むしり。


「男性の方が女性に比べて縛られている感じがする。男性社会のルールなどに」と言う人がいた。私もそう思う。男性は集団の中や、多くの人とのつながりの中で働いている人が多いので、独自の裁量で考え、行動できにくいだろうなと思う。

## 5月2日（月）

低い声で、「ぼんちゃんの心は、くるりんぽん〜」と言いながら横切ったら、「なに？　くるりんぽん、って」と言う。「うん？　なんも。意味ないよ」「ふう〜ん」

ぼんちゃんは今日は友だちの家にお泊り。

私は、こまごまとした雑用。

食器類を荷造りして、カーカと東京の自分の家に送る。食器棚を買うから食器を運べるのがうれしい。今までは最低限の食器で暮らしていたので。

今日買い物に行ったら、半分に切られて包まれていたかぼちゃのいい匂いがしてきたので買って、またかぼちゃのおやつを作ろうと薄く切って並べてオーブンで焼いてたら、また焦がしてしまった。温度と時間の調節がわかっていないみたいで、悲しい。もう一度挑戦しよう。今度は温度低めで、時間も短めに。

一日中、バターと砂糖の甘い匂いが漂っていた。

最近……、酒量が増えてる。毎日飲んでるし。これはまずい、と今日、思った。禁酒しよう。といいつつ、明日《あした》はせっせ（兄）たちと居酒屋に行くので無理だけど。面倒な仕事や家事の「えいっ！」という景気づけに飲んでいたのが習慣になって。でも、やめよう。

私はお酒は飲まなくてもいいのだから。やめよう。……やめなくても、たまにしよう。無意識に飲んでいたこと、なんか嫌だと思った。

7月にだす写真集の写真選びやレイアウト。うーん。あれこれ思いながら、緊張しながら、床を見つめる（床に写真を並べてるので）。

**5月3日（火）**

雨が降っているので、写真集の追加の写真を撮りに行く。雨の中の、川や花の写真。雨の景色が好きなのです。

夜、せっせ、しげちゃん（母）、さくと居酒屋へ。お酒、飲まなかった。本当に禁酒か、最低限しか飲まないようにしようと思う私の意志は固いとみた。ほとんどせっせがひとりでしゃべっていた。

嘘がいけないわけじゃない。本当のことをいつもいつも言う必要はないと思う。ただ、嘘（本当じゃないこと）を言う理由、動機が気になる。その動機が嫌いな時、私はその嘘を「嫌いだ」と思う。

## 5月4日（水）

続けて読んでいた『続あしながおじさん』も読み終える。……泣いた。『あしながおじさん』では、人との美しい距離感を、続編では、やりがいのある仕事を持つ喜びと人を愛することの素晴らしさを思った。

本当に私は人を愛したことがないなと思う。そこまで愛せる人に出会ったことがない。人を愛せないのではなく、ただ、出会ってないのだと思う。愛する能力は、私にはなくはないと思うのだけど……、なかったりして。……ないのかも。……能力っていうか……。


掃除と洗濯と読書と草むしりをする。

昨日しげちゃんが「クジャクゴケを持って行った？　きれいよ」と言っていたので、「うん」と答えた。実家にあるクジャクゴケをうちの庭にもいただいたのだ。

そのクジャクゴケをまたある場所に移植しようと思い、かつて植えたところを見たら、姿が見えない。他のありふれた植物しかなかった。一時はかなり繁殖していたのに。うーん。植生が交代したか。6年ほどこの庭を見ていて、草木の隆盛を知った。ある年、ものすごく美しく咲き誇っていた濃い紅色のトキワマンサクが次の年には枯れていたり、花桃も、もみじも、あれ？　と思うと枯れていたりする。今日は、ポプラみたいな葉っぱの木が枯れているのを発見した。そうかと思えばものすごく伸びている木もあり、草だけでなく木も栄えたり枯れたりするんだなと思う。
草むしりをしていたらいい匂い。花がバナナの匂いのする木。いつもこの季節に甘く香る。これ、カーカが鼻の穴につめて学校に行きたいと言ってたなとか、いろいろ思い出す。こういうふうに過去の出来事を懐かしく切なく思い出す時、今も、未来の過去なんだなと思う。

ふきの葉がたくさん広がっていた。ばしばし切っていたが、その香りがあまりにもよくて、ふきの佃煮《つくだに》を作ろうと思い、茎だけ切り取る。

私は時々、人を叱る時がある。ライオンが子どもを谷底に突き落とすように。これは叱らないとと本当に思った時。主に文章でだけど。梯子《はしご》があることをチラつかせるとダメなので、その時は完全に突き落とす。でもそれはその人を好きだからだ。相手に対して誠実でいたいからだ。そして、どうか登ってきてと願う。素直な気持ちを持っていて、登ってきた人もいた。そのまま二度と近づいてこない人もいた。突き落とす前と、突き落とした後、私もとてもつらい。悲しいし、緊張もする。
人との関係は、ハードルを乗り越えて乗り越えて、続くものは続くんだと思う。どちらかが乗り越えることを選択しなかったら、そこで終わる。どちらにしても本人が選ぶことだ。

ふきの佃煮を作ったけど、作り方を間違えていてすごく時間がかかってしまった。さっとゆでる前に皮を剥《む》いていた。途中で作り方ってどうなんだっけと思い、料理の本を見て気づいた。でも、まあ、どうにか出来たので、明日東京へ持って帰ろう。


夜、さくが、「あのコーヒーを飲んでいい？」と聞きに来た。モンカフェ。

「大丈夫？　苦いよ、眠れなくなるかもよ」

「今日は最後だから。遅くまで起きていたいから」

と言うので、作るのを手伝ってあげた。紙パックを開いてカップに乗せて、お湯を注がせる。砂糖をたっぷり入れて飲んでいた。

## 5月5日（木）

せっせに送ってもらって東京へ帰る。車の中で、しげちゃんと奈良に行った話をしてくれたが、おもしろかった。大阪の空港から奈良まで高速バスで行く予定だったけど、待ち時間が1時間余りあることを知り、せっかちなせっせは足の悪いしげちゃんと大きな荷物とともに電車を乗り継いで行くことにしたのだそう。長い通路を目にした時、大変だと思ったけど、その時は気持ちが高揚していたので、がんばろう！　と声を掛け合いながら進んだらしいが、途中駅での乗り換えの煩雑さなど、たいへん後悔したそうだ。「一度乗る電車を間違えた時の、しげちゃんのうれしそうな顔！」と言う。確かに、そういう時こそ、いきいきとする人だ。そして、「駅員さんに聞いてみるわ。あの人に聞いてこようかしら、ほら、あの人に」とうるさかったそう。

連休なので空港は混んでいたが、すごくというほどではなかった。部屋に帰りつき、届いていた荷物を引き取り、送られてきた荷物を受け取る。そこであのドアストッパーが活躍！　と思って取りつけたら、ショック。ドアを開けると床との間に隙間があって黒いゴムのはとどかなかった。

## 5月6日（金）

玄関用のドアストッパーを新たに注文した。

そう言えば、このあいだ来た手紙にいいのがあった。「つれづれ」の好きなところを書いてくれていて、前に言うことをきかないカーカのことを私が「叩《たた》き殺したい」と表現した部分。そこを読んだ時に、「つれづれ」を読み続けてきて本当によかったと思ったと言う。そこにすごく感動したらしい。いろいろなところを人それぞれ注目してくれるが、そこってところがおもしろい。私もそれを聞いてとてもうれしかった。そこっていうのは……。私の正直さ、が心に触れたのだと思う。そしてそれが彼女に自由を感じさせたのだと思う。

ひさしぶりにマッサージに行く。あのカミナリ小僧のようなかわいらしく落ち着いた人。どこもとてもこっていると言われる。そう、自分でもそう思う。

禁酒もつかのま～（笑）。昨日、あることが一段落したので、飲んじゃった。そして今日もすでに仕事の景気づけに一杯ひっかけてる私。午後4時。

ま、いいか。私の固いと思っていた意志は、固くなかった。

甥《おい》のたいくんが、NHKの合唱曲「僕が守る」を聴いて、こう言ったそう。

「わかったー！　みきさん（私のこと）の詩って、わかりやすくて奥が深い！」

たいくんこそ、わかりやすくて奥が深いよ！

数カ月前、カーカとIH対応の鍋《なべ》を買いに行った。その時に買った白い磁器の鍋が気にいったらしくあれが欲しいと言う。その店に行ったら、もうその鍋はなかった。聞いたら調べてくれて、白はメーカーにもなくて黒だったら他店にあると言う。で、メールで、

「あの鍋、黒ならあるらしいけど、どうする？」

「黒か。いいよん。ママが黒つかってもいいんじゃない（笑）」

「それはやだ。キムチ鍋とかは、黒もいいかもね」
「うんありがとう。白こげてるからよかった」
「そうそう！　あれ、気になってた。だんだんコゲが広がってるし！」
「ちょっといやよね。味はかわんないけど……」

**5月7日（土）**

髪のカラーリング。いつもの人が「今日の仕上げはどうしますか？　またクルクルっと（縦ロール）？」と聞くので、「今日はラフにあっさりしてください」と答える。

写真集の写真を床一面に広げて、順番を決める。

夜、ごはんを食べた友だちと人の扱いについて話す。部下で、いい子なんだけど、言っても言ってもどうしてもわからない子がいて、ついに最後、「あなたもつらいだろうから、もうわからせるのはやめます。私たちはこういう関係という関係を決めてその範囲の中で仕事しましょう」と言ったとか。あるなあと思う。ふたりでその話のときはちょっと暗かった。「しょうがないよね……」と。

私も、なにか人とうまくいかなくなった時、加害者意識が強くなって、しばらく落ち込む。でも、ちゃんと考えて自分で判断して、そうしようと思い、その気持ちを伝えたのだから、あれでいいんだと思う。けど、相手の気持ちを想像してしまい、しばらく暗い。相手の人が私の言ったことを理解してくれたらいいけど、理解してくれてなかったら、理不尽だと感じるかもしれない。でも、そもそも理解してくれるような人だったら、それを引き起こしたようなことは起こらないはずで、だとしたらどうしても納得されないまま、理解されないまま離れてしまうことは、しょうがないことかもしれない……。よくあることのような気がする。前向きにとらえよう。あまり気にせず。やるだけのことはやったから……。

「でも、変な人はいっぱいいるよね！　一流企業でも、メジャーな会社でも」と、ある出来事を思い出して言ったら、「いますよ！」と目を輝かせてきっぱり。

そう……、このあいだメジャーな会社の人だったので安心していたら、非常識な人だということがわかり驚いたという話をしたら、「います、います。同じ会社の中でもいろいろいますから」と。「そうだよね。気をつけよう」と思った。ちゃんと見て判断しないと。その人の言うことだけに惑わされずに（人はマイナス点をあえて言わないから）、客観的な状況をよく見ないといけないと思う。

カーカに渡す大事なものがあったので、近くに来たついでに寄ってもらった。ちょっといて、帰って行った。で、見ると、その渡すもの、忘れていってる……。

## 5月8日（日）

気が晴れないまま、いろいろな夢を見た。私は今、苦しい気持ち。物事は、すべてを大きく包んで、いい方向に向かっている。今はただそう信じよう。たぶん、そういうふうに信じる人たちはそういう人で集まって、そう信じない人たちはそういう人で集まっていくのだろう。そしてそれぞれに違う方向へと進んでいくのだろう。

さくの髪の毛を切りに行った。そこは美容室で男のお客さんが多く、さくも気安かったと思う。かなりさっぱりとなった。

夕方の空気がすごくやわらかくあたたかく、ものすごく気持ちがよかった。この気持ちよさはどうだろう。子ども連れやたくさんの人々が段々に座ったり、そぞろ歩いている。私は悲しくなる。

この気持ちよさにも。

いろいろとあって、ずっと気持ちが暗かった。

でもさっき、あることがきっかけになって新しい展望がちょっと開けてきた。それは、ある尊いものに触発されて、私の気持ちが低いところから高いところに押し上げられ、広い視点に立ち、嫌だと思っていたものを一瞬、受け止められたからだった。

本を読んで泣いていたら、さくが「10円落ちてた……」と持ってきたので、「そこに置いといて」と顔を見ずに言った。涙が頬を伝っていたから。

10円……。家の中のは持ってこなくていいよ。取っとけよ（笑）。

**5月10日（火）**

やさしく
静けさが僕らを包む

ありがとう
もっとも素直になった時
でてきた言葉はこれだった
何に対してかわからなかったが
君がいれば

もうなにもいらないと
　思った
　僕らになにができるだろう
　一緒に
　できることをやろう
　できることをやっていこう

　これは、新装版『黄昏国《たそがれこく》』追加分のために書いた詩のひとつ。「黄昏国」というよりも、今の私になってしまった。ま、しょうがない。今の私が書いたのだから。

　今、iTunesで偶然、ポインターが触れて、フィに大澤さんの「ゴーゴーヘブン」が流れた。この歌、大好き。昔、アニメの「シティーハンター」のエンディングになっていた。そしてこの間、パチンコの「シティーハンター」に使わせてほしいという問い合わせが来た。もちろんOK。球が入ったいい時に流れるらしい。パチンコでこれが流れたら気分があがるね。

さくと夕食。

「今日の給食、なんだったの?」

「あんかけみたいなのと、ワンタン……と、オレンジ」

「ふうん。中華だね。これ、おいしい!　っていうのある?」

「……食べやすい」

「食べやすいって、どういうこと?　骨がないとか?　やわらかいの?」

「わかんないけど、早く食べられるんだよね」

「ふうん……」

食べやすいって……(笑)。

**5月11日(水)**

昨日の夜、すごく落ち込むことがあって、1時間半しか眠れなかった。苦しい……。息ができない~。私はこういうふうになったら、しばらくは落ちたままだ。苦しい。でも、仕方ない。そして、いつにもまして反省し、ずっとなにがいけなかったかを考え続けた。考えに考えて、ため息をつきながら、もう何時間も考え続けている。15時間は考えている。

食欲もないまま(りんご半分とバナナ2本だけ食べた)19時間ほど考えた頃、友だちに会って相談した。そこでいろいろ話したら、どんどん気持ちが晴れてきて最後には気分がよくなっていた。とても強い私に戻ったみたいだった。その勢いで、帰ってからいちばんの核心のところにメールしたりして、強い思いで考えを実行に移した。覚悟を決めたら怖くなくなった。

カーカが遅く帰って来た。夕方から友だちとディズニーシーへ行って来たらしい。雨で、人がほとんどいなくて、どれも3分ほどで乗れたと。インディ・ジョーンズ・アドベンチャーには6回も乗ったそう。

**5月12日（木）**

午後、自然教育園で竹内寿《たけうちとし》くんの写真撮影。小雨の中。人はいなくて、深い森のようで、気持ちよかった。とても静かで異空間のようだった。ジブリの映画が好きな寿くんは休みの日に「もののけ姫」を3回も見直したという。

**5月13日（金）**

私は怒りのハードルがとても高い（これ、前にも書いたけど）。普通の人が怒るような場面でもそうそう怒らない。50が平均だとすると、90ぐらいまでは怒らない。でも、90を超えたものに対しては、はっきりと怒る。その人物にというよりも、その行為に対して。

感情的になってではなく、あなたのその行為は人に対して許されるものではないでしょう？　という気持ち。当事者が私やその人でなく、ある誰かと誰かだとしても、それは許されない行為だと判断した場合、その行いを断罪する、というような感じ。私は人としてあまりにも失礼な行為などに対しては、本当に腹が立つ。

それがどれほど失礼かということを本人が気づいていないことが多いのは、そういう人だからこそそういうことをしてしまうということなのだろうか。

## 5月14日（土）

今日から弟家族と、1泊で箱根《はこね》。8時に迎えに来てもらって、途中、カーカを拾う予定。休憩のため海老名《えびな》SAに降りた瞬間、さくが、「ここ、いい」と言う。「ここ、いいね。なんか気持ちがいい。広くて。天気もいい。曇ってなくて」とやけに褒めていた。

今日釣れなかったらもう釣りはやめる、と危険な宣言をしたてるくん（弟）。子どもたちとボートで釣りをしているあいだ、私となごさんはお昼に「絹引の里」というところでおそばのような色のうどんをたべたり、「山のホテル」の庭を散策したりした。そのあとお茶を飲みながら、これからの展望を語る。

ものすごく時間とエネルギーと誠意をかけたものが結果的に徒労に終わり、とても落ち込んだが、いろいろわかったことがあったので、これからは自分のことをやろうと思う。自分のために快適な時間を作るようにしたい。とても疲れたのでしばらく休息をとろう。

そして回復したら、より広く透明なものをめざして、作品を作り続けたい。というようなことを話す。話し終わったら、気持ちが晴れていた。

釣れたらしい。てるくん、よかったね。

すごい風だ。

ボートが「ゆれてる」「ゆれてる」とたいくんから何度もメールがなごさんに来てた。虹鱒《にじます》3匹。最初に釣ったのはさく。芦ノ湖《あしのこ》の湖畔で内臓を取って、持ってきたクーラーボックスに入れてる。内臓を狙うトンビが近くの空を舞っている。明日《あした》、帰る時に私たちにくれるって。ムニエルにしたらいいって。

ホテルにチェックインして、温泉に入って、夕食を食べる。ゲームコーナーでゲームをして、「世にも奇妙な物語」をみんなで見ていたら眠くなり、眠る。

## 5月15日（日）

たいくんたちの野球の試合があるとかで、チェックアウトしてすぐに出発。カーカの部屋に寄っていらない羽毛布団と毛布をかかえて、途中の駅のタクシー乗り場まで送ってもらい、タクシーで帰る。

疲れた。さくとカーカはごろごろしながらユーチューブで昔の「世にも奇妙な物語」を見てる。ムニエルを作って食べる。やわらかくておいしかった。カーカは夜、帰って行った。

**5月17日（火）**

「こんばんは。なんだか夏の気配になってきましたが、お変わりないですか？

　こちらは相変わらずですが、元気です。先日、高校の同級生が結婚したので、奥さんに会ったのですが、銀色さんの大ファンとのことで、「つれづれ」はもちろん、『カイルの森』も『僕のとてもわがままな奥さん』も読んでいて、いっぺんに信用してしまいました。銀色さんの存在って、ぼくが人に会う時のリトマス試験紙みたいになってます（笑）」

　虫くんからだった。

　満身創痍《そうい》の今の私の心に沁《し》みる安心感。虫くんの誠実さに癒《いや》してもらおうっと。

「おはよ〜。くたくたに疲れていたので（精神的に）、メール、うれしかったです。虫くんに癒されたいので、近いうちに会わない？（癒される予定の）お礼に、あそこのお寿司にいかない？」

「いやせるかはわかりませんが、ぼくも銀色さんにお会いしたいです（お寿司を前にしたら、いやしさをお見せできる事は間違いなし！　ですが）」

　いやしよりいやしさ？　ふふ。

**5月18日（水）**

事務所で、本にサインする。HPで売る用。この部屋を借りてるのは6月4日までなので最後の整理。ぜんぶすっきりさせて、新しい展開へ進みたい。

7月に写真集の発売にあわせて『偶然』を聴く会」というのをやりたくて、ピアノのあるカフェに打ち合わせに行く。白髪の、とても個性的なオーナーとお話しする。16日の昼夜、やることにした。

## 5月20日（金）

いろいろ、こまごまとしたことをする。いい天気で、暑い。エクトン本のデザインの打ち合わせに銀座へ。帰りにさくの夏用の制服と、私の名刺を取りに行く。

夕方は写真集の打ち合わせ。レイアウトを渡し、活字を決める。詩はCDにはいっている歌の歌詞と、幻冬舎から今まで出した詩集から選んだもの。最近、自選詩集が続いたけど、それは新しい世代に向けてのもの。今日、私の詩に初めて接する人もいるだろうから。

部屋がきれいになっているので、みんな驚いている。すっかり見違えたようで、ずっと前からあった椅子や観葉植物を「初めて見た、初めて見た」とみんな言う。ありましたよ。

## 5月21日（土）

さくは土曜日授業。

私は、細かい仕事をしてから、仕事部屋の片づけ。

これからは家にずっといて、ひとりで心安く、自分の気持ちよさを追求して暮らしていきたいと思っているので、家の中をきれいにするのがうれしい。できるだけ人とは会わないようにしたい。

お昼は、冷やし中華にした。

先日、VHSのレコーダーが壊れて見れなくなったと嘆いていたエイジくん。家のVHS&DVDレコーダー、いらないからあげると言ったら、ほしいと言ってたので、「いつでも取りに来ていいよ」とさっきメールしたら、「これから行ってもいいですか」と。もちろんOK。

来た。リュックを持って。さくがゲームしていたので、中断してもらって、その機械だけ抜き出して、

私「さくに、会ったことある？」

エイジ「始めてです」

ベッドの上から挨拶《あいさつ》するさく。

で、パチンパチンと留め具で留めて。重い荷物を小さな背中にしょってうれしそうに帰って行った。「最高です。(もらえたこと)運命ですね」なんて言いながら。とても、とてもうれしそうだった。買おうと思っても、もうあまり店で売ってないらしい。

夜、メールが。「デッキ、絶好調です。本当に助かりましたよ!」

よかった。今まででいちばん感謝されている気がする。

## 5月22日(日)

すごくいい天気で、朝からもう暑い。

今日も仕事部屋の片づけをしよう。

昨日、ちょっと買い物にでて、デパートの1階の雑貨をみていたのだけど、その時に大声で泣いている2歳ぐらいのこどもを脇に抱えてトイレに連れて行ってるお母さん(だと思うけど)を見た。若くておしゃれな人だった。子どもの泣き声はずっと続いていた。泣き続ける子ども。それに腹を立てているお母さん。大変そうだった。この場所は子どもにとって快適な環境ではないだろう。子どもは我慢ができないから。子育てのこの時期は、母親が我慢の時期だと思う。自分らしい暮らしはできないとあきらめて、子どもと楽しもうと意識をきっぱり変える方がいい。そうしないととても苦しくなると思う。


その人をあいだに通すと、ものごとがうまくいかなくなるという人がいる。そういう人がいた。こちらの言うことを悪く歪曲《わいきょく》して相手に伝えていた。相手の言うことも、なにげない口調やちょっとした言葉でこちらが嫌な気持ちになるような、誤解するような言い方をしていた。それでこれは大変なことになったと思い、直接相手の人と話したらまったくの誤解だということがわかった。あいだに立っていた人が悪かった。そのことがわかったので、そのあいだに立った人とはすぐに関係を断った。これ以上被害にあいたくないので。
誤解によって関係が悪くなるというのはなんともやりきれない。ドラマでもそういうのは多いが、私が最も嫌いなトラブルの原因のひとつだ。仕事でも私生活でも関わる人は、信頼できるかどうかだ。信頼できないと思ったら、私は離れる。私にとって、なによりも信頼が人との関係のベースになる。

現実というのは、確かに身も蓋《ふた》もない。だが、リアルなものこそ実はやさしい。リアルなものだけがやさしいとすら言える。なぜならそれは誠実だから。醜く汚れてどろどろしているものもたくさんあるけど、その隙間に、決してそれらに染まらない硬いチカチカとした宝石がある。それが美というもので、善というもので、愛というものだ。醜く汚れたものの中にたくさんころがっているそれらは、醜さの中に手をつっこまないと摑《つか》めない。その宝石を摑んだ瞬間、醜さはたちまち清流に変化し、汚れなんかなかったことがわかる。それを知るためには勇気をだして醜さの中に入らなければいけない。一度知ったら、醜さに対する怖さはなくなる。恐怖心が、怖れる対象を作りだしている。怖れる対象を作りだしているものが自分の恐怖心だとわかれば、先にそっちを失くすことで対象を消すことができる。私たちは醜さという仮面に試されている。

## 5月23日（月）

今日も片づけ。今日は、仕事机のひきだし。ここがまた！大事なものが入っているのだが、細かいものがごちゃごちゃしてて、何があるのかわからない。一度すべての中身を外に出し、必要のないものをより分けることにした。集中すると疲れるので、途中で買い物に出る。

また明太子フランスを買ってしまった。ついふらふらと。ポンデケージョも。お腹すいてたから。

長く連絡の来なかった知人からメールが。いい人と知り合ったと思っていたらいい人じゃなくて離れたということ、新しい職場が劣悪で辞めたいということなど。トイレにも行かせてもらえずに体を壊したらしい。気の毒……。

なんか思うけど、このごろは、いい人と悪い人、いい流れ悪い流れが本当に顕著だ。前はいい人も悪い人も混在していて、でも悪い人は少数で、その悪い人も更生の可能性がありそうな気がして、ダメな人もみんなで協力して救いあげてみんなで一緒に行こうよと私は思っていたが、今は、悪い人は悪いところにかたまり、いい人はいい人でかたまり、悪い人の悪さは救いがたくなってきている気がする。物事がうまくいっていないと思っている人の心が、殺伐と荒れ果てているように感じる。大切なものを見失い、自暴自棄になっている人もいる。丁寧に着実に誠実にやって来た人は、それ相当の環境を保持できてるけど、悪い心を持った人は、どんどん坂道を転げ落ちて行ってる。さっきの知人は悪い心は持っていないと思うけど、人を信じる時の判断力に問題がある。もっと自分を見つめて、自分にはなにがふさわしいかを知って、地に足を着けていかないといつまでも周囲に翻弄《ほんろう》され続けるのではないかと思った。

新装の『サリサリくん』が出来た！　うれしいです。

長い旅から帰って来たように感じるこのごろ、フト思い立ち、伊集院くんにメールした。

「伊集院くん　元気ですか？　たまには、ふたりでごはんでもどうですか？　銀色」

「銀色さま、こんばんは、ごぶさたしております！　お誘いいただけて嬉しいです。ぜひご一緒させてください。

先週ぐらいから不思議と頭の中がもやもやしているのですが、銀色さんからメールをいただいて、それだけで補助線がひとつ引かれたような気がします。お目にかかれるのを心待ちにしております」

むむ。またいいこと書いてる……。補助線だって。

## 5月24日（火）

夜、ボーカリストのセブンくんとピアニストのこおたさんに来てもらって、『偶然』を聴く会」の打ち合わせ。歌う曲目など決める。「そして僕は途方に暮れる」と「それからの君は」、「僕が守る」も歌おうということになった。私も聴きたい。こおたさんは、『偶然』を聴く会」というタイトルにやけに注目していた。おもしろかったらしい。「会、なんですね」とつぶやいていた。

こおたさんは変わっているので、セブンくんに変わってるところを忘れないように「こおたメモ」とっといてと、このあいだお願いしたところ。「なにかあった？」

こおたさんはまず食べ物のにおいをなんでもくんくんかぐらしい。すごくかいで、なにかを確認してから食べるとセブンくんがいう。「それは動物の本能としては正しいんじゃない？」と私は思う。とにかく、すべてが野生動物的とのこと。便利な道具を使わないらしい。椅子があっても座らない。床が落ち着くとかで。フォークやスプーンも極力使わず、手で食べる。「それもわかるよ。手の感触でわかることもあるしね」

テレビをほとんど見ないので有名な人を誰も知らず、何度教えても覚えない。唯一落ち着く番組はNHKの教育とか、皇室の番組。食品の安売りに目を輝かす。

そう、それで、こおたさんは人とのトラブルはないの？　と聞いてみた。人と親しくなる時、どうやるの？　と聞いたら、特に自分から誰かに近づくということはしなくて、親しくなってる人とはいつのまにかそうなってる、とのこと。そうだよね。自然に任せてるっぽいから、無理をしない。自然の流れに任せていると無理してるという意識はなく、親しくなる人とはいつのまにか親しくなっているのだろう。

またこおたさんは、人が人を好きになった時に感じるつらさやせつなさというのを感じたことがないそうだ。「えっ、どうして？」「好きな人がいたら、たのしいだけじゃないですか」「その人が自分を好きになってくれなかったら？」「しょうがないなって……」

それから、さびしさや怒りもほとんど感じないらしい。すごいね。めずらしいね。

**5月25日（水）**

9月のエクトンとのイベントの打ち合わせ。だいたいの大まかなことが決まった。当日何か販売しますか？　と聞かれ、「特にないです……」と答えた。「何か作ろうかな」とフトロにしたことから、最終的に、ずっと作りたかったカードを作ることになった。これは楽しみ。6月はそれにかかりきろう。

その前に今度出す予定の絵本の原稿を書く。どんな絵本にしようかと考えていたら、思いは広がっていき、だんだん奇妙なキャラが浮かんできた。まるい生き物にしようと思う。のびのびとした気持ちのいい、シュールなものを書きたいと思うようになった。

**5月26日（木）**

写真集『偶然』の価格が決まった。２１００円（税込）。実は写真集がこの値段だと赤字らしいが、すこしでも安い方が買いやすいだろうと社長と営業が判断してくれたのだぞう。ありがとうございます。これに1890円（税込）のCDをつける。それは私からのプレゼント。

## 5月27日（金）

「つれづれ⑳」のカバーが出来てきた。不思議ないい感じ。これは前に家族で伊豆《いず》の温泉に行った時に海で撮った神々しいような1枚。今回、ここでこれを使うことができて本当にうれしい。

## 5月28日（土）

自分のしたいことの言い訳を、自分が属している集団のせいにする人が嫌いだ。たとえば、浮気は男の甲斐性《かいしょう》だとか、男は甘えたい生き物だとか、女は弱い生き物だとか。○○の女は気が短いのよ、とか。そういう時は、僕は、私は、とちゃんと自分の責任で言ってほしい。「浮気は僕の甲斐性なんです」「僕は甘えたいんです」「私は弱いんです」「私は気が短いのよ」。だって、そうじゃない人もいるんだから。……と思う。それに、そう言われてしまうと、それに属していない人の発言を聞くことを拒否、みたいな印象を受ける。「浮気は男の甲斐性だから、男じゃない女にはわからないことだから、何も言うな」「女は弱い生き物なのよ。男にはわからないのよ」ピシッ！　って感じ。そういう枠を超えたところまで出てきて話し合うというのがコミュニケーションの前提じゃないかな。そういうことを言っちゃうと、私のことは私以外の人になんかわかるわけない、に行きつくわけで。「理解し合おうと試みる」、の「試みる」というところに、理解し合うことの真髄があるのだと思うけどな。

夜。虫くんとお寿司《すし》。「何か、大変だったんですか？」と聞かれ、「え？」と思ったが、そうか、メールで癒《いや》されたいと言ったんだった。すっかり忘れてた（笑）。もういいや。私が「私は自分のやっていることがわかってない人が嫌いなの。自分が何をしているのか、自分が言ったことがどういうことなのか」と言ったら、それを聞いた虫くんが、「釣りを思いだしました。釣りで、よく竿《さお》をツンツンと持ちあげるんですけど、その意味がわかってやってる人とわかってない人がいて、今どの辺に魚がいて、どうしてるから、ここでそうするんだってわかってる人は釣れるんですけど、理由を知らないでただ教わったから持ちあげるって人は釣れないんですよ」

「そう、そういうこと」

細かく言うと、釣りの例は、教わったことの真の意味を深く考えずにただ真似する浅はかな人で、私のは自分のやったことの意味、その影響を把握、想像できない人。客観性がない人。ここでそういうことを言ったらダメだろうという。それはこういう意味になって、とんでもなく逆だろ、みたいな。

## 5月29日（日）

事務所の最後の片づけ。なごさんとこまごましたことをする。今日、3時からカーカと韓流《ハンりゅう》スターのライブに行くので、カーカもやって来た。クロネコヤマトにいくつかの段ボールを取りに来てもらう。

外は雨。梅雨に入ったのだそう。湿っぽい。

「Apeace」という新しいアイドルの常設ステージができて、それに2名招待されたのでカーカと行ってみることにしたのだった。7人ずつのグループが3組。時間制で交代。

私「当日券があったら、3人で見ようよ。もしなかったら私はいいからなごさんとカーカで見たら？」

なご「いいよ。別に私も」

カー「カーカも特には」

と、3人ともテンション低い。まあ、とにかく行ってみようと、行ってみた。

受付にいたおじさんに招待の紙を見せて、「もうひとり誘って来たんですけど……」当日券がありますか？　と聞こうとしたら、「ああ。いいですよ。どうぞ。お席は離れてしまうかもしれませんが、すみません」と言う。うれしい。思いがけず、3人ともタダで見れることになった。

カーカとなごさんが招待席の真ん中のいい席、私は端っこ。でも、そんなに離れてない。

ショーが始まった。大きい音を聴くのは気持ちいい。そしてカッコいい若者たちのダンスと歌。そんなにカッコよくもないか……と思いながらぼーっと見ていたら、ものすごく素敵な子を発見。というよりも、その子だけが際立ってカッコいい。平均身長185センチ以上というふれこみだが、なんか真ん中あたりの子、低く見えると思ってたら、その端っこの素敵な子は190センチらしい。全体的に高いんだ。

カーカとなごさんの方を見ると、ふたりともニコニコ顔で拍手をしている。ふふふ〜。日本語はたどたどしく、狭いステージなので踊りも窮屈そうで、歌も韓国語なのでよくわからなかったけど、終わるころにはすっかり心をつかまれていた。

70分のショーが終わり、後ろの席の人から規制退場。そう、帰りにそのメンバー7人と握手。わあ！　と思い、全員と握手して、最後に並んでいたあの素敵な子の目を見る。でも、緊張していてよく覚えてない。

建物を出る。

カーカ、なごさんも、すっかり彼に心をつかまれていた。彼とは、「Apeace」の「オニキス」というグループの、テウ。カーカはもうひとり、とてもやさしそうなという一番左の人もいいと言っていた。3人で興奮気味に今後のおっかけ計画を練る。いや、ふたりはかなり真剣に話し合っていた。また行く、他のグループもちゃんと見たい、そして、やっぱりテウがいいと思ったらテウにする、などなど（それっきりだが）。

あー、おもしろかった。そのあと、まだ5時だったけど3人で焼肉屋に行って、いい気持ちで楽しくしゃべる。カーカ、肉、もりもり食べていた。
思いがけずいい日だったと、3人とも帰り際に満足の笑顔。私は家へ。カーカとなごさんは電車で途中まで一緒。ふふふ。

## 5月30日（月）

私が嘘つきが嫌いだという理由は、私はだれも、嘘をつかなくてもいいと思っているから。嘘をつかなくても心配ないし、愛されると思っているから。嘘をつかず、そのままありのままでいていいと思うから。なのに嘘をついて自分をごまかそうとしたりよく見せようとするから、悲しい怒りを感じるんだ。嘘をつくというのはいちばんその人自身から離れる行為で、その人自身であることの大切さに気づいていないことが悲しいんだ。嘘をつく必要は本当にないと思う。それは物事を複雑にするし、物事の進みを遅らせる。素直で、率直であってほしい。自分自身でいるということにこそ、勇気を出してほしい。

冷静な気持ちに戻って考えたら、私が傷ついたと思った出来事に、私も一緒に参加していたわけで、私にもその出来事を引き起こした役割りがあった。確かに。そしてよくよく考えてみる。その出来事を引き起こさずに済んだかもしれない可能性がないか。ある。違和感を見逃さなければよかったのだ。最初の頃から感じていたなにかおかしいという違和感。ほんのわずかだったけど、確かにあった。だからこのことによって、今後そういうことに気をつけるようにという教えになった。感謝しよう。この一連の出来事に。私の成長をうながす出来事が次々に私にやってくる。それらは嫌な人や嫌な出来事として現われるだろうけど、私に私の欠点を教えてくれるスクリーンに映ったドラマかもしれない。そう思うと、もう過ぎたことをあまり気にすることなく、教えとして学び、次に行けばいい。あの嫌な人も出来事も学習映像だったと思おう。損した気持ちになったら、あれ以上の損害を被らなくてよかった、もっと取りかえしのつかないことにならなくてよかったと、いいふうに思えば納得できる。

3月にツイッターで、kizuna311という震災にあった人を励ます活動のために朗読される私の詩を、みんなにどれがいいか募ったのだが、今、ユーチューブで、その中のいくつかの詩の朗読を聴けるそう。中井貴一《なかいきいち》さんによる「うつくしい朝」、小西真奈美《こにしまなみ》さんによる「私が」など。あまりにも遅かったのでもしやボツったかと思って、そうだったら協力いただいたみなさんに申し訳ないと思っていたからよかった。あの頃は私もまだ落ち着かなかった頃。

私は夕食に麺《めん》類ってあまり作らない。特に夕食にうどんは、年に1回あるかないか。で、今日は珍しくうどんにした。さくに、「今日うどんだから」と言ったら、「給食、うどん」って。給食と夕食って、なぜよくかぶるんだろう。

## 5月31日（火）

朝、6月に発売されるつれづれノート⑳「相似と選択」のHP用紹介文を書いた。


吹いてくる風に身をまかせたら、どこへ飛んで行くだろう。

風船を持つ手を離してみる。風船はみるみる高く、見えなくなる。

でも風船からは広い世界が見える。


なんて言葉が出てきた。今、私はこんな気持ちなんだなと思った。


河出書房新社の中山さんにCD「偶然」の見本をあげたら感想が。

「最初に聴き始めた時、やはり音と声と詩にものすごく癒されて、まわりの空気が水分をふくんだように柔らかくなったように感じられました。曲が流れている間、ずっとそんな感じで、優しいあたたかい気持ちになりました。

10曲の中では、「夕空」と「告白した夜」が大好きです。特に「告白した夜」はどんどん曲の雰囲気が変わっていく様子が楽しくて、心がどんどんと楽しい方に揺れるように思えて、夢中になってしまいました。

このところ雨が続いていたので、緑の匂いを濃く感じていたのですが、「偶然」の10曲を聴きながらだと、それがさらに濃く感じられるように思いました。やはり、マイナスイオンのような効果があるのではないでしょうか（個人的には、「僕が守る」を seven さんバージョンで聴いてみたい気もしております）」

今度のライブで「僕が守る」歌うよ！　と返事。これは私もすごく楽しみ。

朝食に、スコーンにメープルシロップをつけながら食べていた。最後あたり、シロップを皿にとろりと垂らした時、ドッと何かが落ちてきた。緑色の……青カビだった。３センチ×１・５センチぐらいの円形。ゴルフ場のグリーンみたい。苔《こけ》色のグリーン。

「おおお！」

いったいどこで繁殖していたのか。外からは見えなかったが。そのことが不思議で、気持ち悪いよりも、「いったいどこにいたんだろう」とそっちに注目し、つぶやく。朝食、中断。いや、断念。

夜、カーカから、「友だちと会うから夜泊めて」とメールが。「いいよ」と返事して、リビングにフトンを敷いとく。ちゃんとしたフトンはないから薄い掛け布団や毛布を敷布団にして。朝まぶしくないように、カーテンも閉める。すると夜遅く、「ごめんやっぱ（自分の家に）帰るわん！」と。「オッケー、フトン敷いてた」。敷いてたフトンをまた元にしまう。しばらくして「ありがとう……」と。お、なかなか大人になったなと思う。お礼言うなんて。で、「早く終わったからやっぱ（そっちに）帰る」と言って、帰って来た。なので、またフトンを出す。

最近、部屋がきれいになったので私の「部屋を素敵にゴコロ」が復活。もっと緑を増やしたいと思い、丸い緑色の葉の植物2種類と、まるい球がつながってる植物（グリーンネックレス）と、変わった植物の鉢を購入。変わった植物というのは、平たい葉っぱではなく細長い円錐《えんすい》のようなもの。それが針のないサボテンのように、たけのこのように、地面から何本も出ている。どんどん部屋が気持ちよくなってうれしい。

## 6月1日（水）

写真詩集、CD「偶然」、ライブ「『偶然』を聴く会」の告知をする。
写真集の告知に「光、風、水、空気、時間など、画面のどこかに動きがあるものをと思い、選びました。変化と希望、進むべき方向、かすかだけど確実にそこにある救い、のようなものを感じてもらえたらと思います」と書く。

本日、事務所の荷物を、4カ所に分けて送る。家や宮崎やカーカのところ。これでなにもなくなった。あさって鍵《かぎ》を返して、解約。この1年のすべてをきれいに整理して片づけて、終了する。いろいろなことを経験した。悲しいことも傷ついたことも、楽しいことも感動もあった。なにはともあれ、これでよかった。解決していない問題や片づいていないことは何もない。すっきりときれいだ。これから、また新しい扉を開けよう。まだなにもないところへ、踏み出そう。

この春から東京と宮崎を移動しなくてよくなり、先月から部屋もきれいになり、ひとりですごす時間ができたので自分の部屋で静かにしていられる。これからひとりの時間を満喫したい。深海魚のように、水の中を漂うクラゲのように（……って勝手に。深海魚もクラゲも予想外ににぎやかな暮らしぶりだったりして）。

**6月2日（木）**

雨模様。さく、登校。

「忘れ物ない？」

「おそらく」

その人が書く文章や話す言葉には、「その人が生きている世界」と「そことの関係性」が如実に表れていると思う。

人生は、宝さがしに似ている。

私が思い出す宝さがしは、小学生の頃の遠足。ある山に登った時。先生たちがあらかじめ木の枝や草のあいだや石の下に番号を書いた紙を隠して、それをみんなで一斉に探すというもの。あとでその番号の品物がもらえる。エンピツやノートやクレヨンやもっといいものもあった。

みんな一生懸命に探した。木の枝、地面、石の下……。1枚か2枚は見つけたような気がする。こんなところにと思うところにあったり、目の前にパッとでてきたり。うれしく楽しくワクワクして、期待したり失望したり。他の誰かが見つけたと聞けば発奮し、ひとりでたくさん見つけた人を見ると悔しいと思った。1枚も見つけなかった人を見ると、かわいそうで悲しくなった。

今までの人生を振り返ってみる。私はたくさんの紙を見つけた。そして賞品も手に入れた。宝だと思ったものがそうでもなかったり、宝だとは思えなかったものがじつは宝物だったりした。宝さがしというゲームに参加しなくても、番号の書いた紙はどこにでもあるのだと思った。ある時、その紙に書かれている宝物は、だれが決めたのだろうと思った。その宝は、みんなが宝だと決めたものだった。でも、それを私は宝だとはだんだん思えなくなっていった。みんなが決めた宝が私には魅力的には見えない。それで私は私オリジナルの宝さがしを始めた。その賞品は、私にとってだけ宝に見えるのかもしれないけど、私には何よりも何よりも大切で価値のあるものだった。

私にとって価値があると思うものを大事にして、私は生きていきたい。

河出の中山さんに、「今、絵本のあらすじを考えているところですが、意外にも、明るく楽しくシュールなものになりそうです。最近、真面目な本が多かったので、広がるような明るさや、自由闊達《かったつ》さを表現したいです」とメールしたら、

「絵本の構想、ありがとうございます。

明るく楽しくシュールなものとのこと、大人も子供も楽しめるものになりそうですね！これまで、静かできれいな本を想像していたのですが、明るく楽しいものもとても良いのではないかと思いました。

楽しく読みながらも、最後にはじんわりと感動が広がるような、そんな作品だろうか、と勝手ながら想像しております。今からとても楽しみです！」

感動というか、このままいくとかなりはちゃめちゃなお話になりそう。

## 6月3日（金）

昨日までの寒くて雨の日々から一転、すごくいい天気。ひさしぶりのさわやかさ。

「わあ、いい天気だね！　こんないい天気、ひさしぶりだね。明日《あした》、晴れるね」と思わず声がでる。

明日、さくたちの運動会。さくの言う「敗北の色」白組ではなく、赤組だそう。

運動会って嫌だなあと先日、やはり近々子どもの運動会があるという人と話していて、私が「お弁当が嫌だよね。家族で食べるっていうのが。子どもは子どもだけで教室で食べ

て、大人は大人で食べるんだったらいいのに。そういうとこあったよ。そしたら、たとえ親が来なくてもわからないよね」と言ったのだけど、なんと、さくの中学校はその方式だった。子どもたちは教室で。保護者は他の割り当てられた建物の中で。子どものお弁当も、来る時に途中で市販のものを買ってきてもいいとのこと。ただし、ペットボトルの飲み物はダメで水筒に限る。さくはお祭り気分が薄れるからかガッカリしていたけど、私はこれは楽だなと思った。見に行かなくてもバレないというところが気楽。お昼、家に帰ろう。家族が他にいれば一緒に食べるのも楽しいかもしれないけど、私ひとりだし。この学校の親の中にひとりも知り合いがいないし。宮崎の小学校の運動会はそれほどは嫌じゃなかった。木の下にごろんと寝転がってピクニック気分でいられた。

事務所の解約。鍵の引き渡し。床のキズなどを見てもらって、終わる。すっきり。これで、すべてきれいに清算した。よかった〜。

**6月4日(土)**

人と意見が違うからといって、その人を攻撃しても意味はないと思う。その人の考えを変えさせることが目的ではないよな、と思う。「自分が自分の望む自分」になればいいんだと思う。

運動会。晴れてる。とても。

お弁当を持たせて、さく、登校。「10時ごろ来ればいいよ」と言ってたけど、9時半のプログラム1番が1年生の100メートル走なので、それに間に合うように行く。グラウンドも宮崎の小学校と比べたら小さく、保護者席も小さく仕切られていて、なんか気楽だった。知ってる人がひとりもいないのは、それはそれで気楽だ。

さわやかな風が吹いてくる。

なんかいい感じ。

私はどこか落ち着く場所を見つけようと思い、探した。狭い範囲の中で、ある、ふたまたに分かれている木を見つけた。そこに寄りかかると、そのカーブがちょうどよく背中にあたって思いがけず、すごくしっくりときた。それで、そこにぴったりと張り付いて、その後は観戦する（ここ、私の陣地）。

そのふたまたの木に寄りかかっていると、日陰で涼しいので、子どもたちもちょこちょこ来る。3～4歳ぐらいの女の子と男の子が遊びつつ、来た。男の子が、「○○、うんこになっちゃったの～」ととてもうれしそうに言ってる。

そう……

うんこ。

子どもの頃って、それ、なにもかもをおもしろく変える言葉だよね。わかる。最高のことばだよね。と、思いながら聞く。

するとその相手の女の子は（女の子の方が成長は早い）、それを聞き流して、「かほのおにいちゃん、こけちゃったんだって。かわいそうだね。かほのおにいちゃん、こけちゃった」と言ってる。男の子は無反応。心にとまらなかったらしい。それから女の子は、石を見つけてそれでそのふたまたの木をコツコツ叩《たた》きはじめた。男の子も真似して石を持って来て叩きはじめてる。私は、女の子を見て、目があったのでほほ笑んだ。女の子はうれしそうだった。子どもは、大人に承認されることを喜ぶ。私は、この経験が大事だと思う。子どもは、自分のどんな行為も大人に見ててほしいんだ。

さくはといえば、100メートル走は1位だった。私も足が速かったけど、さくも速い（カーカも）。そして走り方も似ている。軽やかに走る。「台風の目」はダメだった。リレーを見ていて思った。円が小さいので、外側から追い抜くのは大変だ。動線がカナメになる。直線になる直前に外側に出て、そこから全速力で走ると、スマートな抜き方になるのかな。

昼は私は、一度家に帰った。

午後は、1年生の全体リレーと代表リレーを見たい。さくは最後の代表リレーに出る。

出た。1年生男子4人によるリレー。アンカーがさくで、1位だった。お、よかったね。

リレーはアクシデントがあるから見ていても緊張する。

運動会では、単純に足が速いということがカッコいいことだなと思う。なにかの競技で、転んで負けて泣いている男の子がいた。泣きながら退場門まで歩いていた。友だちが隣で支えていた。

大きなものに目を向けると、小さなことは気にならなくなる。気にしないようになりたい。なろう。小さなくだらないことは。

さくが帰って来たので、運動会の感想をいろいろ話す。

夕方、白ワインを飲んで気分よくなったところで、私が浮雲と呼ぶ人たちと遊ぼうかなと思い、「いる?」とメールする。「ヒマしてます」「いますよ」と浮雲たちから返事が。ちょうど夕暮れの景色が気持ちよさそうだったので、六本木ヒルズの展望台に行こうよと誘う。展望台から細い月を見て、ちょうどやってたフランスなんとかの展覧会を見て、そんなよくもなかったと思いつつ、野菜しゃぶしゃぶを食べる。おいしかった。それから「ブラック・スワン」を見ようと、映画館に移動したらいっぱいだったので、暗い毛利《もうり》公園の池のほとりのテラスでまた飲む。

### 6月5日(日)

二日酔い。やっぱりもう禁酒しよう。

家にいて気分がよくなるのを待つ。お風呂《ふろ》に入ったり、空腹だと治らないので塩のおにぎりを食べたりした。


バスケ部に入ったさく。今日は試合。土日もたいてい部活があるので、中学生活は学校と部活でほぼ埋まるということがわかった。あと、帰って来て「お腹すいた」。

学校、部活、お腹すいた。

これの繰り返しが3年続くのだろう。楽でいいな。

運動会を見てて思ったけど、1年生と3年生の体格の差。女子も男子ものすごく成長する時期なので、さくもああなるのかと覚悟を決める。ドーンとでかくなる人間たち。

**6月6日（月）**

休みたいけど、まだやらなければいけないことがあるから、まずそれを楽しく集中してやろう。言葉のカード「こころのこぶた」制作。いいものにしたいので楽しみでもあり緊張もする。

ついに生還！　バンザイ！

動物の暮らし（カーカとの）から、人間の暮らしへ！

## 6月7日（火）

昨日、伊集院くんにご飯をつきあってもらった。開け放された扉から風が吹き込み、気持ちのいい夜だった。私と伊集院くんの頭の中はそうとう違うらしいということがわかっておもしろかった。私の頭の中はその時ぼわっと考えていることがほとんどなのに比べて、伊集院くんは人の考えや物ごとの成り立ち方に興味があるらしく自分のことを考えたことがないという。人ならどういう思考回路でそういう考えが出てくるのかとか、物ならどういう仕組みでそうなっているのかとか。でも、伊集院くんといるととても気が楽。しゃべりたくないことをしゃべらなくていいから。黙っていることを気まずく思わないでくれるというか。自分が全存在としてそこにいるなら、話すことなどあまり意味がない。

で、メールが。

「昨日は楽しいひとときをありがとうございました。

お椀《わん》が出てきたころから、板前さんが扉を開け放していて、吹き込む風が気持ちよかったですね。季節の変わり目らしいすがすがしい夕方に、銀色さんとご一緒できたことを嬉《うれ》しく思い返しています。これから『静かな時期』を迎える銀色さんの活動の節目でもあり、なんだか新しいものが生まれそうな予感のする夕方でした」

そう。私はこれからひとりの世界により深く入りたいと言った。静けさをより深い静けさに。透明なものはより透明に。めざすものに1ミリでもいいから近づきたい。研ぎすます、という感じ。これは終わりのない道だ。

……というようなこと、いつも言ってるわ。

## 6月8日（水）

私は緊張感のないものが嫌いだ。ぐたぐたしたグチを言ってる人は、なに甘い夢を見てるんだろうと思う。そう言ってるまにちょっとでも動けよと思う。そんなに嫌なら自分で変えろよ、自分が変われよと思う。嫌なことが嫌じゃなくなるいちばん早い方法は自分が変わることだ。自分以外のものを変えようとすることは所詮《しょせん》無理なんだと思う。

さて、朝。

朝ごはんを作って、さくと食べる。最近私は早寝早起きなので、6時には目が覚める。夜、9時頃寝たりするから。さくはごはんを食べる時の姿勢が悪い。自分の部屋ではベッドに座って食べるし、テーブルでは足を曲げたり、体を斜めにしたり。家だけだろうと思うけど、たまに言わないとと思って言う。

「さく。姿勢が悪いけど、家だからだよね。外ではちゃんと背筋をのばして、肘《ひじ》をつかないで食べてるよね」

「家だけだよ」

「ならいいけど。たまにいるじゃん。外でもふつうに食べられない人」

「家はね、リラックスしてるから」

ごはんのメニューの話になり、

「食べたいものないの？　いつもなんでもいいって言うけど」

「うん。特別に好きなものがないから。どれも同じくらい」

「同じくらい好きなの？」

「うん」

なんでもいいらしい。

雨模様の中、「行ってきます」と玄関から仕事部屋の私に声をかけてる。

「学校？」

「うん」


写真詩集のオビの言葉を追加。浮かんだので。

「そしてまた　新しいことが起こるんだ　君にも　僕にも」

**6月9日（木）**

仙台の方から来た手紙を読み、気持ちがほっと安まる。「つれづれ」の中のなにげない
ところを見て思うことなど……。その人は、なにげないところに何かを感じると言ってく

れた。
気負わずのんびりやっていこうと思う。
もうすこししたら買い物に行って、今日のごはんの材料を買ってこよう。ちょっとしたおいしいものも買おうかな。なにかあったら(いちごのショートケーキを買いました)。

昨日、さくの矯正歯科に行ったら、前の病院の資料を見た先生が先日言ってた「僕の息子ならそうします」方法をあっさり翻し、奥歯のかみ合わせを優先して、今無い前歯はすき間を保つ矯正をしてから仮歯を入れ、大きくなったらブリッジかインプラントにすることを薦めますという。「でも(歯を抜いたのでその部分に)骨がないのでインプラントはできないとか……」と聞いたら、「そうですが、そのころ(8年後)には技術も進んでいるでしょうから、期待しましょう」とのこと。ま、私は先生の薦める方法でいいので、それでお願いしますという。歯がないのはもうしょうがないから。そのことを考えるといつも気持ちが暗くなるけど、いつか平気になるのだろうか。で、すき間をあける矯正をこれからしばらく続けることに。帰りにスーパーでガリガリ君とキリンレモンを買ったさく。自分のお金を持って来て買ってた。

**6月10日(金)**

今日の朝食。しらすと白菜のオムレツ。

「行ってくんね」とさくが登校。試験前で朝練もないし、帰りも早い。

「いいね、最近ゆっくりできて」と言うと、「うん」と。今日から先日中古で買ったゲームに取りかかる予定らしい。

絵本のストーリーを考える。とてもかわいくて楽しい絵本になりそう。絵も私が描くことにした。頭の中にキャラができてるから、ちょっと実物を作ってみようと思い、昨日、布屋に布を注文した。ピンク色の毛足の長いもの。

「こころのこぶた」カードも制作中。目の前の状況と自分との関係性を表すような言葉を選び、紙に書き出して床に並べて、50にまとめる。私の好きな世の中の見方、解釈のしかたになっている。これとこぶたのイラストを関連づけて、テキストを書く。

カーカがバイト帰りに夜遅く家に泊まりに来る。秋葉原で日払いのバイトらしい。なんだろう。「ティッシュくばり?」と聞いたら、「そんなもん」。

## 6月11日（土）

さくはバスケの練習試合。しばらくして起きたカーカと近況をたらたら話す。

「ママは最近の人間関係で気持ちが沈んでるから……」と私。

「ああ～。でももう終わったんでしょう」

「うん。でもママ、嫌なことがあるとずっと考えるからさあ」

「そだね」といいつつトイレへ。

それから私の部屋にいたら、カーカがやってきてベッドにごろんと寝ころぶ。また近況を話す。カーカ、学校の課題やその他で忙しいらしい。

ゲオから家に、カーカに延滞金5000円弱払ってくださいというハガキが3回も来ていたのだが、やっと払いに行ったそう。19枚も一気に借りて、返す日にちを勘ちがいしていたとのこと。

「それ、悔しいね」と私。

「うん。返す日、月曜日だと思ったら土曜日だった」

「19枚も借りるのやめたら？」

「うん。もう借りない」

「でもママも失敗して学んで気をつけるようになったから……。今でもそうだけど。いまだに失敗して学んでるよ。大人になっても（笑）」


「どっか行こう。夏休み」とカーカ。

「行こうか。気分転換に」

「うん。ちょうどいいじゃん」

「どこがいい？」

「どこがいいかな」


買い物に行って帰って来る。カーカがまだいた。「友だちと会う約束があるので、もうすぐ出る、鍋《なべ》を食べるのでお腹すかせるから何も食べないで行く」という。

カーカの友だちでおへそから毛が1本長～くはえている子がいて、「大事に育ててるから水着、着たくないんだ」って言っていたそう。毛が切れたらいやだからって。

「かわいい子なんだよ」と。

「あるよね。自分の幸せ、……楽しみなんだよね」

「そうそう」

カーカ、見てたら、足の裏の皮ちぎって、食べてた。「食べたの？」と聞いたら、「うん」って。「ごみ箱がなかったから」「あったらいれてた？」「うん」「味するの？」「しないよ」

カーカがくると、なぜか部屋の中がすぐ散らかる。

夜。今日の東京タワーは、薄むらさき色できれい。いいなあ……。

**6月12日（日）**

セブンくんのライブを見に行く。1曲目の「アメイジング・グレイス」からぐっときてしまった。この歌、初めてセブンくんを知った時に聞いた歌の中の1曲だ。「輝き」も歌ってくれた。この曲や「アイスコーヒー」を作曲してくれた人は、先月、私の前から消えてしまった……。私が音楽を通してやりたいことと彼のやりたいことが違うということが途中でわかったから。私は私の詩の世界を歌で表現するために曲や歌う人を一般公募した。作者や歌う人の生活が前に出ない、歌が歌として存在するような匿名性の高い歌を作りたかった。企画意図にそういうふうに書いて募集した。でも彼は1月のインストアライブの時に自分個人のことを長く長く語ってしまった。自分のライブで語るような今までの苦労話みたいなこと。それは私が表現しようとした世界と真逆だった。私はとても驚き、そこで初めて彼は大きな勘違いをしているということがわかった。話している内容も私に言わせると正確ではなかった。そしてそれをきっかけにして、他にもいくつかの考えの違いやお互いに理解しがたいものがあることがわかった……。

でもその時すでに7曲もレコーディングが済んでいた。彼にも支払いを済ませていたし、それらの歌がとても好きだったのでもったいないと思い、私の言いたいことをわかってくれたのならここからまた始めればいいと思い、最初に出した3曲とあわせて10曲入りのCDにして出したいんだけどいい？　と聞いたら、「自分の好きなようにやります」と断られ、「じゃあ他の人が歌っていい？」と聞いたら、「お断りします」と言われた。で、「詞を抜いてそこに自分で歌詞を書きます。自分の言葉、自分の熱量の」という返事（この熱量ってどういうことかなと考えたのだけど、私がサビはもっと抑えて歌ってと何度も注文を付けたからだと思った。今思うと、この人は自分のやり方でやりたい人だったのだろう。そうだとすると今回の企画では遅かれ早かれぶつかるのは必至だったと思う)。私の詞が先にあってそれに合わせてつけたメロディなのに。え！　それってあんまりじゃない⁉　それって作品への冒瀆《ぼうとく》じゃない？　と腹が立ったけど、なんか急激に脱力……。そういう人だったんだなあと。その時の一連のメールのやりとりが最後で、それっきり。

……ガックリ。残念。なにか本質的なところが違ったのだ。最後まで私が言ってることが理解されていなかった気がする。虚《むな》しいような釈然としない結果になってしまった。しばらく暗い気持ちだった。

双方の意図が大きくズレていることに気づかずに進んでいて、本番までそれに気づかなかったのは私のミスで、その点に関してあの日来てくださったファンの方には申し訳なかったと思う。私のやりたかったことじゃないことをお見せしてしまった。ファンの方の中にはそのことに気づいて指摘する人もいて、私はとても反省した。

**6月13日（月）**

食材を買いに行って、洗濯や洗い物をして、仕事して、ごろんとする。私は最近よく作業の合間あいまにベッドに寝ころんで、本を読んで、そのまま目をつぶる。そして色のついた残像をながめたり、いろいろなことを考えたりする。その後うつらうつらする。その時に時々とても気持ちのいい感覚に襲われる。あの気持ちよさはどこから来るのだろうと思う。
夕食は、舌平目のムニエルと湯豆腐。ムニエルがふわっとしていてお醬油《しょうゆ》味で、「うまっ」とさくが驚いていた。

**6月14日（火）**

前にも書いたけど、「男運がない」とか「人に恵まれない」とか「めぐりあわせが悪い」とかいう言葉って、責任放棄の最たる言葉だなと思う。自分は悪くない、まわりが悪い、ということだから。こういう言葉を使う人は物事がうまくいかない時、自分には責任がないと言って、そこから逃げる傾向にある。悪い人ばかりに出会うというのは、悪い人ばかりを自分が選んでいる、ということだ。しかも、たぶんその人が言う悪い人は全員がそう悪い人じゃないんじゃないかという気さえする。その人が悪い人なばかりにまわりの人も悪くする人っている。それじゃないかな。人を悪くさせる人。いい人すら悪くさせる人。自分はこんなじゃなかったのにと思わせるほど、人を変えてしまう人。

**6月15日（水）**

『相似と選択　つれづれノート⑳』の見本が届く。やはりこのカバー写真、好きだな。宇宙人っぽい。

## 6月16日（木）

3時に目が覚めて、ずっと眠れなかった。お腹がすいて。むむ。

細かい仕事と打ち合わせ。まだまだ終わらない。

こういう人がいた。口数が少ない人。私は自制心があって落ち着いていて礼儀正しい人だと解釈して、一生懸命難しい話を話し続け、ある日わかった。お馬鹿さんだ……と。言ってることが理解できなくて口数が少ないだけだったのだ。おお。

それがわかってからは、話し方を変えた。丁寧に優しく何度も繰り返し、要点を絞って誤解のないように伝えることにした。理解できない部分をものすごく自分の都合のいいように、自分に甘くとらえていたということがわかったので、誤解されないように丁寧に。

さて、今、午後6時半。

私は今朝、7時42分に、アマゾンに「ユアン・マクレガー　大陸横断バイクの旅」を注文した。実はツタヤで借りたかったのだけど、ないと言われ購入することにしたのだ。

それが今、来た。この速さ。

この速さに、私は日本の、いや地球の現実を感じる。これはこれで現実で、それをどう思おうが、それは現実だ。速い分野はすごく速くなってる。遅いのは遅い。その差がますます顕著に。だからこそ、その差を自覚しつつ、自分の立ち位置を常に意識していなくてはいけない。自分は動かずじっとしていると思っても、その立ってる地面ごと高速で動いている。その臨場感。

まあ、私はうれしくこのDVDを観よう。

ジェットコースターの速度が速くなっていて、速いのが好きな人にはたまらないだろう。そして一方、田んぼの蓮華草《れんげそう》みたいな静かな世界もある。

私たちは、日々拡大している世界に参加している。

## 6月17日（金）

ある仕事が苦しくなっていたので、やめることにしたら気が楽になった。苦しいのはやめよう。しばらく放っとこう。それからどうなるか見ていよう。

夜、また浮雲たちにメール。今なにしてるの？「ヒマですよ」と浮雲1号。今日は青山にいるそう。図書館でなんか見てるらしい。来たら電話してと伝える。行きたい軍鶏鍋《シャモなべ》のお店があり、そこに行きたかったけど休みだった。近所の他のところに行く。浮雲2号から、今仕事が終わったとメールが来たので、来ない？と誘う。来て、3人でまた気ままにしゃべる。浮雲1号がまたおもしろいという本を教えてくれた。アマゾンの「ヤノマミ」の本。NHKのドキュメンタリー番組だったそう。眠くなったので、10時ごろ「帰る」と言って帰る。浮雲たちもそれぞれにねぐらへ。

「ヤノマミ」とそのDVDを注文する。

## 6月18日（土）

大人になっても、きちんと自分の話を相手にできない、何を考えているのかを伝えられない人って、どうだろう。説明を求めても、いろいろあって……などと言って、聞いたことにはっきり答えずに言葉をにごしたり、言葉で説明ができない人ってどこに行ってもダメだろうなと思ってしまう。初めて会う人に自分を説明するって、セルフプロデュース能力みたいなもの。それって、自分のやりたいこと（好き嫌いでもいい）がはっきりしていなければできない。

私は人は、自分の気持ちがはっきりわかっていて、それを人に伝えられる能力があれば、それだけでかなり大丈夫だと思う。

## 6月19日（日）

基本に戻ろう。

いろいろなプロ志望のアーティストを見て思ったことがあった。アマチュア止まりかプロになれるかの差は歴然としていると。アマチュア止まりは、自分の心地よさを重視していて、プロになれる人は、何か使命感のようなものが備わっている。プロになる人に必要な意識というのは、ない人にはないんだなと思った。プロになりたい、自分の好きなことで生活したいと言っている人がいたけど、その人の選択をよく見ていると、本当にプロになりたいのかなと思わせるものがあった。自分の小さなプライドにこだわっていたり、作品作りを大事にしていないと思われるところがあった。世界が狭いというか。それをわかっていて、もともとプロになる気はなく楽しみでやっていきたいというならわかるけど、努力しなきゃいけないこと自分らしくないことはしたくない、自分が気持ちよくいたいと思いながらプロにもなりたいというのは、ちょっと違う。それは全然違う。なんというか、アマチュア精神とプロ意識って、まったく違うと思った。自分らしくないことっていうのは、最初は誰にもわからない。これでいいのかなと思いながら上の人に従う、という時期が必ず職業には最初の頃にあると思う。

私も、作詞をやり始めた頃、いろいろな作詞の依頼を受けて、とても苦手な種類の歌詞をたくさん書いた時期があった。その頃は断るということもわからず、ただ一生懸命に期待にこたえようと思っていた。それまでやさしく自然な詩を多く書いていたので、依頼されて書いた歌詞を見た友人に「前の方がよかった。合ってないと思う」と言われたりした。確かにそうだったかもしれないけど、なぜか私はそこで黙って「しょうがないんだよね」と思っていた。これが仕事というものだと思った。そしてそういうふうに、苦しかったけどちょっと無理していたものを書く時期を2~3年過ごしたあとは、自分の好きなものをができるだけ選択することにしたし、無理して頑張った結果、苦手な分野のものも書けるようになっていた。幅が広がっていた。うんうん苦しんで一生懸命にやっていなかったら広がらなかったと思う。

苦手なもの、自分にはあわないと思うようなものを無心に頑張れる時期というのがある。上司や先輩や仕事先の人が親切に教えてくれる。その時期が大事だと今はわかる。そしてその時期を無心に頑張って、それでも自分にはあわないと思えば、やめればいい。私はやめたけど、あの時期に無理に頑張ったことが自分を成長させてくれたと思う。あれがなかったら小さいままだっただろう（ということは逆も言えて、やらなかったから今も小さいままの分野もあるのだろうけど）。

仕事をしていて、嫌な人ばかり、嫌な仕事ばかりだと思う時があるかもしれないけど、そこを頑張ることがどんなに大事で自分を成長させてくれるか、今はわかる。

ちなみにそういうふうに苦しんだ結果、やがて「そして僕は途方に暮れる」という歌詞が生まれた。大沢さんの歌詞のコンセプトというのは、私にはまったくない世界だった。苦しまなかった私のままでは書けなかったと思う。あまりにも何もわからなかったからこそ、ひたすら書き続けることができたのかもしれない。スタッフの人たちが素晴らしかったこともあったと思う（そこにいたのが木崎さんや小林くん）。

## 6月21日（火）

見通す、ということが大切だと思う。

見通す。その視線の先が遥《はる》か遠くであればあるほど、目の前のことが気にならなくなる。私は小さなところにこだわってから め捕られてるように感じた時は、それを通過して視線を遠くに移す。すると、別にこれにそれほどこだわらなくてもいいなと、ふと我に返る。するとと自由になる。

たくさんの人と仕事をして感じたこと。目の前まで来た人はほとんどがいい人だった。打ち合わせの段階では、ほとんどの人がいい人だ。いろんなことがわかるのは実際に仕事を始めてからだ。実際に一緒にやってみないと、人の能力や考えはわからない。そして一度やってもわからない。二度も三度もやらないとわからない。人と仕事をするということは緊張感のあることだ。

**6月22日（水）**

ひさしぶりに晴天。暑い。

カーカがラスベガスに行こうとしつこい。もともと私が行きたかったのだが、今はカーカ。「ラス」とメールが。「ぷふ」と返事する。「ぷふって」

夕方、さくが「カーカからラスベガス行こうよってメールが……」きたと言う。直接アタックか。「どうする？」「夏休み、部活の予定もまだわかんないし」「だよね。ママも宮崎にも帰りたいし。草むしりしなきゃ」

家でごろごろも今日はあまりできず、昼間、本読んで寝る時間も少なく、さくの歯医者に行ったりしてたら、もう夕方。

カーカから、「今日泊まっていい？」とメールが。ディズニーランドに行くらしい。

夜、木崎さんと小林くんと会う。3人で会うのはひさしぶり。地震の日のこととか、その後のこと。4時間もしゃべってた。大人の友だちっていいなと思う。

**6月23日（木）**

朝起きたら、カーカがリビングで寝ていた。夜、遅く来たんだ。

今日は、撮影の下見にお台場《だいば》の日本科学未来館に行く。ふだん、ロケハンはしないのだけどたまには。幻冬舎の菊地さんと現地で待ち合わせ。思った以上の濃い内容に、これはじっくりゆっくり見に来たいと思った。それでも全部丹念に見たらかなり時間がかかりそう。なんか、よかった。企画展で「メイキング・オブ・東京スカイツリー」というのをやっていたので見る。これもおもしろかった。大きな建物の作り方って、どこをとっても興味深い。

スカイツリーの作り方を見て、でっかい地球儀を見て、宇宙ステーションの寝室とかの実物大も見て、海底深く掘削する船の説明を見て、深海を潜る潜水艦みたいなののレプリカに入って、高速のなんとか（ちょっと怖かった）も見て、ロボットのアシモくんも見て、医療やコンピューターやその他とてもたくさんのいろいろを見たあとに付属のカフェでカレーを食べたのだけど、そのカレーが地球と宇宙の壮大なドラマをくぐり抜けたカレーに思えて、とにかくなんとも不思議な気分になった。

小学生の団体も来ていて、展示物のところに帽子をだれかが忘れていたので、それを持ってアシモくんを座って見ているその学校の団体のところに行って、先生を探したけどどの人かわからず、しゃがんでいる女の子に「これ、誰かのかな？」と言って渡したら、「あ、ありがとうございます」と受け取ってくれたりした。

そのあと、外に出て「船の科学館」のあたりの海沿いを歩く。

帰ったら、さくも帰っていた。今日は暑かったので、夕食はさっぱりしたものがいいなと思い、何がいい？　と聞く。「おソーメン？」「そば」。ざるそばがいいと言う。

そばとそばつゆを買ってくる。

なんか幸せ感がただよう。

そうそう。今日、悔しいことがひとつ。

実は昨日、知ってる女の子とランチを食べてて、その時にその子が iPhone のホワイトプランの特典でお父さんタンブラーをもらったと言ったとたん、私の脳にすっかり忘れていたあることがピカリ。

そう、この春、さくに iPhone を買った時、しばらくしたら特典の連絡が来ますからと言われていた。「お父さん一言タオルセット」か「お父さんお風呂《ふろ》あがりセット」か「ホワイトプラン基本使用料37カ月無料」だった。私は、お父さんバスローブとお父さん足ふきマットとお父さんタオルがセットになっているお風呂あがりセットがいいと決めた。そして、そのことをすっかり忘れていて、その子の言葉で思い出したのだ。もうあれから3カ月もたっている……。もう終わったかも。悲しい。でも家に帰って、さくの携帯を見てみた。すると、確かにそのお知らせが来ていた。特典を選べるというやつ。でも締め切りは7月10日と書いてある。やった。

それで、そこから申し込みをしようとパスワードとか打ったけど、エラーになる。3回エラーになったので、本日はもうダメ、とでた。

なので、一夜明けた今日もう1回トライしたけどまたダメだった。なのでお問い合わせに電話したら、ときどき出来ない人がいるのですが今この場でできますと言うので、やってもらったら、「お父さんお風呂あがりセット」はやはり品切れだった。「一言タオルセット」を頼んだら、それも品切れ。ガッカリしながら「37ヵ月無料」にした。落胆収まらず、昨日からの動向を知っているさくに、そのことを一生懸命に話した。ガックリしながら。

さくの顔を見て返事を待ってると、

「おそば、食べようか」とやさしい声で。

「うん」

そだね。


でも、まだ悔しい。すっかり忘れていた自分が。

バスローブ、買ってこようかな。あまりにも悔しいから。そういえば、バスローブって暑いからあまり好きじゃなかった気がする。

そうだった。でも、お父さんバスマットは欲しかった。

クソー、さっきの幸せ感が消えてる〜。

夕方。私の部屋からスカイツリーが見えるので、双眼鏡で見てみる。

ああやってああやって作ったんだね、あれをああして、心柱をコンクリートで作って、ふむふむ……と見る。とても親近感がわいている。

本屋さんへ行ったら「つれづれノート⑳」があったので、人にあげようと思って2冊、買う。このカバー写真、……地球を訪れた宇宙人みたいだと思う。母船から額にエネルギーを補給している宇宙人3名。オビの言葉も宇宙人の淡々としたつぶやきみたいだ（人というのは不思議なものだ。苦しい時ほど美しさが際立つ）。
この時、3人が顔を向けていたのは太陽。遠くの灯台や丸っこい石の大きさとなめらかさ、水平線の位置（カーカの首ねっこから）も好き。

あ、幸せ感がもどってきた。

**6月24日（金）**

昨日の夜中、空腹で目が覚めた。ちょっとごはんを食べたけど、しばらく眠れなかったのでバスローブを調べた。すると、いいのがあった。で、ついでにバスマット、バスタオル、タオル、シャンプータオルまで注文してしまった。か、買いすぎたか……。
ふたたび寝て、朝起きる。さくの朝食を作り、さくが登校し、私の朝食を作り、読書。今日はなにもしなくていい日なので読書をしてすごそう。

昨日はまだまだ修業が足りなかった。私はガッカリしないことにしたのに。ガッカリしそうなことが起きたら、「こうなって結果的によかったというふうになっている」と思うことにしていたのに。忘れていた。つい感情的になって。いけない。すべてがこれでよかったというふうになっているのだった。一見、悪いことでも、あとから見たら、あれでよかったと思うようになっている。そう思うことにしている。そう思うと、かなり気分がよくなるから。これからはできるだけ忘れないようにしよう。ぼうっとしている時が危ない。自分自身でいないような時。「お父さんお風呂あがりセット」を手に入れられなかったことを、もう残念に思う気持ちは今はない。あったらあったでうれしかっただろうけど、なかったらなかったでその暮らしも楽しいから。3カ月ぐらいたったら、どんな出来事も受けいれられるんだけどな。すぐっていうのが難しい。

ずっと本を読んでは、眠くなったら寝て、起きては本を読む、を繰り返す。今はこの暮らしでいいと思っているからなんの躊躇《ちゅうちょ》もない。もっともっとこうしていたい。まだまだこうしていなくては。そして自分の心の奥にどんどん深く沈みたい。

## 6月25日（土）

今日も暑い。

浮雲1号お薦めの本『ヤノマミ』を読んだら、その中でシャーマンがよく言うことで、「ブランコ（白人）と話す時はゆっくり話す。ブランコはヤノマミの土地が欲しいだけなのだ。だから、ゆっくり話してブランコの反応を観察する。ブランコの目を見つめ続ける。目を見ていれば、ブランコの本心など簡単に分かる」とあり、私もこういう気持ちで初めて会う人と話したいと思った。だれか来ないかな、目の前に。ゆっくり話して目を見つめ続けて、ブランコの本心を見たい。見えるかな。見えないかな。当たってるかな。違うかな。

次に会う初めての人にそうしてみよう。

カモン、ブランコ。

「ヤノマミ」つながりで読んだ沢木耕太郎《さわきこうたろう》のアマゾン旅行記『イルカと墜落』もおもしろかった。「ヤノマミ」のDVDも観た。アマゾンが俄然《がぜん》、身近に。

ユアン・マクレガーがバイクで大陸横断したドキュメンタリーもよかった。3枚組で長かったけど。ドキュメンタリーっぽいものを、今、見たい気分。

午後。さくに小さな虫歯があると言われ治療のために矯正の先生に紹介された歯医者に行く。ふたりでトコトコと歩いて。わりと近く。行って、終わって、帰りにさくのノートと私の文房具を買いに本屋に立ち寄る。

その帰り、パラパラと小雨が降って来た。さくがジュース買うから先に行っといてと言う。先に行く。追いついてきた。小雨にぬれて帰宅。

曇って湿度の高かった今日もそろそろ夕方になってきて、ちょっとホッとする。空も明るくなってきた。事務仕事しながらシャンパンを1杯飲む。最近は、毎日じゃなく1日おきぐらいに飲んでる。

なんかなあ〜。

ひとりで読書。細かい事務仕事。

いつもいつも、朝か昼か夜か真夜中。湿気と強風。

これが最近のすべて。

なんかして遊ばない？　ってだれかに言いたい気分。

**6月26日（日）**

最近、いや去年から、奈良が時々ちらつく。去年、ガイドブックも買った。

堀辰雄《ほりたつお》の『大和路・信濃路』を今日読んでいたら、奈良や京都のお寺などをひとりでめぐって「ぼんやり紀行」を書きたくなった。つらつら思ったことをつらつらつらつら書く、まるで心だけで動いているような旅。

午後、さくとツタヤに映画を借りに行って、おやつにパンを買って帰る。

さくはよく「疲れた」と言う。四六時中。毎日のように部活があって、家も遠くて荷物も重いので、慣れるまでは疲れるだろうなと思う。でもいつも「疲れた」を聞くのも嫌だ。

「疲れた、って言わないでよ」

言うと疲れがとれるらしい。

「じゃあさ、疲れたじゃなくて違う言葉にしてくれない？　ツカレタ……、ツカレタ……。……カツレツ、カツカレ。カツカレーは？　カツカレーだったらいいんじゃない？」

「うん」


で、夜、「なんだっけ。カツレツ、カツカレ、すっごくカツカレ」なんて言っていた。

**6月27日（月）**

最近時間ができたので、また映画を観るようになった。今日は「ジュリー&ジュリア」。映画そのものよりも、特典映像をたらたら観るのが楽しかった。メリル・ストリープが劇中とインタビューとで顔が違うので驚いた。実物はきれいだった。劇中では、役になりきっていた。

紫陽花《あじさい》の季節。紫陽花って好き。水色、青、紫。そのあいだの限りないグラデーション。

白っぽいのが好き。薄くて青いのが。また鎌倉《かまくら》に行きたくなった。

夜は、カレー。「印度《インド》の味」バターチキン味。2倍の分量の水と一緒に煮込むだけのお手軽瓶詰めカレーペースト。チキンとなすとトマトとピーマンを炒《いた》めて煮込む。それほど辛くなく、おいしかった。

カーカからまた、「ラス」と。

## 6月28日（火）

「ぼん〜、ぼんのこころはどこにある〜」と言いながら、さくの部屋へ朝のあいさつ。

来月、山中湖《やまなかこ》2泊3日の移動教室があり、青木《あおき》ヶ《が》原《はら》樹海について調べる宿題がでたそうで、ネットでみつけたというページをプリントアウトしてあげる。

今日も1日、自由。また映画観ようっと。もう外にも出たくないのでDVDで。

今読んでいる本の中に（いつも数冊同時に読んでいる）、1冊、読んでいるとぽわんと不思議で幸せな気持ちになる本があり、それを時々ちらちら読むのが楽しみ。バタンとベッドに寝ころんで、読んではぽわ〜っとなり、眠くなったら寝て、また起きて他のことをする。

27歳で自殺したパンクロッカーのインタビューとか、トルストイの晩年の映画など観て、これつまんない、気が滅入《めい》る、と思いながらもつらつら、「悲しくない別れって存在するのかな……」などという思いにふける。悲しくない死、というものを提唱したくて生きている私だが、悲しくない別れは悲しくない死のミニミニバージョンのようなものだから、悲しくない別れも可能だと思う。

## 6月29日（水）

午前中、読書。10時におやつ。「わかさいも」。このおいもの繊維のようなものは何かだったよな……、何だっけとHPを見る。昆布だった。ついでに、そこに出ていた「わかさいもができるまで」のビデオ（当時）を見たあと（主人は清潔感を重視していたという通り清潔感のありそうな工場だった）、マンガ「わかさいも一代記」を見て、最後もらい泣き。

今日は暑い。さくが帰って来て、小銭を探してる音がする。さくは毎日、土日も、学校と家の往復だけで、外に出ることがない。そのさくが唯一ひとりで外に出るのが、近くの自販機にジュースを買いに行く時。これが楽しみのよう。で、小銭がなさそうだったので、私の小銭入れ缶から100円玉を10個ぐらい集めて、「さく。お小遣いあげてないから、小銭、あげるよ」と渡そうとしたら、「いいよ」と言う。「どうして？　お小遣いあげてないじゃん」「いい。じゃあ、1個だけちょうだい」と言って、いそいそと買いに行った。

今日は暑いと思ったら、本当に暑かったらしい。35度。

玄関のさくの靴がひとつの方向に向かって並んでいて、まるで魚の群れのようだった。

「さく、魚みたいだよ〜」

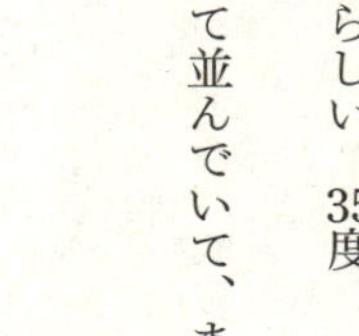

## 6月30日（木）

エイジくんお薦めのバイオレンス映画「マチェーテ」も観終え、返しに行ってまた借りてきた。

奈良のこと、いろいろ調べてるところ。お寺や仏像に興味はないけど、どこかしら興味があるものがあるのではと思う。

私の不思議な植物……。あの円錐《えんすい》形というか、葉っぱが平らでなく、丸く立体的なあの植物に、小さな新しい目がふたつも出ているのを発見。うれしい……。生きてるし、繁殖している。ゴムの木みたいな木も、すごい勢いで伸びている。どうなるのだろう、この部屋。

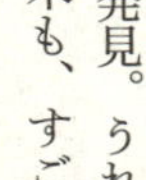

ビルマの自由を求める僧侶《そうりょ》と民衆のデモのドキュメンタリーを見た。他にもたくさんの

自由のない国や苦しみの多い国があるかと思うと、今、日本にいる自分を本当に有難く感じた。

## 7月1日（金）

途中でやめていた仕事……、「こころのこぶた」を再開することにした。これはとてもエネルギーが必要な仕事だ。ひとつひとつ真剣に書かなくてはいけないので大変。

でも、こぶたのカードは作りたいから、あまり難しく考えないで楽しんで作ろうと思う。私にとって「言い切る」書き方は、すごくチャレンジを要する。心を強く持って書かないと書けないので。


洗濯して干そうとしたら、さくの学校の夏服のポロシャツや体操着がピンク色になっていた。茶色いインド綿の服と一緒に洗ったからだ……。しまった。どうしようもないので、漂白剤を買いに行く。ついでに夕食の材料とパンも買う。ぼーっとしながら買い物。私は日用品を買う時はいつもぼーっとしている。今はお腹がすいていないから、買う気力があまりない。でも、きっとすぐにお腹がすくのだろう。明日《あした》もお腹がすくので、なにか食べないといけない。あさってもだ。

帰って、シャツ類を漂白剤につけた。仕事をする……前に、本を読もうかな。そしてべッドにごろんとなって、本を読みながらだんだん面倒になって、また眠るのかも。

**7月2日（土）**

さくは学校の陸上大会の練習とかで、朝早く学校へ。

玄関で「めんどくさい、めんどくさい」と何度も言う。そんなの聞くのも疲れるので、

「それもまた考えてあげようか？」

「うん」

「カツカレーみたいにね」

「うん」


帰って来た。

「考えたよ」

「なに？」

「直球だけど。……めんどりください」

「めんどりって、なに？」

「知らないの？　めんどり、おんどりって。いわない？　メスのにわとりのこと」

## 7月4日（月）

映画の感想。

「摩天楼を夢みて」、ジュード・ロウの「ファイナル・カット」、「アトミック・カフェ」。

どれも楽しくなかった。今は、もっと気持ちが晴れやかになるものを観たい気分なので。なのになぜ、ついこういう気づまりなものを借りてしまうのだろう。

「スケッチ・オブ・フランク・ゲーリー」、建築家の。この方の建築物をそう好きじゃないので、今度は好きな建築家のを借りてこよう。

「インビクタス」、唯一これだけが飽きずに観られた。マット・デイモンは好き。誠実で仕事熱心な印象を受ける。軽くないというか。誠実で仕事熱心な人が私は好きだから。


夕食の買い物に外に出たら、すごい風が吹いてきて、立ちどまる。蔦《つた》が風に吹かれて、びゅうびゅういってる。ああ、いいなあと思った。そこはいつも強い風が吹いている。

今住んでいるところはそっけない建物なのだけど、私は気にいっている。理由は、ひきこもれるから。そこだと、ほとんど外に出なくても近場だけで用がすませる。ひきこもるには便利な環境だ。そして今、私はひきこもっている。

## 7月5日（火）

今日も、こもって読書。読みたい本がある時は幸せだ。今、数冊、ある。

自分に教え、自分を高め、自分を導いてくれるものは、自分に過酷な要求をするだろう。今のこのありのままの自分を愛してほしいというのは恋人にだけ願ったらいい。自分の師となるようなものは、けして自分を甘やかしはしない。

恋人でなくても、友だちでも家族でもいいのですが。言いたかったことは、自分を鍛えてくれるものは、やさしくはないということです。それが恋人のこともちろんあるでしょうけど。


写真詩集『偶然』を知人に送り、その感想をいくつかもらったのだけど、これは虫くんから。

「『偶然』を頂きました。

手に取った瞬間に、『すごく良い本だ！』ということがわかりました。

銀色さんの家から撮られたカバーの写真がすごく印象的だった、というのもあるかもしれませんが、これは、いい加減なことを言っているのでなく、本当に分かるんです！

ぼくは、本を読むとき、心に残ったページの端を折りながら読むことが多いのですが、この本は、とてももったいなくて、それができませんでした。

読む度に好きな詩が変わるような気がするのですが、今は、〝人々に会い続けていくことは"で始まる詩と、『イルカと泳ぐ』と『生きる』がすごく心に残っています。数行が、原稿用紙何百枚費やされた言葉よりも沢山の感情を動かしてくれるのって、本当に凄《すご》いです。

言葉は、誰かの宝物になれるのだということを、改めて強く感じました。

ずいぶん前のことですが、銀色さんがメールで、『人と対峙《たいじ》するってことは、その瞬間、宇宙の中に、たったふたりきりでいるようなことなんだよ』と書いて下さったことがあって、それは、ここ数年、ぼくが人と会ったり仕事をしたりする上で、大きな指針でした。『相似と選択』で、虫くんが『成長している』と書いてあって嬉《うれ》しかったのですが、それは、銀色さんが投げて下さった言葉とエネルギーによるところがとても大きいと思っています。

先日の感想に書き忘れてしまいましたが、虫くんの手相に反応した方がいたのには大笑いしました(笑)。ぼくの手相は、相変わらず鎖ジョーです」

おお、鎖ジョー、懐かしい。鎖ジョーに会いたいよ(笑)。会って、手だけ見てるってどうかな。

聞く耳を持たない人には何も言うことができない。たとえその人のここが間違っているから直したらいいんじゃないかなと思っても、その人が聞く気がないと、何も変えられない。私は私の話を聞く気のある人にだけ話したい。タイミングというのがあって、その人が自分から変わろうと思う時でなければ、人を変えるのは無理だ。変わろうと本気で思う時、人は素直に人の話に耳を傾けはじめる。

**7月6日（水）**

自分の中の妄想の世界に生きているような人がいる。自分に都合のいい、自分を甘やかす夢の世界を作り上げていて、それを本当だと信じているような人がいる。そして現実の世界で自分の望まない事が起こったり他人が自分の気に入らないことを言ったりすると、そこから逃げて見ないようにしているような人がいる。

さくの矯正歯科へ。矯正の器具をとりつける。まず一部。数カ月間つけて、仮歯を入れる予定。カレーを食べると装置が黄色く染まるので注意してくださいと言われる。気になるようで、「慣れない」と言っている。

**7月8日（金）**

来週の『偶然』を聴く会」のリハーサル、1回目。チェロの五十嵐《いがらし》さんも。「僕が守る」の時、セブンくんがキーと歌い方に迷っていた。真剣に。私は最近夜9時頃から11時ごろまで寝る癖がついていて、すごく眠かったのでうつむいて寝ていた。でも寝てるって知られたくなくて寝てないふりをした。ずっとセブンくんは真剣に考えていた。

カーカよりメール。ゲームを買ったら、メール便で送られてきて、留守だったのでドアノブにかけられていて、盗《と》られたよう。今度から代引きにするとのこと。

### 7月9日（土）

朝。

「さくー」

「んー」

「どこ？」

「フロ……」

「なにしてんの？」

「歯ブラシ、取りに行ってた」で、自分の部屋へ入ってテレビ見ながら歯磨きを始める。

「さくー。ママがさくのこと、好きって思う？」

「なに、いきなり」とテレビ見ながら、歯磨きしながら。

「本を読んだの。そしたら、子供の頃、親に愛されなくて、その思いが深い傷になって、大人になっても苦しんでる人がいたの。だからさくに言っとかないといけないと思って。さくはママがさくのこと、好きって思う？」ちょっと恥ずかしかった。

「……（もごもご）うん」

夕方、「夕食、なにがいい？」と聞いた。なにがいいかなあ、と考えている。なにかないと選べないというので、料理の本を持って来て見せた。じーっと見て考えたあげく、ハッシュドビーフか、グラタンか、チャーハンか、カルボナーラがいいと言うので、カルボナーラにすることにした。

材料を、さっき買いに行って帰って来た。両手に重い袋をさげてマンションのエレベーターに乗ったら、クリーニングされたシャツを受付で受け取った男の人が、親切にしてくれた。行き先の階を押してくれて、それ以外にもなんだか親切だと思った。そして私が先に降りる時、挨拶《あいさつ》もしてくれた。男性なのにめずらしく丁寧で素敵な人だった。外国暮らしの経験者か、よっぽど育ちがいいのか。

カルボナーラを作って食べた。

エクトン本の中で好きなところはたくさんあるけど、私のことを言ってくれてる部分でいちばんうれしかったところは、P211の「銀色さん、あなたという方は、個人が携えている責任を声として発する方でいらっしゃるのです。そしてあなたの読者の皆さんは、あなたがそういう方であることを知っています。そしてあなたから、個人としての責任とはどのようなものなのかということを彼らは学んでいます。あなたは誰かと少し会話される場合でも、自分の詩や芸術作品を提供する場合でも、それによって人は強い怒りや絶望のまま生き続けることはないのだということを、それに触れる人に伝えていらっしゃるんです」です。特に「誰かと少し会話される場合でも」というところが。本当に、そうしょうといつも心がけているので。

## 7月10日（日）

昨日、買い物してる時、目がすぃよせられた赤ん坊が！　ふつうベビーカーに乗った赤ちゃんは、手足をベビーカーの中でゆったりとのばしてる……体をベビーカーの空間に自然に預けて横になってるって感じなのだが、その赤ん坊は、痩《や》せているので妙に顔が大人っぽく、いい年齢の大人の男に見えた。そして、左足を、左手よりも上にあげてベビーカーの縁にかけていた。くいっと。そのかけ方が、なんとも気持ちよさそうで、この子はいつも左足をここにかけるのが好きなんだな、いつもこうやって左足をかけてるんだなと思った。そしてキョロキョロしながらまわりを見ていた。まるで大人のように。あまりにもその左足が気楽そうで、私はもう一度見ようと引き返したが、よく見ることができなかった。今でもあの赤ん坊を思い出す。

さくが、「めんどくさ……あ、めんどりください」

「長いね」

「めんどり、でいい？」

「うん」

午後、セブンくんに来てもらって写真集とCDにサインをする。いろいろおしゃべりしながら。『偶然』を聴く会」を遠くでもやりたいね～と言いながら。夕方になったので、ハヤシライスとサラダを作って食べる。

明日《あした》、奈良に行こうかどうか、迷ってる。

**7月11日（月）**

カバーなど一新して出す予定の『無辺世界』の構成について考えなくてはならない。今日、返事すると言ってたので、河出の中山さんにメールする。

「今、これから奈良に行こうかと考えているところです…。奈良で考えます…。大仏に、聞こうかな（笑）」

すると、

「大仏と一緒に考えて頂けるとのこと、さらに新しい『無辺世界』が広がりそうで楽しみです！」と。

大仏と一緒に考える、だって。思わず「ふふっ」と笑ってしまった。

奈良も暑かった。

**7月13日（水）**

1泊して、昨日帰って来た。今日は、残りの仕事をやらなくては。月曜日から山中湖に宿泊合宿に行っているさくは今日帰って来る。面倒くさいとぶつぶつ言いながら行ったが。

帰って来た。悪くない感じ。

夜、土曜日の『偶然』を聴く会」のリハーサル。

**7月14日（木）**

言葉のカード「こころのこぶた」制作中。

「セブンさんの声は、曲によって違う人の声に聞こえます。不思議で魅力的な声の持ち主ですね」という感想が。

**7月15日（金）**

「こころのこぶた」制作、細かい作業が苦しい……。6時までに終わらせないといけない。苦しい瞬間だ……。

明日、カフェでライブ。昼夜2回。それも苦しい……。何を話せばいいかわからないし、気が重くなってきた。気が晴れない……。

電話でなごさんに、暗く、ぶつぶつぶつぶつ……言ってたら、「明日、そのテンションでくるんだね。……わかった。じゃあ……」と電話を切ろうとするので、なおも、ぶつぶつぶつぶつ言う私。

買い物に行って焼うどんを買ってきた。空腹なのもいけないと思う。「シャーロック・ホームズ」を観ながら食べる。あいかわらず暗い気持ちのまま、午後を過ごす。

夕方、こぶたの原稿を渡す。入稿が終わったら、急に気分がパーッと晴ればれとした。このことが重荷だったんだ。明日が楽しみになってきた。

エクトンとの対談本の感想をもらった。

「前世の記憶を忘れないまま生まれて来るという人がいる」という箇所があるのだが、その人もそうで、いろいろ、人々の会話を聞いて驚くことが多いそうだ。なかなか話が嚙《か》み合わないとか。素直に会話できる人と話がしてみたいと。……なんかわかる。

私は前世の記憶はないけど、よく思ったのは、多くの人はなぜ他の人の言うことを基準にするのだろうということだった。他の人や世の中の暗黙の了解が私の思うこととは違う、と思うことは多い。今は、ただ違うなと受け止めることができるようになったけど、本当にここもあそこも、とよく思った。

## 7月16日（土）

今日はライブ。『偶然』を聴く会」。昨日までの憂鬱《ゆううつ》とは違い、ちょっと楽しみ。

ライブ、昼夜2回もやってとても疲れたけど、昼だと来れるのでまた昼やってくださいという人がいて、ああ、だったらよかったなと思う。ライブ……、またたくさんの人が泣いてらした……。私も最後の「夕空」でほろり……じゃなく、鼻水がずるずる。またまた人々の想いが押し寄せてた。

いちばん最初の曲で、セブンくんが緊張してて驚いた。昨日はほとんど眠れなかったのだそう。だんだん持ち直して、いつものののびやかさが戻ってきたけど。

終わって振り返り、来月のライブの構想がいろいろ浮かんできた。

お昼の回に来て下さった方が手作りのブローチをくださったのだけど、着ていたワンピースの中のオレンジ色と同じ色で、夜の回はそれをつけて出た。白い花のリースをもらったので、夜の回の私のテーブルに飾った。

夜の回の時、愛について話したのだけど（私は私が思う愛以外のものを愛とは呼ばない、という話）、そのあとサインをしていて名前を書いていた時、「愛」という名前の人が3人以上もいて、ちょっと驚く。ひとりの人が「愛の話をしてくださって、自分の名前がちょっと好きになりました」とおっしゃっていた。

## 7月17日（日）

昨日のライブから一夜明けて、こぶたカードとライブという2大気がかりがなくなって、ぼんやりする。慣れない。カーカが帰って来てたので、しゃべりつつご飯を食べる。カーカが寝ているさくを見て「大人みたい。子供に見えない」と言う。横になってると人って大きく見えるが、ホントそう。

今度3人で奈良に行こうよと誘う。カーカは京都の金閣寺を見たいらしい。「いいね。金閣寺を見て、奈良に行こうよ」と言っとく。ガラスのお醤油《しょうゆ》さしの蓋《ふた》が取れなくなってる。なんどやってもびくとも動かない。カーカが何回か挑戦して、もういいよと言うのに、やって、ついにはずしてくれた。すごい力だ。「8月の『偶然』を聴く会に出ない？」と聴いたら、「カーカの出る幕ないよ」「ゲストでよ。バイトで。1曲、1万円で」と言ってみたら、「いいよ」と言ってくれた。

## 7月18日（月）

さっそくなごさんに「カーカが来月、歌ってくれるって」と電話した。早々に告知して、リハーサルの日も押さえて、カーカのやる気がなくならないようにしようと相談する。

さっそくツイッターでカーカが出ることを話す。

さくはお弁当を持って、学校で参加する区の陸上大会みたいなのに行った。今日も快晴。暑くて日に焼けそう。もうずいぶん黒くなったさく。私は家で本を読んだり、ゆっくり。あと、いろいろ連絡。

するとツイッターに、「次はかんちゃんも出られるのですね！　会いたいな。上履きで踏んだキャベツを食べたエピソードが忘れられません(﹅∇﹅)でもかんちゃんは人の悪口を言った事がないってつれづれで読んだ時は泣きました。やっぱりそうだったんだと思いました」

そうなんです。あの人は好きじゃないというようなことはいいますが、悪口は言いませんね。

観葉植物がのびている。どんどんどんどん育っている。なんか、カーカが行ってから……。

「カーカがいなくなってから、木がどんどんのびてるんだけど」とさくに言ったら、

「そう？　わかんないけど」

「さくは4月からしか見てないからね。ホントにカーカがいなくなってから、のびてるんだよ。のびのびとしたのかな」

「ふふ」

あったかくなったからかな。


さくが帰って来た。大きな大会だったそう。疲れたみたい。で、お小遣い持って行けばよかったって。バス代きっちりだけ持って行ったら買い食いOKだったそうで、みんなお財布持って来てたって。「ポカリとか、買いたかった……」と。今度からこういう時はちょっと余計に持たそう。

さくはいつも自分でお風呂《ふろ》をためて先に入るのだけど、今日は宿題の縫い物をしていたせいか、私に「お風呂をためてくれない？」とお願いした。珍しいなと思いつつ「うん」と言って入れに行きながら、「ぼんはお風呂にはいるのお？　はいるのお？」と変な言い方で言ってたら、それを聞いて「ふ」と鼻で笑ってた。おもしろかったらしい。

台所にいたらさくが来て「いいドラマっていいね」と言う。ドラマを見て感動してる。私も子供の頃、そうだった。いいテレビを見たり本を読んで、心がぱーっといい気持ちになったことを思い出した。

**7月19日（火）**

家で、こまごましたこと。もう午後、夕方近い。ミニシャンパン飲もうっと、と思いうきうきと冷蔵庫に行ったらなかった。……昨日、飲んだんだった。悲しい。買いに行こう。

いそいそと出かける。ぜんぜん禁酒してない（笑）。

**7月20日（水）**

来月のライブの打ち合わせ。照明や舞台監督さんと。前にもお願いしたことがあるので打ち合わせも楽しかった。照明の女性は私の読者で、曲のイメージをよく汲《く》んでくださるので楽しみ。私も客席から見ていたいな……。今回は歌が多いので、本当にじっくりと歌の世界にはいって雰囲気にひたれると思う。

行きのタクシーの中で運転手さんと近づきつつある台風の話をしていて、ぼんやりしていた私の口からうっかり「台風がさぁ～」と友だちみたいな言葉が出てしまい、「ハハハ。

台風がさぁ〜、だって。すみません」とあやまったら、笑ってらした。

**7月21日（木）**

さくは今日から夏休み。台風の影響か、すずしい。朝練もなし。のんびりすごしてる。昼前から部活。

夜遅く、カーカが帰ってきた。私はもう寝るところ。

**7月22日（金）**

すずしい。朝起きて、3人ともだらだら。今日、カーカはヒマらしく、さくが午後部活から帰ったら、夜ごはん食べに行こうかと話す。ふたりともそれぞれに、ごろごろ寝ころんでゲーム。お昼食べて、またゲーム。

あの不思議な植物からまた新しい芽が2個も！　前のふたつはどんどん大きくなっていってる。

夜、3人で外食。オープンエアーのしゃぶしゃぶ屋さん。3人で外食はとてもひさしぶり。帰りにツタヤに寄って「アンストッパブル」を借りて観る。ごろんと寝ころがって観ていたら、ところどころ寝てしまったせいかアッという間に終わってた。さくは途中でお風呂《ふろ》に入りに行くし、カーカも携帯見たりいろいろ。まったく集中力に欠けている。

## 7月23日（土）

さくは部活。遅く起きたカーカが朝ごはんを食べているあいだ、私は丸い椅子に寝ころんでしゃべる。彼の気持ちがはっきりわからなくてやきもきしているという友だちの話をする。

私「やっぱ、好かれてる方が強いよね～。好きな方はいろんなことが気になるみたいで、いろいろ言ってたけど、彼の方は、へえ？　って感じだったよ。なんでそんなこと気にするの？　って感じ。好きは好きなんだから、それ以上なにが？　って」

カーカ「うん」

私「でも……、喜びは、好きな方が強いかも。……どっちも一長一短だね」

カーカ「うん」

買い物に出掛け、今日もいろんな人を見ていろいろと思った。手に看板を持って何かを宣伝しているらしいのに何も声を出していない女性がいてちょっと変だなと思ったり、ハワイのドーナツを売ってるコーナーがあって、そのいい香りに1個だけ買ったのだけど、その売ってた人には人間らしさがあり、ひとこと商売以外の声をかけてくれて、私も「あ、この人はこの人としてここにいる」と思ったので、すぐにその生き生きとした言葉に対応した。それでちょっと気持ちが明るくなった。

そういえばカーカ、メール便できて、ドアにかけておかれてなくなったゲーム。アマゾンに言ったらポイントをくれたので買い直したそう。またなくなると嫌だからと、私の家に配達されてきた。よかったね、と言う。あと、来月のライブのバイト代、お財布（渋谷で置き引きされた時に買ったピンクの）が汚れてきたから新しいのが欲しいというので、それにした。いいのを見つけたと言う。ドーナッやチョコのアクセサリーを作ってるところので、ストロベリーチョコレートみたいな財布。

私「ひとり暮らしのいいところってなに？」

カーカ「遅く帰っても怒られない」

私「そうだよね〜。たとえば厳しい両親に育てられた人とかって、ひとり暮らしし始めたら、きっとものすごい解放感だよね！　すごいと思うよ」

カーカ「うん」

**7月24日（日）**

一日中、家でだらだらする。録画してあった映画を観ていたところにさくが部活から帰って来た。

さく「何観てんの？」

私「トランスフォーマーリベンジ。これ、すごく長いね。戦いのところでもう観るのやめようかと何度も思った」

さく「子供には夢のような話だよ。車好きとロボット好きには」

そして、「ここがいいんだよね」と言いながら、一緒に観てる。

そのあと「タイタンの戦い」と「第9地区」をところどころ観る。

さくに、寝ころんで足の裏で体を支える「たかいたかい、してあげようか」と言ったら、「もう無理だよ」と。だよね。


今、私は休養中だが、来月宮崎に帰ったらもっとぐっと深く休みたい。人里離れたところにひとりでいるような気持ちになりたい。

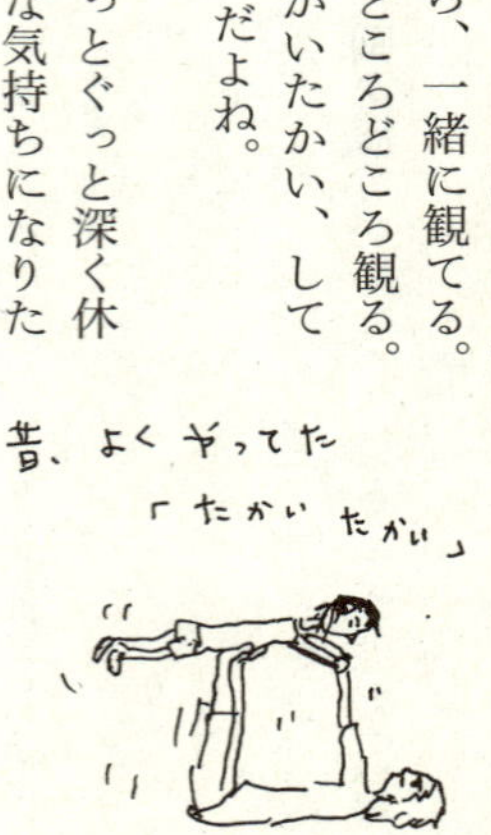


明日《あした》から2日間、部活のない自由なさく。「どっか行く？　何かする？」と聞いたけど。「ツタヤで映画かりて、おいしいもの食べながらごろごろする？」と言ったら、「それがいちばんいい」とのこと。

そんなぼんやり〜とすごしていたこの夜、ふとメールを見てみたら、せっせから。今、しげちゃんとバンコクにいるという。せっせには将来しげちゃんと海外で暮らすという夢があり、その下見に出かけたのらしいが。2日目ですでに帰りたい気持ちがいっぱいらしい。

…………。

「さくー、さくー！」とさくを呼んで、メールを見せる。

「どう思う？」

「どう思うって……、どう思うって……、不思議……」

おもしろかったので、ツイートした。

「今日はずっと家でごろごろ。寝ころびながら『トランスフォーマー／リベンジ』を観て、メールをチェックしたら、せっせから。『今、しげちゃんとバンコクにいます。2日目にして、もう帰りたいです』……なにっ⁉」

すると、たくさんの驚きの感想が。その中でおもしろかったのは、「えみさんの、オレンジジュースの件を、いつも思い出します」香港の。

またツイートする。

「はっきり言って、尋常ではない人、その名も『せっせ』。そのせっせに、なんの説明もなく連れて行かれたらしい海外。無理をすることが使命だと思っているようなせっせなので、私は想像できます。かなりのところまで。せっせは、後悔してるようです。自業自得でしょう（笑）。気の毒なのが、しげちゃん。

でも、苦しければ苦しいほど、生きているという実感を味わえるようなせっせなので、そしてどんなところでなにがあっても自然体のしげちゃんなので、私にはかける言葉は特にありません。一応、社交で、これをメールしときました。↓『あら、まあ！　頑張って下さい。暑くないですか⁇』

　また人々の感想多数。心配してくださってる。

「すごい……。何がそんなに「せっせ」を突き動かすのでしょう……。おふたりのテーマは何なのでしょうか？」

　私のツイート。

「ふたりというか、しげちゃんは何も知らされずに行ったようなので、せっせです。あの人は、本当に、何かに突き動かされていますよ（笑）。私も、その半分ぐらいのパワーでよく突き動かされますが」

　みんなの励ましや応援多数。

「せっせさんらしく、しげちゃんさんらしく、銀色さんらしい出来事と関わりかたと反応で、人ってみんなおもしろいなぁと」「しげちゃんがタイまで行けるほど回復したのがすごいです。しげちゃんは楽しんでいそう（勝手なイメージです）」「ついにせっせ、しげちゃんを連れて海外実行したのですね！　わたしはその勇気に拍手です。すごい……。バンコク暑そうですね。きっと心に残る旅になることでしょう。何より無事にお帰りになりますよう」「しげちゃーん！　楽しんでいますように（バンコクに向かってエール）」「無事の帰国をお祈り致します」「銀色さんの衝動のさらに倍!!」「寝る前にちょっとツイッターでも……と思ってきてみたらすごい情報が！　眠れなくなっちゃいました。せっせ・しげちゃんコンビが海外旅行？　珍道中が目に浮かびます！」「人生はチャレンジで、その点せっせは猛烈にチャレンジャーですね！　読んで知るたびに感じます」「気が済んだだろうか、お兄様。しげちゃんとせっせ、本当に深い因縁がありそうな。来世まで持ちこしそうな」「せっせさん、無事に帰って来て下さい?!　しげちゃんも?!（どんな道行されてるのか……。興味津々。その様子、早く知りたいです！　せっせさんの苦悩を！）」「おはようございます！　ツイート見て、なにぃ～？　と思わず口走ってしまいました。衝撃を受けた朝でした」

「『しげちゃん、象に乗る』でしょうか」↑ハハハ。

**7月25日（月）**

昨日の夜中（時間も定かでない）、ツタヤにトコトコ歩いて行って映画を借りてきた。6本ほど。何、借りたかな～。あとで見てみよ。酔ってたから。

……5本でした。さくと観ようと思って借りた怖そうな「ネスト」その他。「しあわせの雨傘」という映画を観ようとしたら、予告がものすごくたくさん入っていた。しかも号泣しそうなものばかり。生き別れ何十年とか、赤ちゃんと離れなければいけない女受刑囚とか、チャン・イーモウ監督の最新作とか。あまりにもかわいそうっぽいので、決して観るまいと思う。ひとしきり予告を見せられ疲れたので、ちょっと休憩する。

## 7月26日（火）

昨日の夜、「ネスト」を観てから返しに行って、また他のを借りてきた。昨日観た中ではウディ・アレンの「人生万歳！」がおもしろかった。今は「キス&キル」を観てるところ。アシュトン・カッチャーってこんな顔だったっけ？　とずっと思いながら観た。カッコよかった。顔が細く見えた。「バタフライ・エフェクト」の時は、ひげもじゃでクマみたいな印象だったけど。女性の画家の映画「セラフィーヌの庭」を観て気が沈む……。

さくと夕方4時に近くに札幌ラーメンを食べに行く。外は風が強く、暑くない。4時なのでお客さんもほとんどいない。さくは、コーンバターチャーシュー。私はこの夏の特別メニュー「ごまみそつけ麺《めん》」。が、暑くないので、冷たいのよりあったかいラーメンの方がよかったな……とちょっぴり後悔する。

それから、ずっと、帰りに買おうと考えていた「パリパリクレープ」を買いに行ったら、ちょうど目の前に、以前そこでクレープを買ったら中に何か異物が入っていて、そのことを伝えに来たお客さんがいて、「(補償を) どうにかしてくれますか？」と聞いていて、判断する権利のない売り子の女の子がただ「すみません、気をつけます」とだけ言ってる場面に遭遇。これは時間がかかるかなと思い、しばらく外で待っていた。異物って、何が入っていたのだろう……などとぼんやり考えながら。で、その人がなんの成果もなく手ぶらで帰っていったのを見て、入る。

クレープを1個買って帰る。途中、さくがいつもの自販機で炭酸のジュースを買った。


夜、また映画。さっきの映画で辛気臭くなったので今度は気分転換にデヴィッド・リンチの娘が監督した「サベイランス」を観はじめたが、かなりの変態バイオレンスぶり……。ますます気が沈む……。しまった……。でも、寝る前に見たこのツイートで「ふふっ」と笑えた。

「こんばんは。エクトン本おもしろく読みました。個人的に、最後のほうで銀色さんのおっしゃった『(エクトンから見ると人類は）アリみたいなものでしょうか』というのがツボで、爆笑してしまいました」

## 7月27日（水）

なにも世の中が荒れているからって、自分がそれに影響されなきゃいけないってわけじゃないよね。

「間違い」というのは結局はないんだと思うけど、「間違いだったと思うこと」はある。

なぜ、間違いだったと思うことをするのだろうと考えてみた。

それは、曖昧《あいまい》さによるのではないかと思った。気持ちが曖昧な時におこした行動は、間違いだった、失敗した、後悔した、と思わせるようなことを引きおこす確率が高いのではないかと。だから思考をクリアにすることは大事だと思う。明晰《めいせき》さというのは、頭や心が澄みきった水のような状態になった時に訪れる。それはストックできないので、今、そうでなくてはならない。いつも。いつも。

夕方、カーカがちょこっとギターを取りに帰って来た。またバンドで応募するらしい。ストロベリーチョコの財布が届いていたので、さっそく黒ずんだ前の財布から中身を入れ替えている。「いいね〜」と言いながら。家庭教師の先生が来たけど、さくはまだ部活から帰ってこない。ちょうどカーカがいたからよかった。ひさしぶりにしゃべってた。

ふとツイッターをのぞいたら、「かんちゃんが『そして僕は途方に暮れる』を歌ってくださってDVDに収められたら、大変な宝物になるのですが」というツイートが来てたので、「言ってみます」と返信する。私もカーカの歌を聴きたい。

メールのついでにそのことを伝えたら、

「ああ、ちょっと歌いたいわ」とのこと。さっそく報告。

「カーカから返事きました。『ああ、ちょっと歌いたいわ』って。時間があったら、やってみるかも。生きてる記念に。その時は歌も、もうちょっと上手になってるかもしれません」

「ヤッタァ。そのセリフまるで生で聞いたように耳に届きましたぁ、かんちゃんありがとう。バランスを歌うって話はいずこ…？」あれね～。今、気づきました。大変嬉《うれ》しいです。最初の人から、「ぼーっとおやつ食べていました。銀色さんとかんちゃんがその間お話なさってくださってたんですね」びっくりしました。銀色さんとかんちゃんがその間お話なさってくださってたんですね」「生きてる記念！ そう思うといろんなことが出来そう！」という人も。でしょう？

**7月28日（木）**

こぶたのカードの打ち合わせで銀座に。解説書のノンブルなど、デザイナーさんがいろいろ工夫してくださり、完成がとても楽しみ。
今日もブラウスを裏返しに着ていた……。

**7月29日（金）**

朝、『相似と選択 つれづれノート⑳』読んでます。12月25日の〈今日も一日、ずっとごろごろだらだらした有意義な一日だった〉という部分で、心が軽くなりました。有意義って思えるのがすごい！」というツイートに返信、「そして最近の私は、忙しかった時期の疲れをとるために、できるだけ日々を無為にすごすことを心がけています。特になにもしなかった日の充実感を味わっています」。無為な時間の素晴らしさ。

さくは部活。パソコンに向かってたら、カーカが帰ってきた。「なんかあった？」と聞かれたので、「特にないけど、こぶたのカードがかわいくなりそう」「よかったね」カーカのCD作る話もして、「かんちゃんの歌をあと20曲は聴きたいっていう人がいたよ」と言ったら笑ってた。「20曲は多いよね」とカーカ。「でもあと20曲っていうのがおもしろいね」と私。「うん」「おもしろい。20曲、作りたくなるね」

で、すぐにまた出かけて行った。

カーカのアルバム作るの、いいんだけど、CD作るのって、時間とお金とエネルギーがかかるので、とても大変。本当に情熱がないと作れない。でも、このツイートにはぐっときた。「かんちゃんの声は忘れかけていた何かを思い出させてくれるのです。ほんとに遠くへ行ってしまう前に心に刻んでおきたい、そんな気持ちに強く包まれ胸がぎゅっとなります。銀色さんの詩を運ぶかんちゃんの歌、心待ちにしています」

「さくくんは観に来ますか？」きゅりあんにかな。さくは絶対に来ません。出不精だから。

今朝、私の部屋のベッドにきてごろごろしているさくに、いつも自分でジュースを買ってるから、「お小遣いあげるね、２千円」と言って渡そうとしたら「いらない」と言う。「どうして？ ふつうにお小遣いだよ。さく、もらってないじゃん」「いい。お年玉があるし」「あげるよ」「いらない」「どうして？」「わかんない」「ほら」「じゃあ、あとで」「なんで？」「あとでいい」「ダメだよ。じゃあ、貯金箱に入れとくね。細かくして」１００

円玉でスポンジボブ貯金箱に入れとく。

いろんな味のおいしいマカロンを食べていたら、チョコのを食べて「うまい」と言う。「へえー、ママはいろんな味のが好き」「チョコがあればいい」「ふうん」

さくはチョコが好きなんだ。うまいって言うなんて、チョコの味がおいしいと思うんだ……。私はチョコをそこまでおいしいと思わない……。食べた瞬間に「うまい」って言ったってことは、本当においしいと感じたってことだ。

そして午後、ベッドで本を読みながら、眠くなっては寝て、目が覚めた時、ここはどこで今は何時だったか思い出しながら、今日も気ままに昼寝したことを喜ぶ。こういうふうに眠くなったら寝る、というような時間を過ごして、心と体を現実からできるだけ離してなんでもないところをさまよわせたいので。

旅行にも行きたい。いつか行けるようになったら。

## 7月30日（土）

「クリミナル」という映画を観ていたら、あるセリフの「俺が個人的な質問をしたら、仕事のためだと思え」が私のハートを強烈にアタック！

そう。私もそう思う。私が誰かに個人的な質問をしたら、それは（人が生きるという）仕事のためだと思ってもらいたい。決して個人的な興味ではない。そこらへんがいつも人と誤解が生じるところ。

「ミタカくん」シリーズが、変わらず密《ひそ》かな人気。私も好きなので続きを書きたくなった（けど、むずかしいだろうな）。なにしろあの高良健吾《こうらけんご》くんが「ミタカ役やりたいなあー」と言ってたそうだし。高良くん、お会いしたことはないけど、私たち実はほのかな接点あり。というのも、気づいてる方がいるかもしれないけど、私が数年前に「世界ウルルン滞在記」で、18歳ぐらいの時の高良くんがインドにアーユルベーダを体験しに行ったのをみて、ものすご〜くおもしろかったのでその話を名前は出さなかったけど書いたら、それを友だちから教えられた高良くんは、当時すごくうれしかったのだそう。ということを最近、たまたま知り合ったスタイリストさんを介して知ったのです。でも高良くんはもはや売れっ子すぎるね。でもあの時の男の子だったと思うとなんかうれしい。よかったね〜と思う。あれってどの本だっけ。しかも、この話を虫くんにしたら数年前に、仕事で知り合った男の子が「世界ウルルン」に出たけどうまくできなかったと落ち込んでたそう。それが高良くん。なんか、いろんな物や事って、けっこうどこかでつながってたりする。

こぶたカード、順調にかわいく制作中。また、『無辺世界』の増補新版も制作中。こちらも目次のデザインなど、工夫して下さっていて、これも楽しみ。

うれしいツイート。

「『この唄《うた》が一番すき。今まで言わなかったけど』7歳の心の琴線にふれたらしい。今、ハイネがブームです」「読書好きのうちのおじいちゃんは、『いやいやプリン』くんを読んで、この本は深いぞ……と言っていました」

さて、今日はカーカとなごさんとウィンドーショッピング。駅ビルで待ち合わせして、ランチを食べ（ハンバーグライス）、1000円の髪止めを買ってあげて、またお茶しながらデザート。そしてまたお店をぶらぶら。

カーカと手をつないで歩いてたら、「楽しいね」と言う。こういうふうに買い物することはそういえば今までほとんどなかったなあ……。

6時間もぶらぶらしてた。それから1回家に帰って、買って来たものを食べて、カーカは友だちと待ち合わせがあるとかで出かけた。私にしては珍しく長くぶらぶらしたけど、疲れたけど、カーカがよろこんでたのでよかったなと思う。

**7月31日（日）**

今朝も、すごしやすい涼しさ。今日は家で映画を見たり、細かい仕事をしたりしよう。

旅から旅の生活。いつかそうなりたい。今はそうできないから、この家にこもって、最小限の人だけと会って、めったに家から外に出ないような暮らしをしていたい。

漂泊の旅人。憧《あこが》れはつのる。本来私は、どこにいるのか誰も知らないというような存在の仕方が好きなんだ。連絡がとれないというような。

映画「シングルマン」を観る。もやもやもやもやした映画だった。最近、映画のチョイス、どうだろう。声高らかに好きだと言えるものに出会っていない。

さくが部活から帰って来た。一緒にツタヤに行って、それぞれの好きなのを借りて来る。あと、ファミマで「ポカリ」。

**8月1日（月）**

友だちの壮行会があったとかで、遅く来て泊まったカーカ。さくはパパのところへ泊まりに出かけた。昼ごろ起きたカーカがシャワーを浴びようとしている。私はチャーハンを作ろうとして台所で玉ねぎをみじん切りにしていた。
私「カーカ」
カーカ「なに？」と言いながらこっちに来た。ねおきのぼんやりした顔。
私「しあわせになる方法、教えてあげようか」
カーカ、眉《まゆ》をしかめてこっちを見ている。
私「ずっとしあわせでいられる方法」
カーカ「……しあわせってなに？」

私「そこよ！　しあわせになるのと、成功するのとではちがうでしょう？　事業で成功したり、お金持ちになったり、素敵な人と結婚することと、しあわせになることとは、ちがうでしょう？」

カーカ「貧乏でもしあわせな人っているもんね」

私「そう。そこを、自分で決めないといけないのよ。なにを求めているのかを。本当にしあわせになりたいかどうか。本当にしあわせになることと、夢を実現することは違うってことを、はっきりさせなきゃいけないの。そこをはっきりさせて、本当にしあわせになりたいんだったら、今すぐしあわせになれるんだよ。ずっとずっと」

などという、会話をする。

「最近、好きな映画がなくて～」とカーカに愚痴る。「戦いや殺人や怖いのやかわいそうなのや、軽い恋愛やフランス映画や家族ものって嫌いなんだけど、それ以外ってめったにないの」

「ママが変わったんだよ。前、見てたじゃん一緒に」

「そうだっけ。なんか、最近、見たいのがなくて」

映画とも趣味が離れてしまったか。

カーカも出かけて、ひとり。

仕事とまた映画。「ボトル・ドリーム」という実話に基づいたカリフォルニア・ワインの映画。見ていたらワインを飲みたくなったけど、そういえば今日、6時からワインを飲みに行くんだった。思い出してうれしくなる。6時にウキウキと待ち合わせ場所（広場の木の下のベンチ）に行ったけど、友だちが来ない……。もしかして日にちを間違えているのかな？ 今日はワインを飲みたい気持ちになっているので、今日なくなったらガッカリ。すると、20分すぎた頃、メールが。6時半だと思ってたらしい。よかった。来てくれる。で、その友だちの知り合いの銀座のお店に行った。やはりそこには銀座らしさがあった。いろいろなワインをグラスで味見して楽しかった。家に帰って、今日はひとりなので、気楽に就寝。

**8月2日（火）**

今日も家でリラックスする日。

空を飛ぶ赤ちゃんの映画を借りてきて見たけど、その赤ちゃんが飛ぶ場面だけが好きで、他は早送り気味で見る。フランス映画だから、私の興味のないうっとうしい恋愛&暗い感じがつきまとっていた。赤ちゃんの飛ぶところが実写だというところが私の心をつかんだポイント。上から糸でつって飛ばしてるの。

もっとその場面を多く、そこだけをつないで流してほしいと思った。

**8月3日（水）**

今日も一日、家で細かい作業と映画。さくはお弁当持って一日部活。

自分がいいと思う自分と、人が自分の中によさを認める部分が違うことがある。それが人の中で生きるということなのかなと思う。

**8月4日（木）**

明日《あした》、宮崎に帰るのでうれしい。庭の木や草がどんなにのびているかを見るのが怖いけど。それまでにいろいろ準備しないといけない。冷蔵庫の中や、部屋の片づけ、持って帰るものなど。

さくは今日、部活の集合時間を間違え、合計3回も駅まで往復して、途中汗びっしょりになっていた。

奈良の旅行記の原稿を途中まで書き、買い物に行って油や焼きそばを買う。

さくから電話。「渋谷から帰るのどうやるの?」。帰り方を教える。

しばらくして帰って来て、「渋谷はすごかった。都会だった。人は多いし、具志堅《ぐしけん》はいるし、警察官がだれかを捕まえてるし、スクリーンはあるし、スクランブル交差点……」とえらく驚いている。「渋谷、始めてだった?」「うん」

どうしてひとりで帰って来たのか聞いたら、みんな「マックに行こう」と言って行ったらしい。「どうしてさくは行かなかったの?」「だって、ごはん用意してるでしょう?」「さく~。そういう時、みんなとマックに行ってよー。そうしてくれるとママもうれしいよー」「いいの?」「うん。そういうのが楽しいんじゃない。ごはんなんて、あとでも食べられるから。これからは行ってよ?」「うん」

まだ気をつかっているふうだったから、「かえってさくがいない方が仕事もはかどるかもしれないじゃない」とダメ押しで言ったら、「ごめん……」と、あ、これは言いすぎた。「いやいや、それは嘘だけど、今度からもし行きたかったら、みんなで買い食いしてきてね。ほら、これ、お金も入れとくから。バッグのポケットに。いつでも買い食いできるように」と、私はやきもき。それでもさくは、まだ家に帰って食べる方が落ち着くみたいだ。まだそれほど慣れていないんだな……。まあ、ゆっくり慣れればいいか。

8月5日(金)

宮崎に帰省。庭の草木をみた。倒れている木があって踏み石をふさいでいた。床を雑巾《ぞうきん》で拭《ふ》いて、やっとほっとする。

夜。静かで広々として気持ちいい。さくに「いいね。家」と言ったら、「うん」と。

## 8月6日（土）

洗濯して、細かいことをあれこれやる。

庭木の剪定《せんてい》と草むしりを頼んでいるので、それはその人たちが来たら一緒にやろう。

明日から1泊でしげちゃんやせっせと温泉へ。ひさしぶりにのんびりしたい。

午前中、雨模様だったけど、昼から晴れてきた。なにしろ山や川、草木など自然の中なので気持ちがいい。さくはずっとごろんとしながら録画したテレビを見ている。「友だちは？」と聞いたけど「わかんない」と言って、なんだかここでごろんとするのが気持ちいいみたい。しばらくはこの時間が必要なんだろうと思う。私も、ここにいるだけでリフレッシュする。

買い物に行って、食材などいろいろ買う。そしてドコモショップへ。この春に買い替えたばかりの携帯。デザイン重視で選んだら、また音が途切れるようになった。それに明るいところで数字に灯《あか》りがつくので昼間の屋外ではただでさえ小さい文字が見えなくなるのだ。とてもとても使いづらいので、頑丈そうなのに替えることにした。で、替えた。シンプルなものに。せいせいした。私は機種をけっこう頻繁に替えるので（調子が悪くなって）、あれこれいろんなサービスをつけさせられそうになったけど固辞した。家に帰って、引き出しを見ていたら「シール」と書いてある引き出しに目がとまった。開けて、シールを見る。小さな犬のシールを発見。むかむかするほど小がわいい。ピチピチと貼る。

夕方、暮れなずむ庭を見ながらさくとブランコのところで話す。ゆっくり静かにたらたらと。ブランコに乗っている私と、寝ころんで足でブランコを押してくれるさく。給食のことや、ゲームの「塊魂」のこと、足の爪切って、など、ひさしぶりに長く話す。これも、この家の雰囲気がそうさせるようだ。

**8月7日（日）**

朝。すずしい。外は曇り。

床の上のふとんに寝ていた、目覚めたさくに、「さく～。しあわせになる方法、教えてあげようか？」と言ったら（なにか企《たくら》んでるような声音になってしまった）、

「いい」

「え？　言い方で（不信感が）？」

「今のままでいいよ」

ちぇっ。

「じゃあ、しあわせになるヒントを教えてあげようか？」

「……うん」

「人ってさあ、過去のことや未来のことを考えるでしょう？　過去の後悔したことを思い

出したり、未来のこれから起こる憂鬱《ゆううつ》なことを考えたり。でもそれって、本当はもう過ぎたことだったり、まだ起こってないことだから、実際はないことだよね。頭の中の考えだよね。それをね、考えないの。今のことだけを考えるの」

「……」

「わかった？」

「……うん」


それからしばらくしておふろをわかして入ったさく。

「どうしたの？　頭が痛いの？」昼間入る時は具合が悪い時。

「ううん」と言いながら、また寝ている。そして「頭痛薬ある？」と。やっぱり頭が痛いんだ。「ちょっと待ってて」と薬箱を見る。頭痛薬はないので、カルシウム剤を3粒持って行く。飲んで、それからまた横になっていたけど、しばらくして力なくふら～っと立って向こうに行って、吐いてた。そしてさっきよりもちょっと力が戻った様子で帰ってきて、また横になっている。

「さく。ちょっとよくなったでしょう？　ママたち一家って、吐いて治るんだよ。頭が痛くなったら、もう吐かないと治らないんだよ。でも、吐いたら治るの。1回でダメな時は、2回か3回。でも、そうすると必ず治るから。ママもそうだったよ。子どもの時。さくもこれでよくなるよ」

それから私は庭に出て、あまりにも伸び放題の草木の、特に目立つ所だけを剪定バサミで切る。2回、一輪車で家の畑に捨てに行って戻る。さくは寝ている。うっすら目を開けて私を認め、また目を閉じたが、その時、かすかに口元がわらったようになった。それを見て、具合がよくなってきているんじゃないかなと思った。

今日はしげちゃんたちと霧島《きりしま》の温泉に泊まる。食事がおいしいと評判の離れの温泉。岩盤浴付き。楽しみ。2時に出発予定だけど、さくは大丈夫だろうか。今、12時半。


どうにか快復し、出発。

「薬が効いたのかな？」と言うので、「あれはね、カルシウム。プラシーボ効果を狙ったの。思い込みの」


ひさしぶりの温泉なので、ゆっくりと過ごす。食事だが、私はあまりおいしいと思えなかった。見た目は華美だったけど。

夜、ニュースを見る。ニュースを見るのは1年か2年ぶり。円高と株安でこれからもっと景気が悪くなるようなことを言っている。

「私も今後のことを考えよう。もしどうしてもダメになったら。宮崎に帰って来るわ」

するとせっせが、「畑する土地もあるしね」

「うん。さく、そうなったら、帰ってこようか」と言ったら、「もう転校はいいよ」と。

「だね」

**8月8日（月）**

帰りにえびの高原をまわって帰る。上の方では霧が出て、ポツポツ雨も降ってきた。不動池を見に車から降りたとたんザーッと降りだしたので車に引き返す。しょうがないので、移動しながら車からちらっと見る。山から下りるにつれて霧も晴れてきた。生駒《いこま》高原で花を見る。こんな雨の中、観光客はだれもいなかった。

だれもいない高原でしげちゃんはソフトクリーム、さくはかき氷を食べた。グレープ味にしたけど、「グレープの味がしない」と言っていた。

家に帰り、ごろごろ過ごす。4時、さくとラーメンを食べに行く。行ったら5時半からだったので、帰って、5時半まで待って、また行く。食べて、帰って、またそれぞれ自由に過ごす。天気は曇り時々雨で、涼しいけど、ちょっと湿度が高い。草木がおい茂って、気持ちがいい。剪定は、あさって10日に来てくれることになった。

なんだかまた静かな気持ちになってきた。

この世界にポツンと。

今の状況を確かめるために、よく、今はこれこれでこういう状況だ、と改めて自分に思い出させている、最近。


ゆっくりと朝寝坊。とても気持ちがいい。

さくは友だちと遊び。私は小さな仕事と読書。

そして、外の緑を見て、遥《はる》かな思いに心を広げる。

## 8月9日（火）

夕食の買い物に出て思った。通常、人は、ネガティブなことを言い、共感し合って、それが挨拶《あいさつ》になってる。ほぼ9割はそうだ。私はできるだけネガティブなことを言わないように気をつけてるんだけど、そうすると、スムーズに会話が進まない。

「暑いですね〜」と言われた。

「そうですね。洗濯ものがよく乾きます」と答えたら、

「洗濯ものは乾くけど、暑くて大変」と顔をしかめる焼き鳥屋のおばちゃん。あ、焼き鳥焼いてたからかな……。また、景気の悪い話もみんな喜ぶ（私も好きだけど、それは親しい人だけとしたい）。全体的にネガティブな話題が一般的なのね。私はアウトローでもいいから、ポジティブなことを言い続けよう。落としどころがネガティブ、というのが好きな人は実は多い。お国柄もあるのだろう。

最近、さくが見ているドラマ「アイ・カーリー」を私も時々見ている。これは好き。こっちにいると、さくとよく話す。さくがふらりと私の部屋に来て、ごろんとしてまた行くあいだ、ごろごろしながらなんとなく会話するから。

私が今、心がけているのは、できるだけ9月以降は予定を入れないということ。特に、日時を指定して誰かに会うというような予定は入れないようにしている。今のところ、9月4日のエクトンとのトークイベントのみ。できるだけ、予定表に書きこまないようにしたい。どうしてもの時もぎりぎりまで日時を決めないようにしよう。予定がないというのはとてもいいなと思う。自由な感じがする。自分でする仕事には日時はないので、仕事をしないというわけでなく。

## 8月10日（水）

人の人生のいいところは、あ、失敗したなと思ったら、すぐ今、ここからやり直せることだ。「しまった」と思っても、今から考えを改めて新しい考えの自分として再スタートを切れる。そして、今からの選択を自分でできる。間違ったと思ったら、あれは間違いだったと認めて、「新しくここから始めます。もう今までの自分ではありません」と言えることは、それができることは本当に助かる。

今日は、待ちに待ったジャングルに剪定《せんてい》が入る日。剪定のおじさんふたり、草取りのおばさんふたりが来てくださった。いつもの私の好きな人と、初めての方もいる。ものすごく暑い夏の日。私もタオルを首に巻いて帽子をかぶり、長袖《ながそで》のシャツを着て、汗だくで黙々と草を取る。時々おばちゃんたちとおしゃべりしながら。休憩時間にお菓子やスイカをちょっと出したり。暑い中で作業するのは気持ちがよく、終わった後は充実感がある。「虫にさされたら原口《はらぐち》温泉」と言う。前にも聞いたことがある。国道沿いの古びた温泉だが、虫にさされた時に入るとかゆみがピタリと止まるらしい。虫にはさされていないけど、行ってみたくなった。今日、行ってみようかな。とても熱いお湯らしいが。

剪定と草取り。朝8時から夕方6時までかかった。疲れた。けど、庭がすっきりと綺麗《きれい》になった。殺風景のように感じるが、これがまたすぐジャングルになるのだ。

夕食は、作るのは面倒なのでお弁当を買ってきた。そして、原口温泉へ行くことにした。棘《とげ》が手に2ヵ所ささったので。真っ暗の国道を数分走って着いた。雑貨屋でテレビを見ているおじいさんとおばあさん。その店の奥が温泉らしい。250円。行くと、脱衣所で椅子に座ってるおばあさんと、浴場にひとり。お湯は黒っぽいモール泉。

本当だ。とても熱い。最初に隣のちょっと低い温度の方に入る。それから熱い方に入った。3分ほど入って、出る。そして隣のに入って、もういいかと思う。計15分ほどいて、帰る。気持ちよかった。

## 8月11日（木）

人に私のやりたいことを理解してもらうのは大変だということがわかった。根本的に違うことが多いから。自分ひとりでやっている時はすべてを自分できりもりしていたからできたけど、人とかかわる時は、まず私は何をやりたくて、それはちょっと世間にあるものとは違うんだということを説明しなければいけない。私は私のやり方で何十年もやってきた。それをすぐ他の人にも同じ方向性、精神性でやってほしいと望むことは難しい。

去年、いろいろな人といろいろなことをやってみて、そう思った。私はひとりで本を作るのがいちばんあってる。そこでは、だれにも遠慮しないで、気を遣わないで、思う存分のびのびと自由に想像の羽を広げられる。そしてその想像は、私についてくる。

さくが友だちとプールに行きたいと言うけど、遠いので運転が面倒。せっせに頼んだら？　と言ってみる。連れて行ってくれるかな？　と言うので、聞いてあげたら大丈夫だった。せっせも泳ぐのは好きなので。うれしそうに出かけて行った。

私は時々、ふと気がふさぐ考えにとらわれてしばらく気が沈む。そして雲の切れ間から陽が射すように、「気にしなくていいんだ、縛られなくてもいいんだ」という思いもまた突如としてやってきて、その間はわずかに気が晴れる。気が沈んだり晴れたり、天気雨のような心。

## 8月12日（金）

朝がすずしくて気持ちいい。いつまでも寝ていたい……。が、今日は、ずっとお願いしていたお風呂《ふろ》のテレビの取り替え工事。地デジ対応の。それで早く起きた。

すずしいところで寝ころんでいるさくのところに行って、いつものようにおしりの先をくるくるっと触ったら、「もうそろそろ（そういうことやめないと）ね。高1になったらもうやめてよ」と言う。3年も猶予が？　やさしいね、と思ったけどもうやめてあげよう、「そうだね。気持ち悪いよね〜」。教えもしてないのに、さくは普通の感覚を持っている。

草が残ってるところがあったので、夕方、草むしりをする。草むしりをしているとさまざまなことを考える。

今日考えたことは、去年初めてのことをいろいろやったけど、実際に形にまですることは難しいんだなということ。考えて、着手して、進行させ、最後まで完成させる。何人かの人が関わってなにかを作る場合、形にすることだけでもすごいんだな、ということを痛感した。というのも途中まではできたけどさまざまな要因で完成することができなかったものがあったから。自分の作品を自分以外の理由で発表できないということがある。そういうことはひとりでやってるとありえないことなので本当に苦しかった。そしてそういうことがあるんだということを知ったので、これからは気をつけられる。自業自得だと自分を責めてもきりがない。草は、むしられていく。

## 8月13日（土）

朝。今日もすがすがしい。庭に出て、また目についた草をちょこちょことひきぬく。しっとりとした朝露。さわやかな空気。

さっき読んでいた本に、「欲望は自己愛以外のなにものでもない」と書いてあった。そうだなと思う。強力な自己愛を発散させる人に惹《ひ》かれることがあるが、それはその人が舞台の上にいる時に限る。舞台ではなく日常生活に、隣にいたら、その強力な自己愛はうっとうしいだけだ。人は幻想を見るように日々の感情に翻弄《ほんろう》されて生きているが、甘い夢から覚め、どれもこれも幻想だとわかると心はすべての欲望から自由になる。

何かに強力に惹きつけられていることを自覚した時、それこそが自分の次なる克服すべき課題なのだと覚悟しなければならない。

朝食はオクラの卵かけごはん。シソをさくに取りにいかせようと思う。高さ約30センチのシソが1本だけ庭にはえていたから。かつては隆盛だった時もあったが。

「さくー、さくー」と呼びながら庭に出ていく。さくが来た。

「これ」と、シソの前に立ち、シソを指し示す。「うちのシソ畑」

「……」

「これね、シソ取ってきてってママが言ったら、ここからきれいそうな葉っぱを千切ってきてね」

「うん」

「ほら、これ。虫がいるのはやめてね」シソの上に小さな青い虫がいたので、指でピンと飛ばす。先に家に入る。ふりかえるとさくが同じところにしゃがんだままぼんやり虫を見ていた。

うちの前の体育館からけたたましい声が聞こえる。キャーキャー言ってて、殴られてるんだろうかと思うほど。さくに「あの声なに?」と聞いたら、「剣道か空手じゃないかな」と言う。「ふうん。じゃあ、こないださくの学校のとなりの学校の体育館から同じように叫ぶ声が聞こえてたけど、あれもそう?」「うん」「泣いてるのかと思った」

ずっとだらだらして、ゲームかテレビかマンガか遊んでばかりいるさく。さすがの私も注意する。「さく。宿題は? あと何日だと思ってるの? いちばん嫌なのやりなさい。絵? ママが見といてあげる」とぶつぶつ言い続けたら、逃げて行った。

外は快晴。暑い暑い直射日光の下に洗濯ものをささっと干して日陰に逃げ込む。カンカン照りの夏の空。夏、ど真ん中。

そして家の中は気持ちがいい。

静かで、ひんやりしていて。

快適な水の中を泳ぐ魚のような気持ち。


ごはん中はいつも「アイ・カーリー」。

お昼のあと、空が暗くなってきた。

「外が暗くない？　もしかして雨がふるかも」と、さくに。

「そう？」

「昔はね。夏はいつも午後、夕立がふって、それでちょっと涼しくなったんだよ。それが正常の夏だったの」

黒い雲も出てきた。洗濯ものを軒下に入れる。

「なんかふりそう」

私の部屋でさくとごろごろしていたら、いきなりバチバチという音がしてすごい雨が！

あわてて軒下から洗濯ものを取りこむ。それでもちょっと濡《ぬ》れていた。

「見てごらん、さく！」と言うけど、さくは変わらずゲーム中。

「すごいね。だれの言う通り？」とさらに聞く。

「……おっかあ」

「うん」

激しい雨はしばらく止まない。

「おふとん、干してる人もいるかもね。洗濯ものも」と私。

15分ほどで止んだ。また青空が見えてきたけど、雨でいったん落ち着いた感じ。むんむんする夏の蒸気。これこそだ。

きょうは、しげちゃん、せっせを誘ってまた温泉へ泊まり。食事のおいしいところへリベンジ。

さくが、「温泉、いいね」と言う。「温泉？　いい、って言ったの？」

「うん。わかってきた。年とったのかな」と。

ついにさくにも温泉のよさがわかってきたのか。今まではまったく興味なかったのに。

温泉へ向かって出発。

3時半に着いて、宿の人に説明を聞く。せっせのことを「ご主人様」と言うので、「兄です」と訂正する。

お茶とお菓子を食べて、しげちゃんと部屋の露天風呂に入る。

髪の毛を洗いながら下をみたら、洗い場のスノコの下から茶色いカエルの足のようなものが2本のぞいている。上半身は下敷きになっている様子。でもカエルだろうかどうだろう。暗くてよくわからない。結構大きい。のばすと足が5センチぐらいありそう。出てから、外の露天風呂から帰ってきたせっせに、カエルみたいなのがいるから見てみてと言って調べてもらったら、やはりカエルだったと言う。ううっ。捨ててもらった。

テーブルの上に、宿の案内書きがあり、「つみ草の　もみじや小鳥も　出むカエル」と書いてある。確かにカエルに出迎えられた。

5時。夕食は食事処で6時半からだが、みんなおなかぺこぺこ。

しばらくして、「今何時？」

「まだ5時半」

「まだ？　まだ？」とみんな気になる。

「5時50分」

「6時」

「6時10分」

「6時13分」

「息でも止めようか」と私。

6時25分になったら行こうと言ってて、やっと25分になったのでいそいそと出る。

食事が始まる。地のものを使って、野菜が多いのはいいんだけど、いつもある黒豚のしゃぶしゃぶが今回はなかったのが物足りない。でも、丁寧な作りで、おいしかった。

食後にお風呂に入った。出るとあたたまって、汗がどんどんでる。

外は雨で、すずしく落ち着く。

コーヒーを作りながら、携帯で怖いテレビを見ているさくに、

「さく〜。さくには、なにか夢がある？　将来の」と聞いたら、

私の顔を驚いたようにじっと見て、「……あせ？」

触ると目の下あたりにものすごい汗がふきだしていた。

よくあたたまる温泉だった。

**8月14日（日）**

ものごとを起こるがままにまかせ、どんな感情もただ深く感じては通りすぎるままにし、悲しみにも喜びにもとらわれずしがみつかず、人ごとのように見ることができたらと思う。

**8月15日（月）**

夜中、すごい雨の音で目が覚める。とにかくどしゃぶり。

朝起きても、断続的にすごい雨。

朝のろてんブロ
もみじの下
シャワーキャップを
かぶって
こけしを
見る

一日中、豪雨とちょっと収まる、の繰り返し。時々窓から庭を眺めてすごいなあ～と感心する。さくはこの豪雨の中、せっせにたのんで友だちとプールへ。

とにかく、降って、降って、降り続いてる。

今日の私のツイート。

「今、宮崎の家ですが、すごい雨です。とにかく、降って、降って、降って、降り続いている…。時々窓から雨を見て、驚いてます」

「バケツをひっくり返したような感じです。私も豪雨が大好きなので、わくわくします」

「雨どいからの水も、円柱噴水」

「おフロためて、庭で裸になって『うわわわぁぁ～』と雨に打たれない？　とさくに提案したら、『いやだよ。気持ち悪い』って……」

8月15日(月) 夜　10:52です。

ショック…。また雷が落ちた。テレビもパソコンもモデムもつかない。
悲しい。3日前にとりつけたばかりの地デジ対応フロテレビも。
しんみりと静かなふたり。外は雨。かなしい雨。

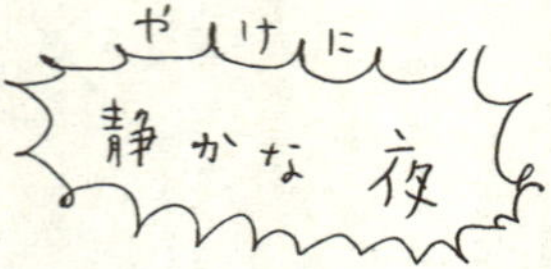

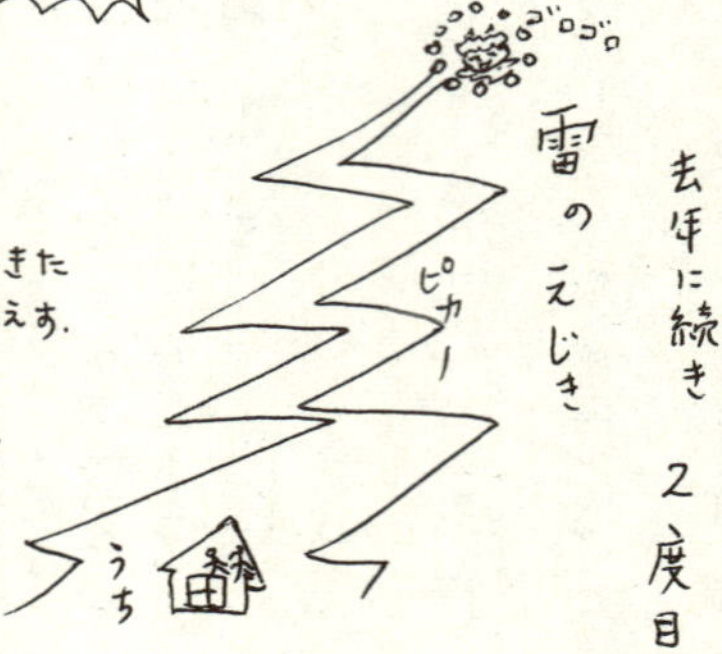


しょうがないから、
机の上にあった、前にきた
ファンレターを読みかえす。
さくはチップスターを
パリポリ食べながら
フトンの上でマンガ。
「ハア――」と
ため息をついたら、「フフハ～」と笑う。
でも、手紙読んでたら、ちょっと元気になってきた。

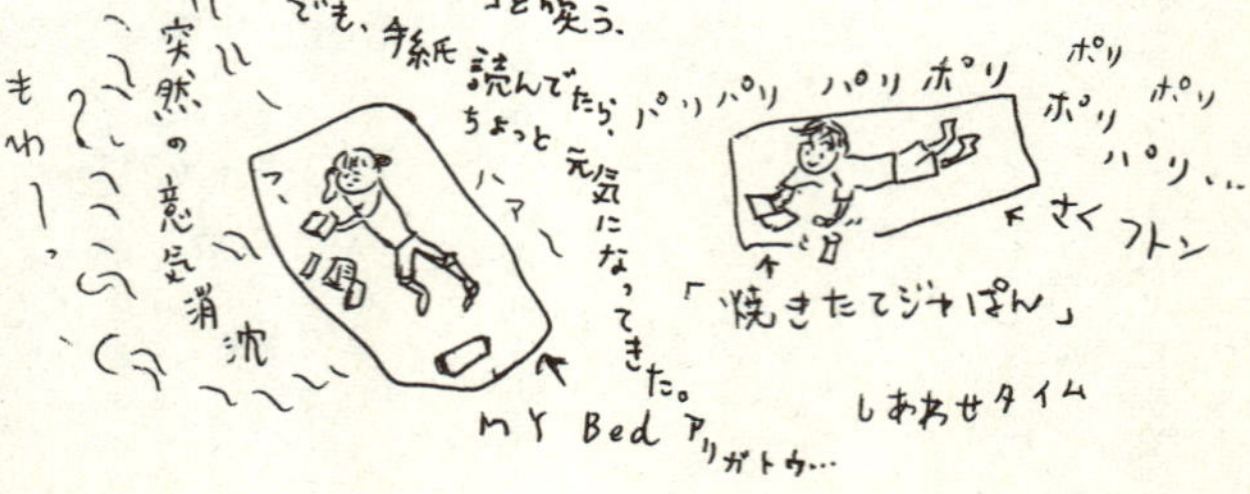

そして… 23:30.
なんだかおなかもすいてきたので夕食のカレーをまた食べる.
さくが「テレビがなくてつまんない…」と言うので、
「まあ、しょうがないよ。別荘にいると思えば？（イメージ）」
「マンガ大会にしよう」
「うん」

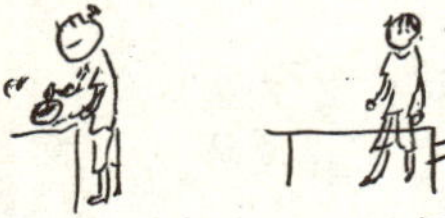

かゆいそお〜

カーカに
メールしたら、
『マンガ大会、サイコー』って.

さく。
身長158cm.
のびました…
もうすぐおいぬく.
私、160cm.

パソコンの中身が気になる…。消えてたら….

夕方さくに、どしゃぶりの中、はだかで「わああああ〜…」って
いいながら庭を走らない？とうきうき気分で言って、
「なにそれ」とつめたくあしらわれたのも
なつかしい
遠い思い出.

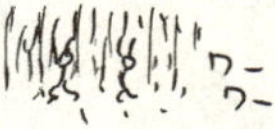


これも。

こうなったらもう、

流れにまかせて

生きよう……

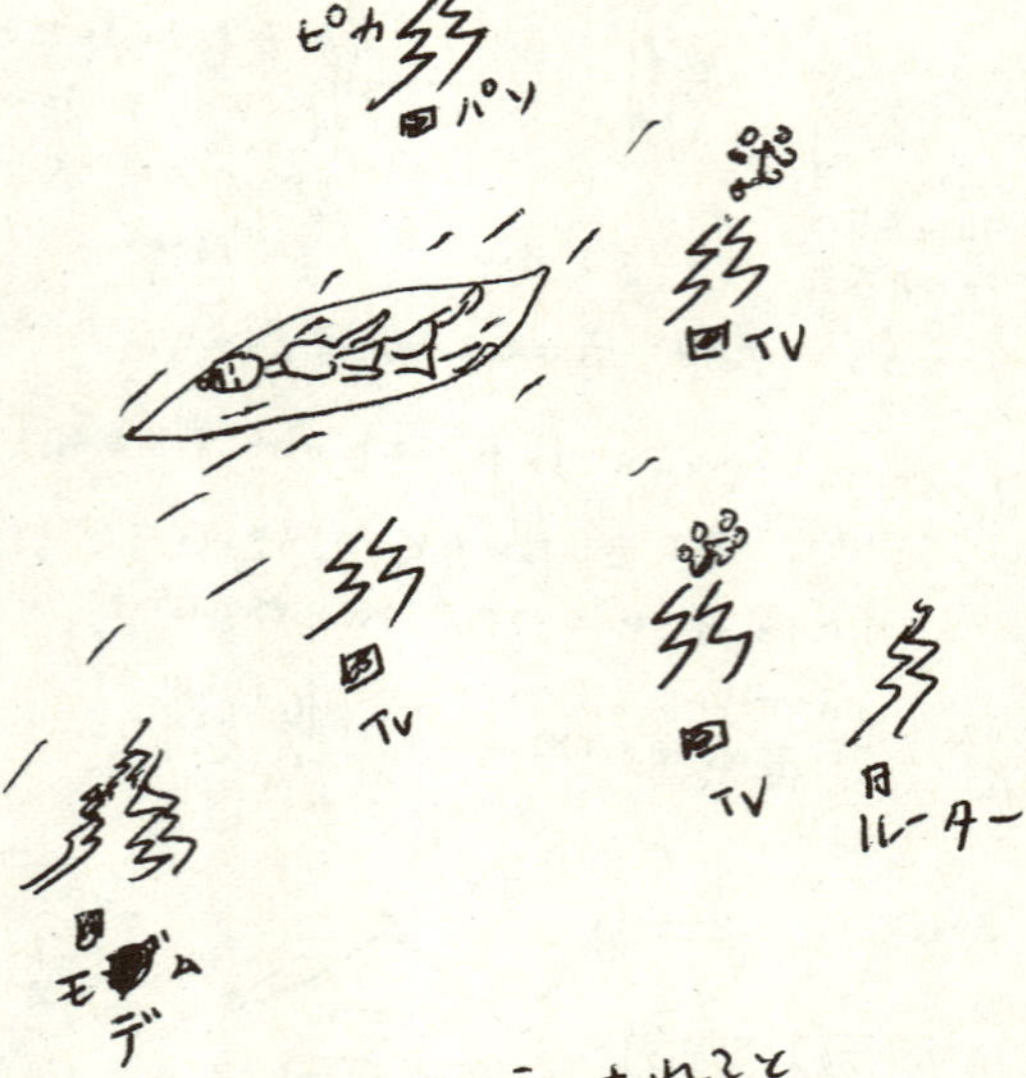


いや ただ流されると

いうのではなく……

流れに
のりつつ、ちゃんとカジとりしながら

行きたい方向に行くってこと。
でも流れには
逆らわず
無理なく行けるハンイの中で
好きなところへ

戸にはさんで
ピンポンのボールがつぶれた

つぶれたら、
お湯に入れたら
もとにもどるよ

と言って、ナベで
あっためてあげた

すると

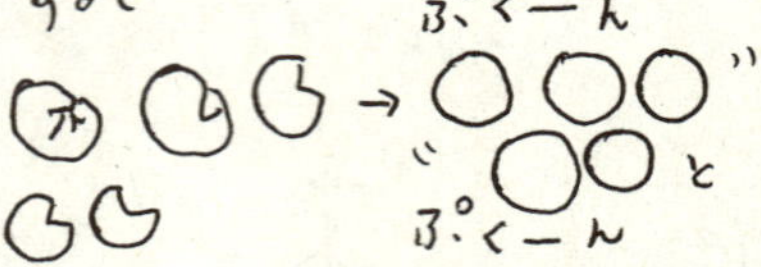


もとどおり。

よろこぶさく

ガスコンロを見て、

人類って
すごいね。
こんなの
作って

ね。これがなかったら、
たき火だからね

## 8月17日（水）

くるみちゃんとドライブ。ランチを食べようと、調べて行った山の上の牧場カフェ。小さな小さなカフェらしい。

どこかなどこかなときょろきょろしながら進む。牧場があって、その向かい側にそれらしき建物があった。入り込んだ小道は石がゴロゴロしていた。駐車場に外車が停まってる。木の階段を上って行くと、入り口に貸切の札が。なんと、カップルが貸し切ってる。2時までふたりで。クソー。見るとふたり、座ってなんかしゃべってる。なんだよ。プロポーズか？　山の上まではるばるやってきたのに。すごすごと引き返す。

他にどこかないかなと考えながら下る。一カ所思いつくお店があった。

行ったら、定休日。ガックリ。今度は、ちょっと遠いけどそこなら開いてるというお店に行った。開いてたけど混んでいて落ち着かなかった。

それから温泉に行く。硫黄の強い白濁したいかにも温泉、という感じのところ。あたたまって気分よく出る。

帰りの車の中でいろいろ話す。6月にくるみちゃんのご主人が夜中にこっそりちまきをつまみ食いして、のどに詰まらせて死にそうになったそう。長男が逆さまにして指で取り出そうとしたり掃除機で吸い出そうとしたり、救急車を呼んでやっと生還したとか。

「今、死んだらどうする？」と聞いてみた。

「もう私、いいわ。じゅうぶんやったと思う。旦那《だんな》にも言ってるもん。もうじゅうぶんやったよね〜、って」

「そしたら？」

「笑ってる」

「……旦那さん、くるみちゃんにいいことしてるのかもね。もしある日、急に亡くなってたら、ショックだったり悲しかったりつらかったりすると思うけど、（脳梗塞《のうこうそく》で子供のようになって、長くお世話して）、じゅうぶん世話したという気持ちにさせてくれて、後悔もしないって思わせてくれて、いいことしてるのかもね」

## 8月18日（木）

宮崎から戻って来た。2週間ぶりの東京。植物はカーカに水やりを頼んでいたのだけど、大きなのは一応大丈夫。小さなの、苔《こけ》みたいなのは枯れかけている。小さな植物2個は完全に枯れていた。とりあえずできることをやって、それから2週間ぶりだからいろいろ雑事を片づけて、やっと今、ちょっとほっとひと息。

なんだか……。気がぬけてる。

このごろ思ったことは、ものごとが変化するには時間がかかるということ。なので、急がずゆっくり行こう。

飛行機の中で雑誌を読んだ。パンとコーヒーの特集だった。

私は、パンもコーヒーもあまり好きではない。けれど、できたてのパンとコーヒーの香りが大好きだ。なので、その香りのために時々買う。

すみずみまでじっくり読んでいて心を打たれた言葉があった。幾人かのパン職人、焙煎《ばいせん》職人の話に共感した。私もその人たちと同じ気持ちで仕事をしたいと思った。

うまくいかないことがいくつもあって、それはどうしてだろうと考えてみた。考えてもわかるわけがない。でもよく考えてしまう。こんなに心はつらいのに、まったく世の中は変わらない。そしてそんなのたいしたことないと、思ってみたり、思わなかったり。自分以外の人が強く見える。幸せそうに見える。でも聞けばそうじゃないと言う。では、どこにそれがあるのだろう。

**8月19日（金）**

夢を見た。行きたいところになかなか行きつかない夢。急いでも急いでも、足がうまく前に進まなかったり、連絡をつけたいのにだれも電話を貸してくれなかったり、とにかく急いでいるのにいろいろな困難に襲われ、なかなか達成できないという夢。時々、よく見る。そして目覚めると疲れてる。

今日はリラックスする日にしよう。昨日の移動で疲れたから。さくも、ゆうべは眠れなかったよと言いながら部活へ。カーカが朝の5時頃、今までカラオケ行ってて「寝かせて」と帰って来て、居間で寝ている。グーグー寝ている。どでんと寝ている。コーンフレークを食べながらそんなカーカをぼんやり見ていたら、寝返りうって相変わらずパンツに手！　落ち着くのだろう。

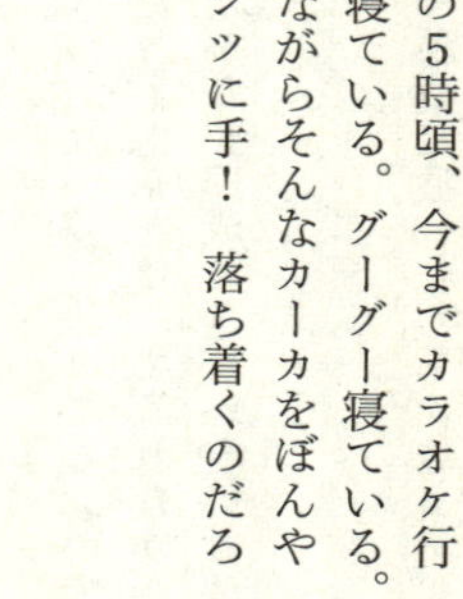


**8月20日（土）**

雨ですずしい〜。いいね。

家でごろごろ。部活が休みになったというさくとツタヤに映画を借りに行く。行きがけ夕食は何にしようと聞いたけど、さくはいつもなんでもいいよと言うので、「すきやきにしよう」と決める。買い物して帰る。テレビプロデューサーの話「恋とニュースのつくり方」を観たら、好きだった。こういう、仕事に熱心という話が好きだ。仕事が中心で恋愛や家族問題はそれにからむいくつかの横糸の中の一つという程度だけどいいふうにそれらのエピソードがグッときいてるというような。

……そう、仕事や使命に熱心な話が好き。

**8月21日（日）**

今日も雨ですずしい。朝起きて、今日はなにもしなくていいんだ、ずっとなにもしなくていいんだということを思い出すとほっとする。ずっとなにもしなくていいというか、決まった締め切りやたてこんだ予定がないということ。しみじみとほっとする。今のこの感じを味わおう。命拾いしたかのような安堵感《あんどかん》。

さっきまで見ていた夢も、また別のところだった。知らない場所の知らない人たちとの交流だった。どうして知らない人たちと夢の中でいろんな物語を繰り広げるのだろう。不思議。まだ記憶にくっきりと残っている。会話や情景が。

今日は、雑用をすませ、部屋の片づけをして、またのんびりしよう。できるだけごろごろしてよう。

そういえば、昨日。ふと来月の連休にからめて学校を2〜3日休ませてカーカやさくとバリ島かラスベガスに行こうかなと思いついた。さっそくさくに聞くと、いいよという。カーカにメールしたら、「ラス」と。「なんでいきなり?」と聞いてきたので、「なんか急に」と。いろいろ調べてみることにした。

調べてたらだんだん面倒になってきた……。パスポートもふたりの分、申請しなきゃいけないし。戸籍と写真……。取りに行く時、本人でなきゃいけない……。

「やっぱ、面倒。本人が取りに行かなきゃいけないんだよ」とカーカにメールする。「行くよ」と言う。

iPhoneに迷惑メールが来るようになったのでアドレスを変えたら、アカウントも削除してしまい、それから追加でとろうとしたらできなくなった。もういいや。iPhoneのメールはほとんど使ってなかったから。


どこまで信じるか、信じられるか。大丈夫だと。

信じるというのは、好きでいる、とも言いかえられる。

私は、あるものは今も信じ（好きで）、あるものは途中で放棄した（さすがにこれはダメだと判断して手放した）。

**8月22日（月）**

今日もすずしく、私は家でのんびり。映画もいくつか見たけどあまりおもしろくなかった。子供が主人公のスウェーデンの暗い映画で、どうも私は暗い映画は苦手だ。

行くにしても行かないにしても、カーカとさくのパスポートが切れていたので、申請することにした。で、申請の方法を読んでいたら、写真のところで笑った。

「乳児の写真の撮り方」
・首のすわらない乳児の場合には、白い布に寝かせて上から撮るか、親が白い布をかぶって子供を抱いて撮ってください。
・乳幼児が丸顔のため、顔の縦の長さを写真規格の最小である32ミリメートルとしても写真の横幅内に顔全体が収まらない場合には、縦方向が32ミリメートルに満たなくても、耳を含めた顔全体を写真に収めるようにしてください。

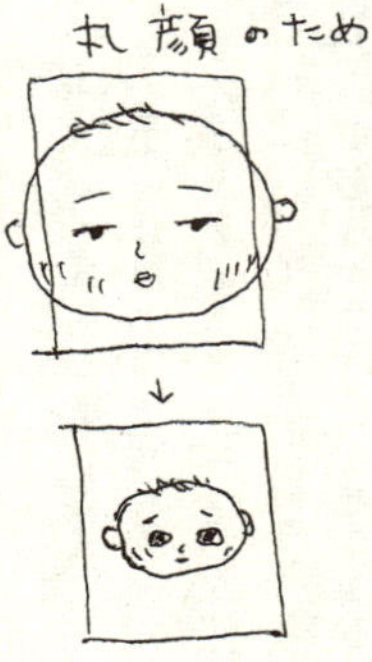


「奇人たちの晩餐《ばんさん》会　USA」はおもしろかった。私も自由に生きなきゃ、と思った。最後の歌、ノルウェーのソンドレ・ラルケの歌が好きだった。

**8月23日（火）**

カミナリが落ちて壊れたパソコンの診断がきた。4万数千円で修理できるとのこと。頼む。

今日、さくの歯の矯正に行って、帰り、今日から急にきはじめたさくの iPhone の迷惑電話のことを近くのソフトバンクに聞きに行く。対策はないとのこと。ついでに私のメルアドを変えたらアカウントが取得できなくなってうんぬん……のことを聞いた。「アドレスとアカウントって違うんですか？」と聞いたら、「その質問をするということは……、この紙を見て下さい」と言って、やり方をコピーした紙をくれた。「一括設定マニュアル」。「アカウントの説明には1時間ぐらいかかります」と、2度も言う。「あ、そうですか。じゃあ、読みます」と笑って、出る。初歩的な質問をしてしまった？ が、1時間はないだろ。ちょっといけすかない男だった。

それから駅前でさくのパスポート用の写真を撮る。前に4人も並んでいた。のどが渇いたので、ふたりで駅ビルのジューススタンドでジュースを飲んで、夕食の買い物をして、さくは先に帰り、私はちょっと日用品を買って帰る。今日はちょっとむし暑い。

## 8月24日（水）

29日のきゅりあんライブのリハーサル。セブンくん、こおたさん、チェロのあさかさん、カーカ。カーカがどうかなと思ったら、案の定、2月から1回も歌ってないそうで、ぜんぜん歌えてなかった。2週間前、こおたさんがピアノでアレンジした伴奏を送ってくれたので、それをパソコンに送っといたのに、「送った？」などと言う。3回ぐらいずつ練習して、あとは当日までに歌って思い出しといてと言ったけど、どうなるか。でも、いつも本番勝負のカーカなので、想像通り……。私も恐縮したけど、しょうがないので「本番でもしダメだったら、私がトークでどうにかするから」とみんなに苦笑しながら説明する。

そのあと、カーカがもつ鍋《なべ》を食べたいと言うので、ふたりで夜おそくもつ鍋屋に行く。辛いのにしたら、辛かった～。

**8月25日（木）**

朝寝坊して友だちとの約束に遅れたカーカ。でもそれは新人の女の子アイドルグループの無料ライブで、昨日も同じのに行ったという。相変わらずそういうのが好きみたいだ。夜は、さくと3人で外食。何にしようかさんざん迷って、遠くに行きたくないという私とさくの希望で、すぐ近くでパスタを食べる。その帰り、あのKシアターでちょうど韓流《ハンりゅう》グループが帰りの握手をする時間で、ガラスの外の出待ちに遭遇。見ていくことにした。で、よく見ようと大急ぎでカーカとメガネをとりに家に帰ったのだが、近頃あんなに走ったことはないというほど大急ぎで走った。取って来るともう握手は始まっていた。私たちが見たオニキスではなかった。最後、帰りがけに外にも会釈や笑顔や手を振ってくれる。私も手を振ってみた。楽しい気持ちでツタヤに行き、DVDを借りて帰る。

**8月26日（金）**

さくはお弁当を持って一日、部活。カーカはゆっくり起きてきた。

「ママもなにか新しい楽しみを見つけないと。ほら、趣味ってないじゃない？　なにかまた夢中になれるものがほしいな。……旅行にしようかな」と言うと、「それがいいよ。カーカも行くよ」と言う。そして遊びに出かけた。

フランク・ロイド・ライトやピカソのDVDを観る。こういう人生、性格だったのかと興味深く思うと同時に、芸術家の人間的な背景って別に知らなくてもいいとも思う。それに、これだって事実とは違うんだろうなと思う。編集の仕方によって印象は全然変わるから。

「奇人たちの晩餐会　USA」をもう1回観てから返しに行った。

部屋を簡単に掃除していたら、カーカが買った女の子アイドルの同じCDが9枚も。またサイン会かなにかを目当てに……。すると「早く飛行機とってね」とカーカからメールがきたので、「カーカ……、また同じCDを9枚も買ったの……」「ああうん、12枚ね」「1万2千円も?」「うん。8がつ前半毎日バイトだったし　いいじゃん」「しげちゃんのお土産と歌詞、置いてったの?」「ハッ」忘れてほしくないものは置き忘れてる。

髪をカラーリングに行く。3回もシャンプー台へ行ったり来たり。おとなしく従うしかないので、従順に、言われるままにすべて従う。シャンプー時のいちいちの質問にも忍耐強く「はい」と応《こた》える。この店では、「東京カレンダー」など食べ物関係の雑誌をいつも見る。ここで情報を収集。雑誌と接触するのはここだけなので。気になる店を記憶しようと思うけど、いつも忘れてしまう。　飲食店は移り変わりが激しい。それが社会情勢を表しているようで、丁寧に見る。

いつもの縦ロールの担当の人がお休みで、最後の仕上げは別の人だった。女性。テキパキ。なんか、よかった。いつもこの人がいいなと思ったほど。

いる間に、カミナリと雨。午後から大雨という予報だったが、その通りになった。

その雨を見ながら、さく、傘持って行ったのかなとチラリと思う。

家に帰ったら、一度カーカが帰って来たらしいあとがあった。


今日から3日間分の食料を買い込んで家に帰る。買い込んだ内容は、パスタ2種、ひき肉2種、とりもも肉、あじの干物、玉子、ごま油、まぐろの切り落とし、ワンタンの皮、かぼちゃ、厚あげ、ししとう、にんじん、もやし、トマト缶。あと、うにとはまちの刺身。

家に帰ったら、さくが帰っていた。お笑いを見ながら、カーカお薦めのレモンスライス入りアイス「サクレ」を食べているところだった。「濡《ぬ》れなかった?」と聞いたら、「濡れた。あとで話す」とのこと。傘、持って行かなかったんだ……。

夕食の準備をしながらさくに、「カーカね、しげちゃんのタイ土産も、月曜日に歌う予定の歌の歌詞も置いてったんだよ」と言ったら、「わざとじゃない?」と言う。「そう思ったけど、メールでそう書いたら、『ハッ』って。あとね、またアイドルのCD同じの12枚も買ったんだよ」

夕食、さくと「アイ・カーリー」を見ながら食べる。おなかいっぱいで、今日ももう終わっていく……。

**8月27日（土）**

朝ゆっくり起きて、ごはんを作る。さくに「ごはん食べよか〜？　お望みなら〜」と声をかけたら望んでいたらしく部屋から出てきた。まぐろの醬油《しょうゆ》漬けのお茶漬け。昼間、ちょっとB級のミステリー映画を観て、マッサージに行き、帰ってからまた映画を観る。観はじめたらさくが入ってきて、私が映画を観てるのを見て「あら、やだ」なんて言う。「どうしてそういう（女みたいな）言い方するの？」と聞いたら、「おっかあたちがそう言ってるから、影響受けちゃうんだよ」と。「じゃあ、気をつけよう」と言っても、男っぽくしゃべるわけにもいかないし。

さくが夜、「隅田川《すみだがわ》ってどこ？」と聞きに来た。なにかと思ったら、今日は隅田川の花火大会。花火好きのさく。窓からその方向を見ていたら、ビルとビルのすき間に時々ほんのわずかに光が見える。それを双眼鏡で覗《のぞ》くさく。

**8月28日（日）**

家でゆっくり。さくは夏休みの宿題の追い込み。薬物追放の絵を描いたり、作文や、鉛筆を削ってその感想をレポートする、というのをうんうん考えてた。「レポートってなに？」って。

ツタヤに返しに行って、また借りて来る。6枚も。最近は、ドキュメンタリーが多い。どんどん興味のあるものが減ってきた。最後の足場がもう水に浸《つ》かりそう……。なのでこの辺で大きな変化がほしいところ。明日《あした》はライブ、「『偶然』を聴く会」。

夜遅くカーカが帰って来た。歌の練習すると言いながら、昨日は2時間しか寝てないと言って、寝てしまった。 3時半に起きてアイドルの無料ライブに行ったらしい。

ビルのすきまに
わずか〜に
ひかる
花火
やってるね……
そんな小さくて
おもしろいの？
今年は 花火、
見てないワ……。
あのビルが 横にずれれば……。

## 8月29日（月）

結局歌の練習もしないまま、朝一緒にきゅりあんへ向かう。2日ぐらい前から左目がかゆいとか、眠いとか、おなか痛いとか、あれこれうるさい。なにしろピアノアレンジの歌の練習をしていないから本人も気分が落ちてる。リハーサルでも間違えていた。知らないっと。

ヘアメイクしてもらって、先に私が出ていく。最初、ちょっと緊張したけどだんだん慣れてきて落ち着いた。セブンくんも昨日は眠れたそうで、声もよくでている。カーカの出番になった。きれいにメイクされて出てきた。歌ってる途中、脇に置いたお水が倒れそうになった時、すかさずガッシとつかんでいた。そういうところはたくましい。3曲歌って、ちょっと話して、退場。ほっとする。

無事に楽しく終わって、知り合いの人たちが挨拶《あいさつ》に来てくれて、それからお腹すいたのでカーカたちとごはんに行く。無事終わってよかった。カーカも、もうわかったから次からは大丈夫とかなんとか言っている。今回は練習もしてなかったので、逃避っぽくぐだぐだしてて嫌な気持ちだっただろう。「終わってから楽しくなった」と言って、ご機嫌でスキップまでしていた。

**8月30日（火）**

今日はゆっくり。昼寝もする。おいしいものをいろいろいただいたので、のんびりしながら食べる。さくに「お菓子、もらったよ」と言ったら、「助かる」と。

**8月31日（水）**

今日も家。のんびりすごす。いろいろと感想をいただく。
「ライブ、素敵でした。海の中の森みたいでした。全体が。銀色さんが草木の中から生えるように座っていたのが印象的です」「とても不思議な空間でした。言葉では言い表せないくらい素敵な、幸せなひと時でした。セブンさんの声は、心の奥底まで沁《し》み渡りますね」『偶然』を毎日聴いていますが、やはりライブで聴くセブンさんの透き通るような歌声、こおたさんのみんなを優しく包み込むようなピアノ、五十嵐さんの落ち着きのあるチェロ。全てに癒《いや》されました。かんちゃんも綺麗《きれい》でした。銀色さんの言葉の全てが温かったです」「銀色さんが、じゃあ次これ、あ、あれも……と、セブンさんにアカペラで歌ってもらってたシーンが、ライブならではな感じで面白く、実際『ここがっ！』って所は、本当にステキな歌声でした」「心地良い時間でした。初めて聴いた『それからの君は』に泣きました。あの歌詞は反則だよ～泣」「セブンさんが歌った『僕が守る』は、ＣＤにはならないのでしょうか？　今日聴いてみて、合唱とはまた違う、心に真っ直ぐ入ってくる詩の世界観。涙が止まりませんでした」「ホントに帰りたくなかったです。いつまでもあの空間の中に居たかった。素敵な時間を過ごさせていただきありがとうございました。心が安らぎ、落ち着きました」「かんちゃん、気変わらないでいてくれてありがとうございました（笑）。そこにいるんだろうけど、映像のような、写真のような錯覚に……歌声も存在もギリギリな感じが、目を離せなくさせてくれました」「銀色さんが人との距離について遠くてもいいのでは？　と言われたこと、実は私もそう感じてたかも……と」「いつも銀色さんの会に行くと落ち着き、ずっとそこにいたくなります。トークも歌も心にしみました。帰り道、心に灯がともっています」「かんちゃん、今日も可愛くて、勝手にお姉さんのような気持ちで見守っていました。『真冬の風の中』でかんちゃんのすごく魅力的なところ……素の部分がみえた気がして、それが何かは適当な言葉が見つからないのですが、とても温かい気持ちになった瞬間がありました。セブンさんのコーラスでも一度も横を見ず、やっぱり直立不動の天使……いいですね！」などなど。ありがとうございました。またいつかどこかでできたらいいなあ。

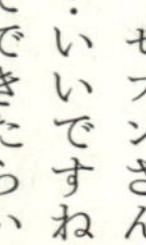


次にやりたいことが浮かんできた。今度は私もじっとすわっているのじゃなく、なにかやりたい。ライブペインティングとか。動き回れるのがいいなあ。次はもうちょっと時間をかけて計画して、内容ももっと長くして、半日ぐらいかけていろんなことをやってみたいな。絵を描いたり、写真と詩の映像を流したり。

などと想像を広げているところに、ライブの収支がでた。……赤字。チケットの料金設定が低すぎたようだ。去年作った私の会社でやったこと（CD制作、グッズ制作、ライブイベントなど）は、私がやりたいことを自分でお金を出してやったということだ。赤字が累積してるので、そういう自己企画ものはできるだけ抑制する方向で減速中。ライブは利益がでにくいと聞くが本当だ。楽しいから、やりたいからやる、と割り切らないとダメかも。でも、一度やったらどういうものかがわかるので私も気が済む。それでもいいからやると覚悟して、やるなら楽しむことにフォーカスするしかない。これでだいたいの経費がわかったから、次回からはもっと計画的にやろう。必要経費を考えて逆算してチケット代を設定しないといけないんだね。なんと初歩的な（笑）。

もうやめようかな、ライブやるの……と急に気が小さくなる。どちらにしても、やるとしてもちょっと休憩したい。しばらくじっとしていたい。

でも、やりたいと思ったことは経験できたし、お客さんや参加・協力してくれた人たちも喜んでくれたのでよかった。無事に責任果たせたというか、一応、去年からの計画はやり終えた。お礼も言ったし。これで、ひと区切り。よかった。赤字の流れもここまでで食い止めたい（というか、私が自分で企画、主催するのでなく、そういうことを頼める専門家にすべてまかせるのがいちばんいいような気がする。そうすると最初から無理な計画は進めないから。まあ、私は採算度外視で、とにかく赤字になっても、やりたいことを1回やってみたかったのだ）。

そしていろんな人を知った。いい人、とんでもない人、話が通じない人、素敵な人、バカな人、可愛い人、失礼な人、子供っぽい人、魅力ある人、さまざまだった……。そして、これからもまだ人生は続く！

夜、DVDを観る。最近はドキュメンタリーとか堅いものを選んで借りているのだけど、いくつかまとめて借りてきた中から「マンモス　世界最大のSNSを創った男」、というのを観てみた。「ソーシャル・ネットワーク」みたいなのかと思って、ちょっと勢いのあるバリバリした人種を気分をあげるために観てみようと思ったら、……全然違った。眠くなるまで観てようと思ったけど、逆に気が重くなって目が冴《さ》えてしまった。親子、家族の絆《きずな》の話で、やり切れない虚《むな》しさがつのり、最後の15分前についにいたたたまれなくなって「これは酒でも飲むしかない」と思い、一時停止してシャンパンを飲みながら観る。悲しい親子の話なんて私は観たくない。ただでさえ現代社会は鬱々《うつうつ》としているのに、映画でもそれかと。せめて映画や本では気持ちをパッと晴らしたい。

ちぇーっと思いながら観終えて、もう今日は眠れなくていいやとこれを書いている。気分転換したい気分。

なにか、気が晴れるようなことがないかな。

そんないいこともあるわけなく……。今日から9月。心機一転、ガンバロ。

## 9月1日（木）

なんか、気分を完全に切り替えてまったく新しいことをやりたい。

昨日の夜、気が沈んだ時、過去の嫌なことがどんどん浮かんできた。さくに関する悲しい記憶も。で、今日、あの時は悪かった……という思いで、夕食にさくの好きなミートソースパスタを作る。作ってたら「いい匂いだね」とさくがやってきた。鼻歌歌いながらゲームして、眠くなったみたいで「できたら起こして」と言ってリビングの床でグーグー寝てる。過去を償う気持ちで、今、やさしくしたい。穏やかに丁寧に接したい。と思ったけど、もう本人は忘れてるかもしれない。これは私の中のことなのだ。

ツタヤに行ってDVDを返す。最近は観る映画に気をつけているにもかかわらず、6枚借りて2枚はちょっとだけ観て失敗したと思い、すぐに返した。残酷さと、やり切れなさに。そしてまた5枚借りた。イギリスのシェフのドキュメンタリーなど。これだったら大丈夫。前向きでアーティスティックで気分があがるものに触れたい。

それで思いついたので、ツイートしとく。

「世の中をわかりやすく飛び交っているものはネガティブなものが多いので、元気で前向きで気分をあげてくれるものを、私は欲しています。求めるものを得るために、意識的に判断して、自分のために能動的に選ぶことがますます重要になっていると思います」

夜、シェフのドキュメンタリーを観る。途中で眠くなったので、寝る。

**9月2日（金）**

そのドキュメンタリーというのは、ジェイミー・オリバーの「ジェイミーズ キッチン」3枚シリーズ。10代後半から20代前半の無職の若者を15人集めて1年ほどでシェフに育てるというもの。レストランもそれに合わせて開店させるというリスクの高いもので、最初からとても困難が予想される。そして実際困難続きで、見ているだけで苦しかった。でもそのシェフのジェイミーがいい人で、そこだけに救われて私は最後までどうにか見た。見終わって、ちょっと疲れた。これはもう数年前の話なので、その後どうなってるのかなと思って調べてたら、2010年にアメリカ、カリフォルニア州ロングビーチで行われた「TED Conference」でのアメリカの肥満問題、食生活の改善を訴えるスピーチをしているのを見つけた。熱く語っていて、その熱さに感動する。私も子供に料理を教えないといけないと思った。

カーカが来て、さくとふたりで私のベッドでゲーム。

かわいいグッズたち!! しかし、まったく売れずに大失敗(笑)。もう作んない。

日本地図のようになったこぶたボール

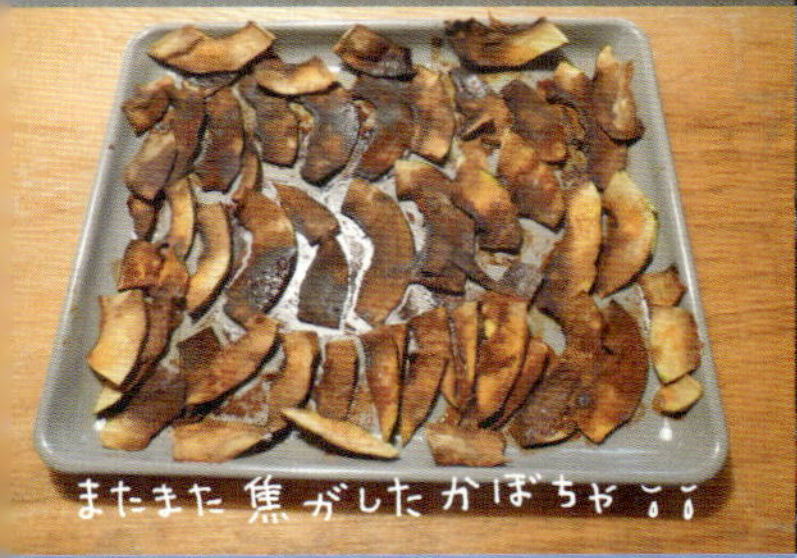
またまた焦がしたかぼちゃ;;

山元栄ータオル

富士山をバックに

芦ノ湖畔で魚をさばく

スコーンの朝食　このあとカビが…

写真集「偶然」のレイアウト中

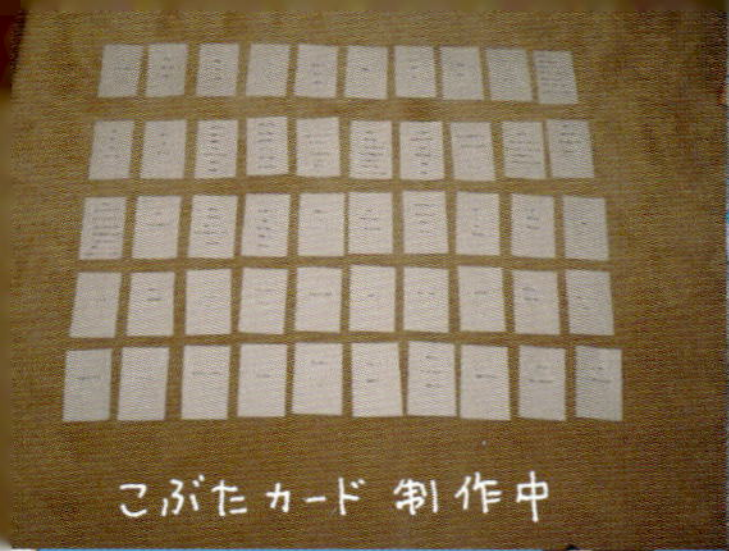
こぶたカード制作中

ふたまたの木、ここで落ち着く

日本科学未来館の企画展の顔はめパネル

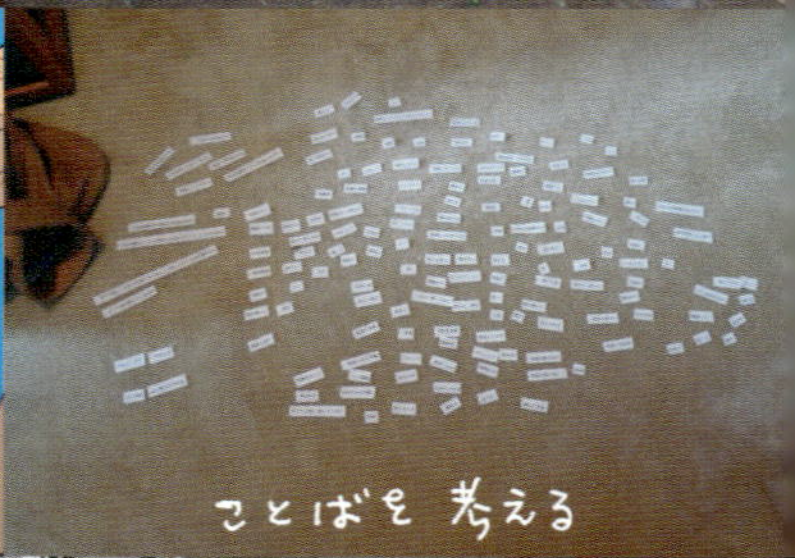
ことばを考える

寝てるカーカ

パソコン見てる

私の部屋で

仕事部屋のかわいいものコーナー

犬のシール はりつけた

イコマ高原

このさく、なんか大人っぽい…

食事風景

カーカ、パンツに手

ある夕方（8/26）

夜中のつまみ食い

メイク後

きゅりあんリハーサル
まだねむそう

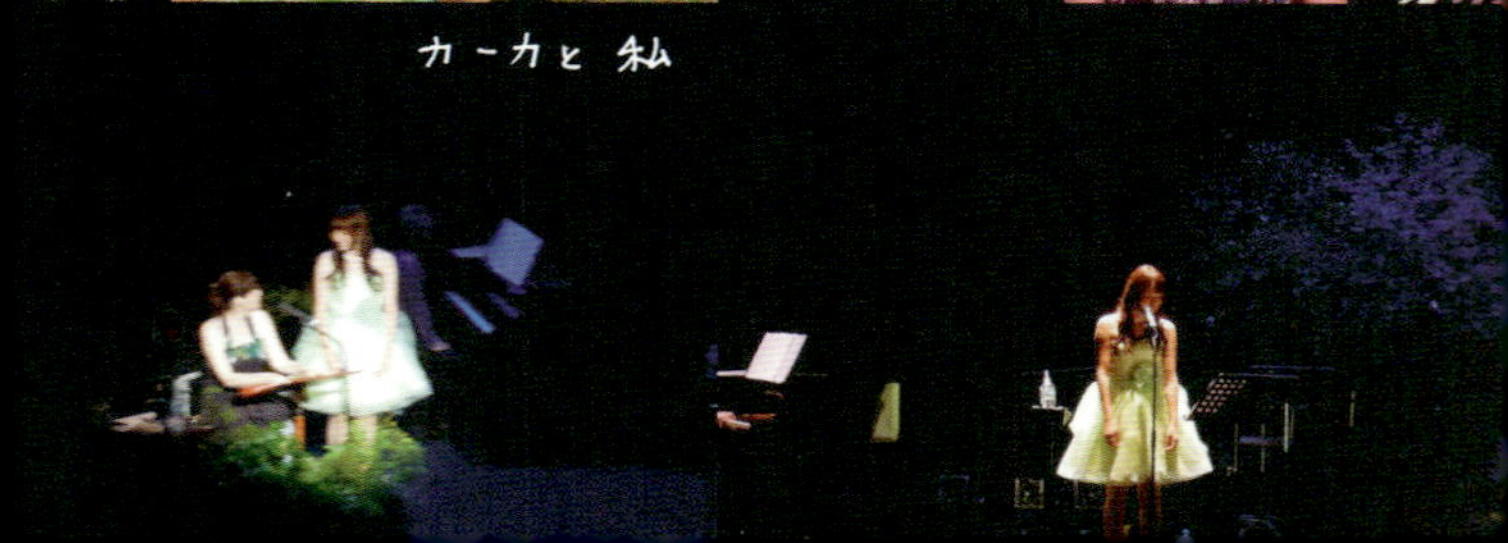
カーカと私

似たような格好でゲーム中

今日のねぐせ（9/10）

エクトンとのトークイベント

こぶたカード

最近の私の暮らしぶり

勝手丼

釧路、炉端焼き〜

山に牛文字

多和平

神の子池

霧の裏摩周、寒い〜

カーカ撮。

私が撮ったさく

釧路湿原 カヌー

歩道に鮭が

馬に乗る

NHKの帰り

チキン南蛮、カーカ作

ケーキ食べ中

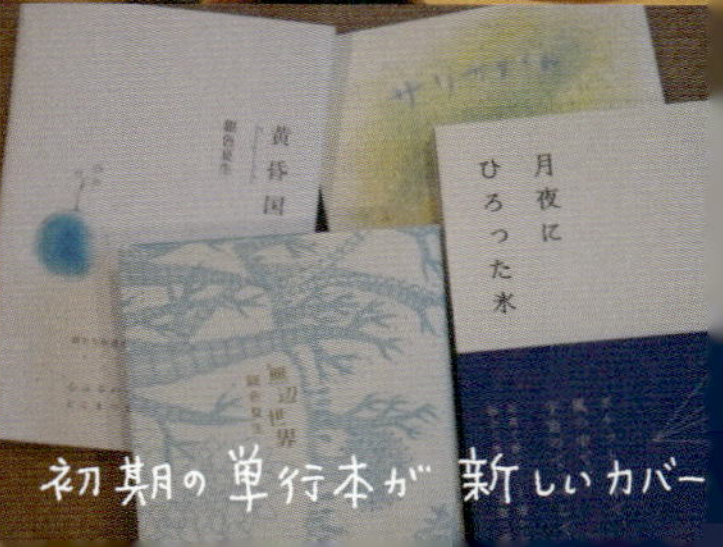
銀色夏生
黄昏国
月夜にひろった氷
無辺世界
初期の単行本が新しいカバー

なんか やさしい 感じ

絵、かいてる。 途中

2012年 ワコール の カレンダーに

どんど焼き

秋の訪れ……。台風も近づいている……。私はひとり、なんだか虚無感に襲われている。

なぜだろう。今、夢中になっているものがない。なにも。だからか。

空白。真空。真空と青空は字が似ている……。

なにもする気になれず、
することもない秋の始まり。

## 9月3日（土）

台風はこちらには来ない様子。静かな土曜日。

なんとなく、これからしばらくの方向性が浮かんできた。

焦点を絞る。

　ということになりそう。

　そして、人はそれぞれその人ひとりの道を進んでいるということを忘れずにいたい。どんなにたくさんの人がいても、その人と入れ替わると、その道ではひとり。家族がいても、友だちがいても、道幅はひとり分。家族というのはその期間、くっついたパスタのように道が密接にくっついているというだけで、また離れることもある。だれも人の問題を代わりに解決

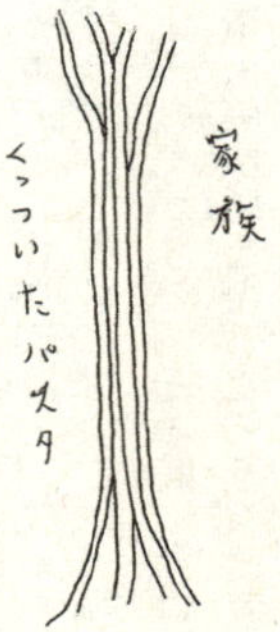

できない。人のことを気にしても仕方ない。
たぶん自分の中の想像は、実際と照らし合わせると、間違っている。

去年からいろいろやってきたことの意味が、もうすぐわかりそうな予感がする。あれはなんだったのか。もうちょっとだ。ずっと大変で困難だと思っていた物事に対するいい解釈がもうすぐできるような、霧が晴れる……、吹っ切れるような気がする。その時、私はとても気分がいいだろう。それまで蓄積された憂鬱《ゆううつ》と同じ量の爽快感《そうかいかん》を得るだろう。それは途方もなく自由な感触だろう。それとも、いたって普通の日常にいつの間にかスライドしているのだろうか。今のように。

今日も、ヒマで退屈。だいたい私はほとんどいつも憂鬱で、作品が出来上がった瞬間だけ唯一うれしくて、また創作期間に入ると、ずっと気が滅入《めい》ってる。私が憂鬱だと言ってもだれも同情してくれない。それこそがアーティストだと思われている。物を生み出す人はみんなそうだとは思うけど。友だちもほとんどいないし、気の合う仲間もいない。こういう気分の時期を、道を踏み外さずに慎重に冷静に過ごすことが、私のいちばん気を遣うところだ。精神的な、心の世界では人はみんな自分でどうにかやっていくしかない。毎日が初めてのことで、手探りで、2度とない。
冷笑的に世間を見つめても、どうにもならない。気が晴れたら、陽気になれる。冗談を言ってやさしくもできる。瞬間的に、行ったり来たり。

窓の外を見る。

雨がやんで、空に晴れ間が見えてきた。青空だ。うすい水色。

創作が自分を支えてくれる。

ツイッターで、

「自由で、気楽で、情熱のある、力の抜けたものを、作りたいです」

これですべて言い表せてる。

今は本当にものすごく物事が細分化されているので、これは選ぶ（OK）、これは選ばない（NO）、と自分ではっきり決めないと流されてしまう。選べない時は、今は選ばない！ ということを明確にすることが重要だ。

物事は、すべて自然の成り行きなので、その過程が大事。

## 9月4日（日）

今日はエクトンとのイベント。ヘアメイクさんに来てもらって家でメイク。左のこめかみのところに化膿《かのう》した吹き出物ができているので（ものすごく肌が弱いのでよくそうなる）、それを隠すようにいつもと逆の髪の分け方をしてもらったら新鮮だった。エクトンとの対談なのでミステリアスな服を選ぶ。と言ってもラフなコットンのマキシ。

行きのタクシーの中で、ツイートに変な意見、いいがかりみたいなのが来たので、ぐちる。

すると、そのタクシーの中にいたひとりがそれを聞いて、その人も最近あった友だちの話をしてくれた。ブログで何か書いたら、それを悪くとって「泥棒！」って言われたらしい。泥棒してないのに。「絶対によんだらダメ」と助手席に座っていたもうひとりが振り返って言う。「ああいうのは匿名で本当に無責任に悪口を書く人がいるんだから、絶対に読んだらダメ！」と。そうしたいけど、いいツイートは読みたいから緊張しながら読むんだけど、嫌なのをたまに見るたびに落ち込む。ロシアンルーレットや「黒ひげ危機一発」みたい。この攻防、ずっと続けなきゃいけないのかな……。

私が選ぶ時、同時に相手も私を選んでいる。その関係は対等だ。そして実際に関係ができ始めたら、毎瞬毎瞬お互いに選択しては決定するということを繰り返し、その関係は続いたり消えたりする。自己決定の結果があるだけだ。「他人のことに口出すな」と、さっきの人には言いたい。

そして会場に到着。道がわからずにタクシーが迷ったので、時間が迫っている。着替えて、チャネラーのリチャードさんや通訳のチャンパックさんと簡単に打ち合わせしたらもう時間がきた。

エクトンのチャネリングが始まり、また眠くなる。いつもそう。

私はエクトンの話を1回では覚えられない。なので、ちょっとしか覚えていないのだけど、印象的だったのは、つらいことがあってもすべては一時的だということ（その言葉を聞きたかった！　と思わず言った私）と、このあとに何が起こるかと言うと、ここに集まった人たちがそれぞれの場所に帰って、そこで個々人のユニークなやり方でベストをつくすことによって網の目のような広がりができるということ。みんなが手に持ったローソクの灯《あか》りがそれぞれの場所でまわりをほんのりと明るく照らすようなイメージが浮かんだ。そしてみんなが見えない線でつながって広がって行くような。

私が「去年からつい先月まで、やりたいことをどんどんやって、すべてやり終わって、今、何もしたいことがない。凪《なぎ》の状態。どうすればいいですか？」と聞いたら、エクトンが山登りのたとえ話をし始めたので、その言葉だけ聞いて、「それ、こないだ私もライブで言った！」と思わずさえぎった。チャンパックさんもそのライブに来ていたので、「ね？」と聞いたら、通訳しながら「はい」と答えてくれて、そのへんおもしろかった。

「そういう時期もあるので、時々はリラックスして休憩してください」（エクトン）、と

「途中の景色を楽しみましょう」（私）。すでに自分で答えを言っていたという。同じことを話したことに対してエクトンが「どちらがどちらの考えを盗んだのでしょうね」と冗談を言ったのもおもしろかった。

あっというまに2時間が過ぎて、サイン会。

握手して、来て下さったことに感謝する。ほのぼのとした気持ちになる。

そのあとちょっと打ち上げにでてから帰る。イベントは主催する方はいろいろと気づかい、細かいところまで考えなくてはいけないのがわかるので、スタッフの方々も本当にお疲れさまと思う。こぶたのカードも出来上がっていたのでいただいた。こぶたのイラスト満載で、妙にかわいらしいのができた。よかった。どこにでもこぶた。こころのこぶた。

それから久々の、やよいちゃんちに行く。わ太郎くんも来た。「もう今、いろいろやり終えて、何もすることがない〜」とぶつぶつ言う。燃え尽きたのだ。

いつもの気軽な感じ。エクトンと会ったあとはものすごく疲れるので、話しながらもう私は最後の方、横になって目をつぶってうとうとしていた。

**9月5日（月）**

疲れていたので、ゆっくりする。さくにこぶたのカードを見せる。私が昨日もらっていちばん最初にひいたカードは、「可能性」だった。よし。

さくに「1枚、ひいてみて」と言ったら、気のないふうに手前の2〜3枚をちょちょっと触っただけで、すぐに「これ」と。

「やけにあっさりだね」と言いながらカードを見ると「シンプルに」。

「なんか、子供っぽくないいね」と私。

「いいじゃん。シンプルがいちばん」

「もうすでに充分シンプルだと思うけど」

　昨日のイベントをメモしてた人から詳しく教えてもらった。

　エクトン「お一人お一人のやり方、その人なりのユニークなやり方があります。この集まりが終わった後、皆さんの個々のエネルギーが格子状に広がっていくでしょう。物理的に距離が出来た後でも、お互いの繋《つな》がりは消えるものではないのです」

　銀色「私もそう思います」

　あと、人々の感想いろいろ。

「銀色さんがその広がりを温かく大事にされていることが伝わりました。これから自分が選び、していくことに温かい力添えをいただいたように感じます」

「ありがとうございました。私も異常に眠くなり、でも一度ぐっと涙が出ました。よくわからぬ感情です。うれしさ、くやしさ、そこで会えたことへの、爆発的な焼けるような感謝のような。銀色さんは、『強い石』のようなイメージでした。光る深い藍色《あいいろ》の石」

「私も網の目のお話、印象的でした。みんなをつなぐ線が広がっていく様子を思い浮かべて、なんとなく心強いようなかんじがしました」

「昨日は初銀色さん、エクトンを見て興奮しました。帰りにうなぎを家族に買って帰りました。『一緒にがんばりましょう』と銀色さんが皆に言われたところがぐっときました」

「『手助けが必要な人に愛を提供してあげて下さい。分かち合う。手助けする。そういうやり方は他の方法よりも癒《いや》しがあります』とも言っていました」

「私は帰る時、出て横断歩道を渡る時、トークイベントに参加したそれぞれ一人一人が、ほかの人たちとは何か違う空気をまとって、それぞれの場所へ向かって行く姿を見て、エクトンが言っていたことを感じ、ぞわぞわと鳥肌をたてながら私も別の場所へ向かっていました」

「会場全体が、ふわぁ～としたもやに包まれている様に思いました。辛《つら》いことは一時的なもの、私もこの言葉に希望の様なものを感じました」

「希望を持つこと、それを分かち合っていくことが、自分の人生の役割りをこなしているんだというくだりに、すごく目が開かれた感じでした」

「チャネリングを目の前で初めて見て、エクトンさんとはどんな存在なのか、ますます興味深く思いながら、エクトンさんからの私たちみんなへのメッセージを聞かせていただきました。

これからの地球が、私たちという存在が、より良く未来を迎えられるように導いてくれている、たくさんの存在のなかのひとつの存在なのかなエクトンさんは、と思いました。

エクトンさんのお話を聞いていると眠くなっちゃうのは、自分もなにかトランス的な状態に入っていたのでしょうか？

今日はエクトンさんのお話もよかったですが、なによりも集まっている銀色さんのファンのみなさんが本当に銀色さんが大好きで、銀色さんの一挙一動に元気をもらってるんだなあ、という事を実感しました。

そういう意味でも、銀色さんがサインの時にお話しされていた、ごはんやお酒を飲みながらのぶっちゃけトーク（?!）イベントももしあったら、きっとすごく良い機会になるんじゃないかな、と思いました。『銀色ナイフ』や『つれづれ』でももちろんですが、銀色さんのぶっちゃけ的な部分も含めてみんな（もちろん私も）銀色さんが大好きなので、そういうイベントがあったら楽しいだろうなあと思います。今までのイベントは内容的にどうしてもじっと聞く会が多かったですが、そういう会もあったらラフに楽しめそうですね♪

銀色さんがエクトンさん本の最後のQ&Aでも答えられていたようにスピリチュアルだから、ってことじゃなくて、『すべてのものが真実に近づくとほとんど同じ』とおっしゃっていたことが、私もほんとにほんとにそう思います。銀色さんはいろんな垣根を越えて、そういうことをみんなに伝えていったり表現されたりできる存在だと思うので、本はもちろん、これからもイベントもまたぜひ開いてくださいね。銀色さんにお会いできる機会を楽しみにしています。

今日はトークイベントの帰り道、虹《にじ》が出ていてとても嬉《うれ》しかったです。

そうそう、この前の恵比寿《えびす》でのライブの時に銀色さんに握手していただいた友人が、『銀色さんと握手したとき、手がジンジンしたよ』と言ってたのですが、私も今日握手させていただいた時にホントにそう思いました！」

辛口DJナイトみたいな本音トークをやりたいなと話したことに対して。そう、虹が出てたって誰かも言ってた。

「チャネリング。銀色さんが関わることがなければ遠い存在でした。

エクトンの話。話をしている姿で胸が熱くなるのは初めてでした。

話している内容というか、熱いエネルギーが、真摯《しんし》な気持ちがおなかのそこに響いてきて、そう、込み上げてきて。トークというかすごいエネルギー体験でした。

エクトン氏がほぼ話されていましたが、銀色さんと会場のみなさんと同じことを果したような高揚感がありました。目的が、聞きたいことが一致しているような。

帰って『変化は、起き続ける』を読み返していますが、全然ことばの入り方が違います。エクトン氏のエネルギーの中で語りかけてくるような。

銀色さんの存在があるんだと実感したように、エクトンの存在も確かなものになって、信じられるものがまた増えて、そうです、進化したかもしれません（笑）。

参加できてよかったです。すてきな体験をありがとうございました」

「銀色さんが、リチャードさんがチャネリングのいきさつを語ってる時、『早くエクトン呼ぼうか』と言ったのと、チャネリングの後半で、『もう帰っていいよ』というのがツボでした。どちらも正に同じ事がよぎっていたので、あの観衆の空気を瞬時に読み取り、しかも即、言葉にした銀色さんこそ真のチャネラーだと思ったほどです（笑）」

「事前に、『客席の誰かに向けてのメッセージも沸く時があるけれど、みんなに向けて話すから、自分のことだと思ったら受け止めて』みたいな説明がありましたが、いきなりズバリと来てしまったんです。インナーチャイルドを癒していたのだということを昨日のトークで気付いたら、なんか憑《つ》き物が落ちたみたいです」

エクトンが、人との関係において、過去の自分をチャネリングしていることがあると言ったことに対して。たとえば、誰かに対して子供っぽい感情がわき起こっている時は子供の頃の自分が出てきて言っていることがある。その関係を通して子供の頃の自分を解放している、癒しているのだと、言ってました。

「ここに集まった人達が経験し、受けた影響がその人個人にとどまらず、その人が接するまわりの人々にも広がっていく……というようなお話が好きでした。

自分はなにもできないなと思っていたのですが、昨日のように、きっと意味のあるひとつの出会いと、そこで共有した経験に影響を受けた私たちがまた別の人と関わることで何かが生まれ、そしてそれがどんどん広がっていくのなら、ある意味それは夏生さんと一緒に何かをしたことになるのかなと思いました」

そう思います。

「私が今回いちばん心に響いた言葉は、銀色さんの口から出た『気楽にいきましょう（やりましょう）』『休息とリニューアル』の2つでした。過去3回のイベント冒頭でも、必ず開口一番「気楽にやろう」的なコメントをおっしゃるのですが（あぁ、もっと私の人生も気楽でいいんだよな〜）と初めて心にハマりました」
「表にでているようでいつも実は裏方の銀色さん。ほんとうに私たちの為なんだなと強く思った印象的な会でした」表にでているようで実は裏方、そうかも。

夜はチェロのあさかさん、なごさんの女子3人でお疲れさまの飲み会。タイ料理屋で。生春巻きやタイ風さつま揚げなどおいしかった。あのたれの味が好き。あまずっぱいの。話が楽しくて、6時から12時近くまでずっと飲んでしまった。

**9月6日（火）**

で、二日酔い。ああ……。朝、どうにかさくに朝食（チーズトーストと梨）を作ってたら、カーカが荷物取りに帰ってきて、二日酔いだと言ったら、「がんばって」とやさしい言葉をかけてくれた。

昼ごろまで寝て、なにか食べないと治らないと思い、買い物に行く。

食材を買って、お昼すぐ食べられるもの何かないかなとうろうろしていたら焼うどんの出店があった。このあいだ食べておいしかったところだと思い、そこでどれにしようかと何種類かある商品を眺めていたら、やさしそうな女性がちょうど鉄板で作っているところだった。それができるまで待つ。しばらくして「出来たてです」と言って持ってきた。「焼うどん、ひとつください」。取り分けて準備してくれてるあいだ、おいしかったですと言おうかどうしようか迷う。迷ったけれど、他にお客さんもいなかったのでやはり言おうと思い、「このあいだ食べておいしかったので……。3回目です」と言う。「あら。ありがとうございます」とうれしそう。そして「今日までなんですよ」と。

包み終わって、630円払おうとしたら、「30円はいいですよ」とにっこり。え？と驚きつつ、「ありがとうございます」と去る。

言ってよかったと思いながら、いい気持ちで帰途につく。やっぱり、こういうことを口にするのはいいことだなと思う。

家に帰って、さっそく袋を開けて食べ始めた。すると、ん？　味が違う。うどんも硬い。……どうしてだろう。パッケージをよく見てみたら、どうもここじゃなかったかも。そうだ……、前のおいしいのは、お稲荷さんも一緒のセットがあったけど、さっきのにはなかった。硬かったので全部食べずに残す。あら（笑）。

午後もずっと寝て過ごす。夕方、やっとどうにかすっきりしてきた。次からは、飲み過ぎに注意しよう。メールでおとといのお礼を何人かにする。

さくが帰って来て「お腹すいた！」と言ったので、さっきの焼うどんをあたためて出したら、「おいしい」と言って食べていた。よかった。

私には夢がある（さっき考えついた）。私は悲しいお葬式が嫌いだから、悲しくないお葬式の演出をしたい。私が好きだと思えるようなお葬式を作りたい。私は、身体が死んでも魂は生きていると思っているから、死は悲しいものではなく、解放とか卒業というイメージを持っている。なのでたとえば、結婚式にでた帰り道、人を愛するっていいなと思ったり心があたたかくなったりするように、お葬式にでて、生きることの素晴らしさや崇高さを思うようなのだったらいいなと思う。力が湧き起こるような。とにかく、私が好きだと思えるようなお葬式。名称もお葬式ではなく、別のを考える。大事なことは、「死＝悲しみ」じゃないということを演出する側が完全に信じていること。たとえ死に方はどうであれ、人としてやるべきことをやりおえて卒業できたのだから（人間として生きる方が大変だから）、お祝いすべきことだという考えに徹する。また、残された人々がいちばん悲しく寂しいから、その人たちに「死＝悲しみ」じゃないということを教える。演出タイプも、明るいものから静かな美しいものまでいろいろ。死は急に来る人もいるので、完全にお任せしてもらってもいいし、前もってわかっている死の時は、死を迎える方と一緒に考えてもいい。どういうのがいいですか？と。このやり方を望む人は、今までの慣習や宗教から自由な人のはずなので（やはり実家の宗派や親せき付き合い、会社や仕事関係、世間体を重視する人にはできないことなので）、かなり革新的だと思う。つまり、出来ない人にはとんでもなく別世界、受け入れられないことだから。

考えただけでも楽しい。自分のためにもそういうのやってみたいな。

## 9月7日（水）

続々「ばらとおむつ」である「衝動家族」の原稿まとめ。最も面倒くさい作業だ。今回もせっせの文章。私もコメントを入れたのだけど、どうにも私とせっせのトーンが違いすぎて一緒にできないので、入れないことになった。紹介役に徹する。が、紹介役は嫌なのでこれで最後にしよう。私が書いてないのに著者名が私になってるって批判されたことがこたえてる。でも、今までのは、あれはあれでよかったと思う。

## 9月8日（木）

失敗したり、嫌なことがあってしゅんとした時、自分を励ますのもいいが、時にはそのまま冷静に自分を見つめ、自分をけなすこともいいことだ。

そうできるのは感情がおさまった頃のことだけど。私も事が起きてすぐは猛烈に腹が立つことでも、しばらくして冷静になってくると、自分を正当化して相手の悪いところを探すことにも飽き、自分のバカ、なんて私はおバカだったんだろう、悲劇のヒロインみたいに思っていた自分がちゃんちゃらおかしい、と思う時期が来る。そうなると、かなり力がみなぎって来る。もりもりという力ではなく、ここまで気が抜けて、落ちるところまで落ちたのだから、もう欲もなく、カッコつける気もなく、変にキラキラした夢や願望もなく、ただ静かに小さな自分を見つめて、心静かに生きていきたいという、諦念《ていねん》のような平安さと、だからこその底力みたいなものが底を支えているような、もう底をうってるからこれ以上落ちない、希望がないので夢が破れることもないという気楽さで、妙な安らかさにたどり着く。そこまでいったらもう怖いことはない。底だから。夢も希望も期待も変な欲もないから、ガッカリすることもない。目の前には、肩の力が抜けた、ただただおだやかな世界が広がっている。どんなに悲惨な世の中でも、自分の心が平安なら、気持ちはざわつかない。ぼんやりと大らかな気持ちで、余裕を持って、すべてを受け止められる。なぜなら、何も期待していないから。何も期待しないということは、なんとも自由な感覚だ。

自分を自分で小さく見積もっても、人にどう思われても、胸が痛まない境地。

そここそが最強の砦《とりで》だ。

時には、自分を無力と思える。バカだとも言える。それは、いいことだと思う。


夢を見て、休息とリラックスができることがあるが、さっきのことを書いたあとで昼寝をしたら、ものすごくいい気持ちになれた。幸福感、至福感といった感情に満たされた。夢自体の内容はあるにはあったのだけど、それよりもその気分がすごかった。最近、あまり夢でそうなれなかったので、本当にうれしい。

この気持ちになると、心底、落ち着きが得られる。微動だにしないというか。自分を誰とも比べないし、誰も羨《うらや》ましく感じない。なにもしていなくてもひとりの時間の重要度が増し、「自分の在り方」がわかったような気持ちになる。

母集団が大きくなると、バラつきは増す。

よく思うのは、マラソンだ。何万人も参加するようなマンモスマラソン大会になると、まずいっせいにスタートするということができない。真ん中あたりにいる人にとっては、いつのまにかなんとなくある方向に向かって進んでいるのかなと思う程度だろう。中には反対方向やジグザグや、でたらめに動いている人もいるだろうし、進もうとしても進まないこともある。先頭集団は足の速い人たちが特別に選ばれてることが多いので、びゅんびゅん飛ばす。史上最速の記録をめざしたりして。後方は限りなく時間がかかる。立ちどまったり休憩したり。それでも参加すると決めたので、いちおう選手だ。いつかはゴールにたどり着くが、棄権しても許される。

老若男女が参加するマラソン大会。楽しんだり、必死だったり。恋人や家族、友達で。自分への挑戦。苦しんだり、励まし合ったり。なにかで怒ったり、泣いたり。

人生というのは、マンモスマラソン大会に似ていると思った。

昼ごろ、買い物へ。さくが「ガリガリ君」を買ってきてねと言ってたのをいつも忘れるので、今日は小さな紙にメモしてお財布の中に入れて行った。おかげで買い忘れなかった。

今日からテスト期間なので早く帰って来る。お昼はお弁当を買っていこうと思い、ネギ塩カルビ丼にした。塩味が濃くおいしかったけど、まさに焼肉屋の味だった。

ラスベガスは連休中、飛行機代がバカ高いことが判明。なので、3日間だけ3人で北海道に行くことにした。それでも3人で旅行なんてひさしぶり。

**9月9日（金）**

家で映画を観る。「ブラック・スワン」と「英国王のスピーチ」。どちらもそれほど興味を惹《ひ》かれなかった。ドキュメンタリーをたくさん借りてきた。どれも観ると暗くなりそうなものばかり。病んだ文明、悲観的な現状、というもの。

夜、年上の友だちとごはん。私よりも年上の友人は少ない。年上の人だと気弱に甘えられるからいい。私が受け止めるばかりのつきあいがこのところ多かったので、やっぱり自分が甘えられるというのは気が楽だと思った。

最初、私が待ち合わせのお店に先に着いて待っていたら電話が来て、今近くにいて向かっていると言う。どこにいるか聞いて、「3つめのセットバックのあるビルだよ」と教える。

帰り、その一方通行の細い車道を歩きながら、「この狭い道でセットバックがあるビルっていいよね。余裕があるって感じで」。セットバックと言っていいのか、ビルと道路のあいだに数メートル幅の空間がある。そこで車をやりすごしたりできるし、とにかくホッとできる。「人もセットバックがないとね」と言う。ちょっと余裕が。

## 9月10日（土）

朝、私の髪の毛を見て、さくが「すごい。ヤマンバみたい」と。どれどれと見る。

カーカがちょろっと帰って来て、カーカに来ていた代引きの荷物を受け取って、またすぐ「行ってきます」と。「どこ行くの？」と聞いたら、「うん？　ちょっとアイドルの」「またあ？」「そんで、バイト」

昼ごろ、昼寝していたさくと、食料を買いに出る。すごくお腹がすいていたので、「なにかすごくおいしいものを買ってきて食べよう！」とふたりともいさんで出発。試食の出し巻き玉子や唐揚げや巻きものを食べて、それらを買う。それとサイダーやスイカを買って帰る。ドーナツを1個ずつ買ってこようと言ってたのに忘れてしまった。帰って、すぐに私はちらし寿司、さくはねぎとろ巻きを食べる。ちらし寿司、ひとくち食べてすぐに「失敗した」と思った。しょうがないので95％ほど食べて、最後の5％はどうしても食べられなかった。ドキュメンタリーを観ながら、眠くなったので眠る。

読者からの手紙が転送されてきたので、いそいで読む。とても励まされる内容だった。ありがとうございます。私が、いろんなことを一挙にやり終えて今はもうやりたいことがないと先日言ったことに対して、「きっとまた新しい波が抑えようにも抑えきれない勢いでやってくることを確信しています（笑）」と書いてくれた人がいて、笑った。そう。いろいろやって、もういいと思って、そしてまた何か新しいことを急に思いついて、それが終わったらまた静かに過ごすと宣言して、そしてまた始めて、懲りて、また静かに。でもふたたび新しいやりがいにつき動かされる……の繰り返し。今は、ちょっと疲れてるけど、また何か思いついたらやるんだろうな。

「最近は本当に忙しい御様子ですが、その忙しさを突き動かす気持ちを読むことも励みになり、その忙しさの中でふと静かな気持ちを抱く御様子も励みになり、とにかく銀色さんの表す世界全てがせつなく、優しい。その世界に触れると、すーっと静かな思いに抱かれます。私を、どんな時でも支え、包みこみ、励ましてくれるのです」。ありがとうございます。私もそういう言葉を聞くと、落ち込んだ時にも、やる気が強まります。

とにかく長い目で、ふんわりとした大きな印象で、私のやっていることを捉《とら》えてもらえると有難いです。

夜、ドキュメンタリー、やはりとても気持ちが沈むようなものばかりだったので、早送りしたり、途中で見るのやめたりした。やはりこれからはもっと注意深く選ぼう。さくが録画しておいた「ミスト」を観ると言う。月曜日もテストなのに、ゲームやテレビばかりで全然勉強してないけどいいの？　と聞いたけど、自分の部屋に観に行った。そしてしばらくしたら、私の部屋に来た。

すごく後味が悪かったらしい。たしかにあれは悪くなる。

「だから言ったでしょう？『クローバーフィールド』みたいだよって」

「『クローバーフィールド』の方がまだいいよ。……なんか泣きそう」

他の部屋へ行こうとしたら、

「行っちゃうの？　ひとりでいたくない……」

「ほらね。原作はラスト、違うらしいよ」

「どう違うの？　ちょっと調べていい？」と言ってパソコンで調べていた。「原作は、希望がある感じだね」

「……勉強しないの？」

「はかどりません」

「そりゃそうだよ。あんなの観たら」

夜遅く寝ようとした頃、カーカが帰って来た。明日《あした》、高校の文化祭に友だちと行くとかで。

**9月11日（日）**

午前中みんなごろごろ。カーカも。着替えた後で、また寝ているので。

「文化祭、行かないの？」と聞いたら、

「何人か遅刻した人がいて、先に行ってるって。で、今ダンスを見てるらしくて、それはいいかなって……」と言いながら横になって目をつぶってる。行く気がいったん、失《う》せてる様子。

「カーカって、ものぐさだよね」

「うん」

旅行の話とかしていて、私が「3人で外国に移住もいいね」と言ったら、カーカがそれはいいと思ったらしく、「いいね！」と言う。

「カーカ、安易な方に流れてるんじゃない？」

「ふ」図星のよう。

「さくは、向こうの学校に通うんだよ」

「それはいやだな」とさく。

「せっせやしげちゃんと住むのは？　せっせ、外国に行きたがってたでしょ？　英語もできるし」とカーカ。

「せっせと住むのは嫌だ。クセがありすぎる」

「ふうん」

「でも、住むとなると手続きとかすごく面倒くさいよね。それはママもやりたくないし、カーカもできないでしょう？」

「うん」

「……ママが次に出会う人にやってもらおうか。面倒くさいことぜんぶ」

「一生無理だわ」

だよね〜。そういうことじゃないよね。

さくは明日の音楽のテストで校歌を覚えなきゃいけないのに、まだ覚えてない。

「持って来てごらん。ママが覚えさせてあげる」得意のこじつけ暗記術。

3番まであって、まだうろ覚えだった。連想できるように工夫してあげる。「はがね」という言葉がどうしても出てこないので、はがね……はがね……、

「さくじゃない？　歯がないから。はがね……歯がね……歯がねえ……歯がない。ね！」

と教えたら、覚えた。どうにか言えるようになったので試験する。まちがったらパチンと足をぶつよと言って手を上に構えたら、おもしろそうに、ビクビクしている。どうにかパチン1回ですんだ。


「カーカ、仕送り、減らしていい？　お金がないから」

「いいよ」カーカは、お金がないというとあっさり承諾する。

「ちゃんとごはん、食べてるの？」

「わかんない」

「おかしばっかり食べてない？」

「おかしはあんまり食べてないよ」

急に心配になってきた。ごはんを食べてないのかも。

「今日のお金、あるの？　お昼代、あげようか？　500円」

「うん」

500円玉、1個渡す。


カーカがようやく出かけて、さくはまたテレビ。私はまたジェイミーのDVD。無職の若者たちをコックにする仕事でへとへとに疲れたジェイミーがリフレッシュするためにイタリアにエスケープするというもの。いろんなところを車でまわってイタリア料理の修業、研究をする。これはおもしろかった。ジェイミーの素直さがいい。いつも、どんなときも、困った時も、楽しそうに笑ってるところが好きだ。

そういえば、さくに料理を教えようと思ったのだった。あれからさくに玉子の割り方を教えた。1回。


夜は友だちに誘われて渋谷の代々木《よよぎ》競技場にハナレグミのライブを見に行った。来ている人がみんな彼を大好きで心から楽しんでいる様子に、こっちまであたたかい気持ちになった。みんなくるくる回ったり踊ったりしていて、お子さん連れも多くて和気あいあい。

その後、お腹すいていたのでごはん食べようと、街を歩く。

日曜日なので行きたいお店はお休みだった。その近くのイタリアンに入る。9時半ごろだったけど、お客さんは1組しかいなかった。ちょっとどぎまぎして席につく。前菜盛り合わせとパスタとリゾットを注文したら、その1組も帰ってしまい、私たちふたりだけになった。友だちが「閉店、何時だろう」と気にしだした。「まだ10時だから大丈夫だよ」と私は言いつつも、ちょっと落ち着かない。「私たちがいなかったら、今日はもうお店閉めて一杯飲みに行こうなんて思ってたりしてね」とふたりでささやき合う。ワインを説明してくれたウェイターさんはインド系の顔だった。イタリアンでインド人は珍しいと思ったけど、とても流暢《りゅうちょう》な日本語を話されていた。グラスのワインもおいしかった。だれもいないお店でおいしく食べながら静かにおしゃべりする。そのインドの人が丁寧でいい感じだったので、味の感想など伝えたりしながらときどき話す。お店の内装の話をしていたら、「僕はもうここに20年働いているんです」と言う。「もう20年なんだなと、今日、考えていました。20年……もう20年なんだと……」。その言い方がすごくしみじみしていたので、私もふと何かを感じ、「今を色にたとえたら何色ですか？」と質問した。その人は、ちょっと考えてから「白です」と言った。

食べ終えて出ていく時に、挨拶《あいさつ》しようとその人を探したらいなかった。店から出てゆっくりと歩きはじめたら、その人が店から飛び出してきて「今日は本当によかったです」と言う。「いろいろなことを思い出しました」と。私もなんだか静かで温かい交流を感じた。

## 9月12日（月）

9月は仕事の予定を入れないということに成功している。その後、予定を入れたのは5つだけで、それは全部友だちとのごはんなど遊びの予定だ。今週末は家族で北海道旅行だし、順調にマイペースな日々を過ごせている。静かだし、自分自身でいられてる。今ならどんなことが外から来ても、自分らしく対応できるだろう。

絶えず動いていると自分らしく対応できないことがある。振り子に触らずにいるとやがて静止して安定するように、心を平静に保っていると反射的な反応で物事に対応することがなくなり、うっかり勢いで動くということがなくなる。助走したり、勢いをつけないと動けない動きもある。それができなくなる代わりに、それで起こる過ちもなくなる。毎日、この静けさの中で新たな発見をしている。自分の足が地に着いている地点を眺めながら。そこが見えるたびに驚いてしまう。なぜか？　新鮮だから。この感触がひさしぶりだから。何度も繰り返し、自分を再確認している。確認するたびに、遠ざかっていたときの感覚も思い出し、対比して、くらくらとなる。

今日は朝起きてすぐ、「夜は中華丼を作ろう」と思った。本を見て、足りない材料をメモする。昼間、いそいそと材料を買いに行く。イカ、エビ、白菜、ネギ、うずらの卵……。

夜、作り始める。片栗粉をまぶして一度肉などをそれぞれ炒《いた》めるところがちょっと面倒だったが、簡略化してやる。そこで中華スープの素がないことに気づいた。「ああ〜」と思い、「買ってくるね」と言って、ドアを開けたら、外でイベントをやってる歌声が聞こえてきた。ゴスペル。近くの広場でキャンドルアートみたいなのをやっている。さくも呼んで一緒に見に行く。たくさんのロウソクが灯《とも》っている。アーティストや大学、小学校、その他いろんな出展者がいる。

空には満月。冴《さ》えざえとした中秋の名月が、ピカリ。

ひとまわり見てから、中華の素を買って帰り、中華丼を作り、食べる。あんかけなのでなかなか温度がさがらず、熱かった。さくも「熱いね」と言っていた。

食べ終えて、満足。今日の予定を無事やり終えた。

あ、ただひとつの失敗は、イカ。縦よこに包丁を入れて松笠《まつかさ》切りにし、火を通したらくるりんとなるはずが、くるりとならずにびろんとのびたままだった。それが残念。あのくるりん、がいいんだったのに。

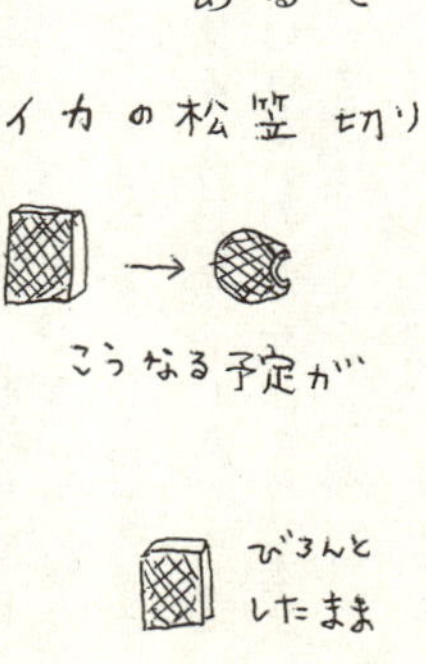


## 9月13日（火）

よく見る夢で、伝えようとするのに声が出ない、というのがある。さっきもそれ。旅先でカーカに「カーカの荷物、先に持って帰るから、（友だちと遊んでから）電車で帰ってきて」と言いたいのに、声が出なくて苦しかった。身ぶり手ぶりをつけながら一生懸命に大きな声で伝えようとしたけど、のどから出てくるのは苦しげなヒーヒー声ばかり。最後は紙に書こうとして、そこで目が覚めた。とても疲れた。ぐったり。苦しい夢を見るとしばらくその気持ちが続くので、今も気持ちが重苦しい。

気分を変えるべく、ツタヤに行って、返してまた借りて来る。今日は失敗しないように気をつけよう。ドキュメンタリーの棚にはもう目ぼしいものはないので、新作から2本と準新作から3本。それから夕食の買い物と、おさつスティック。

家でのんびりする午後。窓から空をながめると、青い空に白い雲がもくもく。さっき外に出た時、あまりの陽射しに驚いたほど今日は天気がいい。

静かに過ぎていく夏の終わり、……秋の始まりの昼下がり。

最近読んでいる本も、現代社会とあまり関係のないものが多い。水晶の本。神話の本。気楽なひきこもりの本（これは現代社会っぽいか）。

私は本では、本音を書いてある部分が好きだし、人では本音を言ってる時の人が好き。さっき読んでいた本だが、あとがきになって、急にその部分だけ全然違った。本当のことを書いてある、と思った。リアルだった。だからそのページの数行を読んだだけで急に気分が高揚し、その本をパタリと閉じて、したいことをした。本当のことには、そういう力がある（ちなみにしたいこととは、冷蔵庫を開けて、シャンパンを飲みながら、おさつスティックを食べながら、この文章を書くこと、だった）。

本音を言わない人が苦手だ。そう思ったのは、本音を言わない人と関わったから。最初からちょっと困ったなと思った。本音を言ってないと思ったから。素直じゃないと思ったから。本音を知ろうとすると、丁寧な言葉でその質問から逃げられた。何かを誤魔化していると感じたけど、言わないのなら無理に言わせることもできないし、しょうがないとそのままにした。だからちょっとよそよそしい関係が続いた。でも、それだと仕事がうまくいかない。心を開いてくれないとちゃんとした仕事はできない。

私は本音を言わない人が苦手だ。本音はいつか、わかる時が来る。なにかを作り始めてから、ものごとが生まれ始めてから、したいことが違うことがわかったら困る。無駄になる。心をこめたことが無駄になる。

で、私は思った。本音を言ってないと思ったら、その人が本当に何をしたいのか、それが自分と同じかどうかがわからないと思ったら、それがわかるまでは、一緒に何かを作り始めたらいけない。その人の望む方向がわかるまで、覚悟の決め方がわかるまで、待たなければいけない。

今まで、急がなかったからといって何かを逃したことはなかった。急ぎすぎて後悔したことの方が断然多い。私の課題は、急がないということだ。ゆっくりやればお互いに被害も少ない。私の課題は、ゆっくりやるということだと思う。それはせっかちな私には苦しいことだけど、私はそれを体得したいと心から思う。そうしないとたぶん今後、何度も何度も、そのことを試され、失敗することが続くだろう。私はもっとゆっくりと進みたい。今は、そうなれる時となれない時があるから。

夜の7時、カーカからメール「今から Linkin Park のライブ」。1時間後、「すごいわ、ファンが……。やっぱり歌うまいわ」。

**9月14日（水）**

「ばらとおむつ」シリーズの最終章「衝動家族」の原稿を入稿した。無事、私の役目は終了。うれしい。せっせの世界は私とは違うのだ。

でも1カ所、おもしろい追記があるのでここに書いておきます。ふふふ。7月28日の、ビュッフェのウエイトレスさんがお皿を下げに来てくれないというところで、放っといてくれるのは「親切でしょうか？」のあと、最終的に削った私の感想、

（ここで私はフト疑問にかられた。セルフのビュッフェとはいえ、皿を下げたりお茶をついだりしてくれるウェイトレスさんに、チップを少額でも、帰りにテーブルに置くものだが、せっせはそれやってたのかな？　もしやってなかったとしたら、だからだと思う。

後日メールで聞いてみました。「おにいちゃん、ビュッフェのウェイトレスに、毎朝チ

ップをあげた？」

答え「ビュッフェのウエイトレスにチップですか？　とんでもありんこ、びた一文あげませんでした。私たちは貧乏旅行ですから。たしか、８日間私たちのベッドメイクをしてくれたメイドさんに、最後の日に20バーツ（60円）あげたような気がしますが、それは最後だと思ってものすごくセンチメンタルになって、おかしくなっていたからです。思い出しました。もうひとつ、最初の日に、私たちの荷物を運んでくれたホテルのボーイに20バーツあげてしまいました。それは、フロントで私が受付の人に『ボーイにいくらあげたらいいの？』と聞いてみたら、『20バーツほど』と言われたからです。もしそう言われなかったら、20バーツもあげなかったかもしれません。さすがにフロントの受付は身内に甘いなと思ったことでした」

　このものすごく貧乏なお兄さんとお母さんに援助しないの？　と私がひどい人と思われそうだから説明しておくと、私は結構、ことあるごとに援助すると申し出ていたのですが、人から何かしてもらうことをこのふたりはとても嫌がるのです。だから、たまに食事や温泉や旅行に連れて行ったりしています。そしてせっせたちはお金がないのでなく、お金を遣うことが嫌なのです。たとえお金を持っていても、遣うことに抵抗を感じる性分の人たちなのです。そういう人、いますよね。心底、それが沁《し》みついているというような。

　さて、私はここのところずっと家にひきこもっていて、頭が地面に対して垂直になっていることが少ない。だいたい寝ころがっている。寝ころがってDVDを見ているか、本を読むか、昼寝をしている。でもそれほど読みたい本もない。何もしたいことがなく、何もする気になれない。こういう時、私は徹底的にその気分の中にいる。無理に気分転換などしない。悶々《もんもん》として、悲観的になりがちな思考の流れを見つめる。止めない。どこまでも味わう。ほとんど一日中、どんよりとした気持ちで過ごし、約一日に一回、食料の買い出しにでる。人ごみから帰って来るとホッとして、やっぱ家がいいなと思い、その時だけは幸福を感じる。ずっとすごくテンションが低いのだけど、そのことを伝える人もいない。なので、ずっと家で静かにしている。

静かにしている。

そうしていると、一日の中でアップダウンがある。沈み込んでいる時間、ちょっと気分が快復する時間。わずかなアップダウンに敏感に反応し、うっすら楽しくなったりしているうちに夜になり、一日が終わる。寝ている間に夢を見たら、そこでまたひとつ不思議な感覚がはさまる。夢は、サンドイッチの具のようで、いい時もあれば、悪い時もある。それでも、ないよりはましだ。

ところで、RF1のサラダは安くない。さっきぼんやりと、つまみにと思い、揚げ春巻き1本と、ヤリイカの磯辺揚げとホタテの和サラダを買ったのだが、春巻き200円は知ってた。ヤリイカの118グラム、542円はまあいい。ホタテの和サラダが196グラムで921円はちょっと高いと思う。合計で「1746円です」と言われた時、私は間違いではないかとすかさず計算したぐらい。私の感覚では、この内容だと全部で1000円。高くても1200円だ。でも間違いではなかった。しずしずとお金を払い、帰って、つまみに食べる。自分で作るのがやはり安いし、身体にもいいなと思う。

**9月15日（木）**

「衝動家族」についての説明の言葉、
「たぶん、いろいろなことが（一瞬でも）小さく感じられると思います。あまりにも人はそれぞれだから、自分はこれでいいんだというような、あきらめと肯定と、自由さを感じると思います」

今日は、映画を見て、マッサージに行って、買い物して、帰って来て、借りてきたDVDを見ながらワイン。
映画は「ジョン・レノン、ニューヨーク」。射殺されるまで過ごしたNYでの9年間の記録。私はビートルズやジョン・レノンのことはまったく詳しくないけど、この映画の最後辺り、育児から復帰して久しぶりにアルバムを出した時の、「戻って来たよ。みんな、どうしてた？　順調にいってる？　なにか学んだ？　成長したかい？」みたいなコメントが好きだった。いつも自分と同年代の人に向けて語りかけていると言っていた。

夜中、目が覚めて、いろいろと暗いことを考えてしまい、止まらなくなった。眠れないので起きて電気をつけて本を読むけど、狭く暗い考えに落ち込んでしまい、抜けだせない。ますます暗くなった。

「こういう時こそ、これだ」

と思い、棚の上に飾ってあった「こぶたカード」を箱から出して広げて1枚、選んだ。

『おおらか』

心を開いて。物事を決めつけず、開放的に、単純に。融通がきくように。

そうだ。その通り。私は今、心が狭くなっていた。おおらかに考えよう。

イラストは、ふとんの中で眠れないこぶたと、スースー寝ているこぶた。

このカードの言葉は私が心を大きくして、いちばん高く置いて、もっと高いものにまで気持ちを広げて（つなげて）書いたものなので、私の心がしゅんと小さくなった時は、励まされる。小さい私が、大きな私＋もっと大きなものに、励まされるのだと思う。その間はかなり隔たりがあるので。で、それからカードが入っている組み立て式の箱をしっかりとさせるためにマスキングテープでふちどる作業などしてから、眠ったら眠れた。私も励ましてくれる、こぶたカード。使ってる人の感想が届いてくるけど、本当にピタリとその時の状況をいい当てられたり、励まされたりしているらしい。よかった。

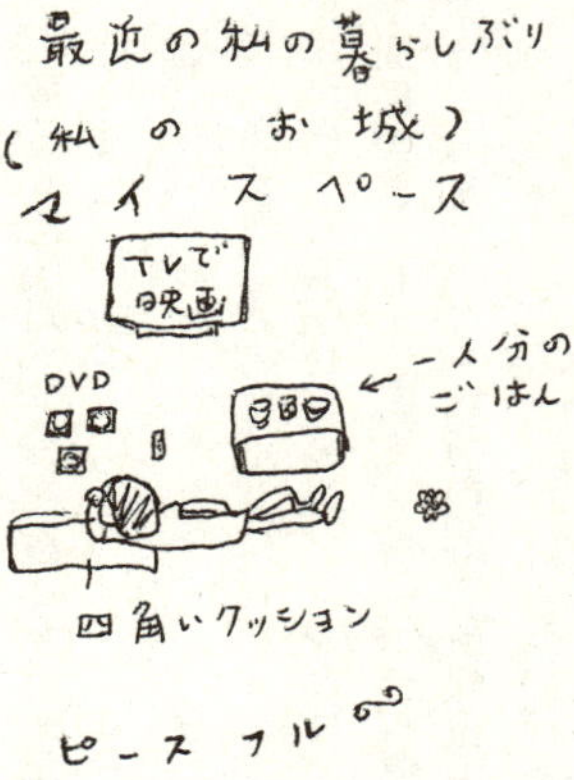


**9月16日（金）**

お昼、打ち合わせをかねてランチ。辛いものフェアをやっていたので、「黒カレー」というのを食べてみた。ブラック激辛スパイシーカレーという名前。色は黒っぽかったけど、それほど辛くはなくおいしかった。

さて、今日から北海道に家族旅行。

夕方、家で落ちあって3人で空港へ。

釧路《くしろ》空港でレンタカーを借りてホテルまで運転する。初めての車で使い方がよくわからなかったけど、道を間違いながらもどうにか着いた。もう夜の8時半。それから炉端焼きに行く。ホタテや牡蠣《かき》など。夜の港を散歩しながら帰る。

**9月17日（土）**

朝市に行く。みんな早起きしてねと言ったのに、起きたの遅かった。

「和商市場」。ごはんの上にいろいろなものを自由に選んでのせる「勝手丼」を食べる。3人うにやいくら、まぐろなど。最後に大きなほっけ貝をのせたけど、大きすぎて失敗。3人で6300円。「ぜいたく丼だよ、これ」とカーカ。カーカもほっけを選んでたけど、やはり大きすぎて食べるのが大変そうだった。そのなんともいえない大きさと触感に「これと一緒に寝たいね。ほっぺにつけたい。横になって、下に」などと言う。「寝なくてもいいんじゃない？」

醬油《しょうゆ》がたりなかったようで、カーカがさくに取りに行かせようとしていた。いやがるさくを何度もなだめて「練習だから」と無理に。最後、やっと行った。

おじさんからお醬油を小皿につぎたしてもらってきた。「それ特別おいしいんだって」と真面目に言う。「どうして？」とカーカと一緒に聞いたら、「上等だよ、っていってた」。笑う私たち。

釧路湿原の展望台に行く。

登る途中の道がさわやかで涼しかった。それからどこに行こうかと考え、行きたいと思っていた「神の子池」に行くことにする。摩周湖《ましゅうこ》の向こうで、遠いからどうしようかと迷ったのだけど、予定もないし、まあいいかと。

途中、３６０度ぐるりと見渡せるという多和平《たわだいら》による。まわりは牧場。人もあまりいなくて、静かだった。天気はあまりよくなくて、曇り時々雨。このあたりは牧場が多く、牛の町だという。山にも牛の文字があった。牛を大切にしているようだった。

摩周湖を裏から見る「裏摩周」に着いた。展望台に行ったけど霧でなにも見えない。小雨と風が打ちつけてきて寒い。

そこから「神の子池」までは近い。青く透き通ったきれいな湧水《ゆうすい》の池。雨が降っていたので、さっと見て帰る。帰りの道が遠かった。来た道を引き返さず、先に進んで屈斜路湖《くっしゃろこ》の方に曲がって帰ろうと思ったら、かなりの遠回りになってしまった。道にも迷って心細い。そしてだんだん暗くなってきた。ふたりとも後ろのシートで寝ているし、雨がしとしと。

夕方の5時頃、お腹がすいたら困るかなと思い、寝ていたカーカにこの辺でごはん食べとく？　と提案する。このまま釧路まで帰るとすると、あと1時間半ぐらいかかる。「ポント」とかなんとかいうお店があった。でも、どう見ても薄暗い。カーカが「ここが最高だと思う？」と言う。思わなかったので、帰ることにする。そのあともふたりはぐーぐー寝ていたので、かなり飛ばして帰る。暗い道を走って緊張した。

6時半にホテルに着いた。雨だし、もう外に出たくなかったけど、カーカがガイドブックで見たイタリアンに行こう行こうとしつこく言うので、ホテルで傘を借りて歩いていく。さくもどこでもいいと言ってるし、カーカが主張しなかったら私は行かなかっただろう。お腹すいてて疲れて雨で。

薄暗いその店でミートソースやピザなどを食べる。わりとおいしかった。

帰りは明るい飲み屋街を通ったので気が紛れた。歩道に鮭のオブジェが埋め込まれているのを興味深く見る。途中、ゆで卵を2個両手にぶらさげた陽気なおじさんが、カーカたちにあげるよと寄ってきた。あの人は酔っ払いだったのか。そのあとは部屋でのんびり。

さくの好きな夜中のドラマ「勇者ヨシヒコと魔王の城」を3人で楽しく見る。

さくの写真をカーカと撮った。写真って、同じものを撮っても撮る人によって変わるが、私の写真とカーカのと、確かに違っててておもしろい。

**9月18日（日）**

朝はホテルのビュッフェ。北海道産の食材を使っているみたいで、とてもおいしかった。

それから今日はカヌー。小雨がパラついている中、ゆっくりと進む。私たちとガイドのおじさんと4人。ボートみたいなカナディアンカヌー。景色を見ながら、静かな気持ちになる。自然の中で自然を相手に何かして暮らすのもいいなあなどと夢想したりした。

「ちょっと、カーカ。いいね〜。自然を相手に仕事するのも……」


その後、途中にあったイオンに寄る。さくはゲオとかゲーセンに行きたがってたので、なによりうれしそう。ゲームしたり、しばらく遊ぶ。それから近くにあると聞いたおいしいラーメン屋を探して入る。コーンバターチャーシューにした。すごく味が濃かった。

今日の夕食はホテルのレストランにした。楽でいい。今日もイタリアン。わりとおいしくて、おなかいっぱい。部屋に帰って、また、さくの好きな夜中のドラマ「荒川アンダーザブリッジ」を3人で楽しく見る。

**9月19日（月）**

今日は午前中、馬に乗る。電話したら2名分しか空いてなかったので、カーカとさくにした。さくはノリ気じゃなかったけど、いい経験だからとさくに薦めた。

「鶴居《つるい》どさんこ牧場」

さくは「怖い」と言っている。まず乗り方やいろいろな説明を聞く。馬の上に乗って、カーカはうれしそう。さくは苦笑している。

それから、みんな釧路湿原へと1列になって出て行った。

帰って来るまで、1時間半ほど、私はコーヒーを飲みながらポン菓子を食べて待つ。帰って来た。

カーカ、「よかったよ。ママにも見せたかった」と満足そう。さくは「トイレ」と行って駆け出している。

お昼を食べに移動する。お店に着いて、入りがけ、さくが「すごく楽しかったよ。本当のこといって」とぼそっと言った。楽しかったんだ、すごく。よかった。

カレーを食べてから、特産のチーズを買って、運動公園みたいなところへ行き、ゴーカートに乗った後、釣り堀で釣りをする。小さいやまめだかマスだかが数匹釣れた。

それから空港に移動して、レンタカーを返して、売店でおみやげを買って帰る。帰りはふたりともぐっすり。けっこう楽しかった。ひさしぶりの家族旅行。カーカが冬休みは、ラスベガスに行こうね！　と相変わらずしつこく言っていた。なかなかあきらめない。

**9月21日（水）**

今日の夕方、台風15号が最接近する。中学校も午後の授業がなくなり、早く帰って来た。外を見ると雨が不規則に荒々しい。私はツタヤに行って借りていたDVDを返し、新しいの、「アンノウン」と「インサイド・ジョブ」を借りてきた。それから冷蔵庫にあるものを使って料理を作る。具だくさんスープ。さくは明日《あした》休みにならないかなとつぶやいている。川が氾濫《はんらん》したら休校になるかもと言う。私は今日の夜の予定をキャンセルした。そういう人が多いらしく、「暇です」と友だちからメールが来た。

夕方になって風雨がだんだん強くなる。外は白くけぶって、さくがいつもはよく見える「東京タワーも見えない」と言う。

ちょっと緊張感のある中、チーズやパテをつまみにして、飲みながらDVDを観る。さくも食べながら、ゲームしながら、静かな台風の夜。

**9月22日（木）**

最近毎日のように家で映画のDVDを観ているけど、おもしろいと思うものはあまりない。が、今日はひさびさにあった。「メタルヘッド」。ジョセフ・ゴードン＝レヴィットはなんかいいと思っていたが、やはりよかった。長髪でイカレタ役がカッコよかった。言葉遣いの悪い下品な役だったけど、最後、私は泣かされた。あの役は演技がうまくないとできない役だと思った。あの風体がよかった。映画自体がおもしろかったというのではなく。

**9月23日（金）**

ツタヤに返しに行った。3本。SFかと思ったらロマンス映画だったマット・デイモンの「アジャストメント」。術中覚醒《かくせい》の映画「アウェイク」。↑これを観た時、なぜかもう映画はいいやと思った。なので新しく借りなかった。
　会いたい人もいなくて、行きたいところもしたいこともほしいものも読みたい本もなく、テレビも映画もとなると、本格的にしたいことがなくなった。じっと日常の作業をしながら時間が過ぎるのを待つしかない。新しく興味のあるものに出会うまでは、またこんな感じが続くのだろう。この時期をやり過ごすのがいつも大変。人にも言えない。私は興味があるものとないものの差がはっきりしているので、なんとなく楽しい、ということがない。本当に楽しいもの以外はまったく楽しくない。興味があって集中するものがない時は死んだようになっている。それが今だ。こういう時は息詰まるような暗さの中にいるけど、悪いことばかりではない。時々、ほんのときたま、一瞬だけ、水の中から浮かび上がってハッと息継ぎをしたみたいに解放感を覚えることがあるし、何にも影響を受けていないという安心感、安定がある。ま、心はどんよりだけど。どろどろの沼の中に沈んでいるみたいな感じ。

さっき夕食の準備をしながらさくと話してた。
さく「明日は部活、ないんだよ」
私「休み？」
さく「うん。……今日は、夜ねぼうしようかな……。どうしよう」
私「夜ねぼう？　いいね～、その言い方」

さく「なんて言うんだっけ。てつや？」
私「遅起き……、夜ふかし！」

気の沈むことがまた起こった。パソコンで北海道旅行の写真を見ていたら、なんだか写真の枚数が少ないことに気づいた。20～30枚、なくなっている。なぜだろう。

その後、いろいろと実験してわかったのだが、見る時に縦位置に直したものがすべて消えていた。どういうわけかはわからないけど回転させると保存されなくなるようだ。今まではちゃんと保存されていたので、今日から急に？　今後の対策として、必ず最初にバックアップしてコピーを保存することにしよう。さっそくUSBメモリを注文した。

たくさんのいい写真があったのにと、とても悲しく、がっくり。一気にいっそう気持ちがダウンする。どろどろの沼が底なし沼になったよう。こうなるとますます、これ以外のことについても、あらゆることに悲観的になってくる。うわあ……。まあ、しょうがない。

私は時々、暗い恐怖心に襲われることがあるのだけど（年に数回）、今がそれ。なんか昼間、「アウェイク」を観てて気が沈んだんだけど、あれからかもなあ……。あの映画は苦しかった。

苦しい気持ちに耐えながら、夜ねぼうどころかいつもよりも早く床に倒れ伏して寝ているさくの姿を眺めつつ、前に読んだ本をぼんやりと読み返しながら考えにふけっていた。

私は、その時々に思ったことをその時にできる方法で表現すればいいんだ。楽しいと思う方法で。去年からいろいろな表現手段を模索してやってみたけど、いいことも嫌なこともあった。むずかしく考えると気も滅入《めい》る。だからもうむずかしく考えずに、その時その時にできる方法、なんでもいいから楽しくできる方法で思っていることを表現しよう。その時に文章を書きたければ文章で。絵を描きたかったら絵で。あれもあるこれもあると思わずに、いちばん目の前の、手が届くものでやろう。そしてそれでいいのだと思おう。それがいいのだと。そうすれば迷うこともない。なくなった写真はあきらめよう。今、目の前にある形が自分にふさわしいのだと思おう。できなかったことやなくしたものに未練を感じるのはやめよう。

今、目の前にあるものが、結局自分にとっては、いちばんいいものなんだと思おう。

**9月24日（土）**

ちょっとおもしろいと思ったのは、私の長いファンの人たち、特にこの「つれづれノート」を読んでくれてる人たちって、もう20年以上にもわたって私の性格を見ていて、最近私が知り合った仕事関係の人とかよりもずっと私のことを知ってるので、そういう、近いけど私のことをよく知らない人たちとの関係を、よく知っている観客として眺めてくれている、その感じ。知らないのはあいだにいる最近の人たちだけ。みんなでこれは私に悪くないね、これはちょっと合わないね、なんて。私と読者のなんだか深いつながりは、私たちにしかわからない。離れていても、ずっと知ってる。心で合図しているみたい。顔をみなくても、目をみなくても、わかってくれてるような。

先日、エクトンのチャネラーのリチャードさんからメールが来て、個人セッションに私のファンの方がたくさん来ているそうで、そのお礼を言われたのだけど、「あなたのファンの方々は100パーセント、すばらしくやさしく、愛に満ちていらっしゃいます。あのようなすばらしいファンをお持ちになってあなたは幸せですね」と書いてあった。

そう。今年はたくさんのファンの方たちと直接お会いする機会があったので、直接会って、サイン会の時なんかにちょっとだけ会話したりして、その感じがわかったのだけど、私も、私の読者とのつながりを誇りに思ってる。去年からの活動でいろいろ経験したけど、一番の収穫はファンの人たちと会った時の感覚を知ったこと。それだけは確かなものとして手ごたえを感じた。そっちの方向には何かがあると思えた。

今日は一日、寝る日。なにもない日なのでずっとベッドで本を読んだりしながら、眠くなったら寝るというのを繰り返す。そうすると、いろいろな夢を見る。次は何だろうと思いながら眠りに落ちる。もう5回ぐらい眠った。いつまでも眠れるのが不思議。

そうこうしていたら、夕方電話がきた。昼ごろ、パソコンの写真が消えたことを聞こうとNTTのリモートサポートサービスに電話してたのだ。混んでるからあとでかけますと言われていた。で、調べてもらってわかったのだが、なくなったわけではなくて隠しファイルになっていたらしい。写真を回転させるとなぜか自動的に隠しファイルになってしまうようだ。理由はわからなかったけど、消えてない事がわかってよかった。とてもうれしい。パソコンを修理するか、今後は手動で隠しファイルのチェックをはずすかだが、とにかくお礼を言って電話を切る。聞いてみようと思ってよかった。てっきり消えたのかと思った。それでちょっといい気分になる。

そこへさくが「お腹すいた。なんかすごくおいしいものが食べたい」と言いながらやってきた。なにしろ今日の昼、トマトとモッツアレラチーズのパスタを作って「出来たよ〜」と呼んだらやってきて、「今日なに？」とそのパスタを見た瞬間、「なにかすごくおいしいものが食べたい〜」と訴えていたさく。そのパスタは「すごくおいしいもの」ではなかったようだ。

「じゃあ、最近できたデリカテッセンがあるから、そこでおかず買ってきて食べようか」と出不精のさくを誘って買いに行く。

買ってきて、食べる。

むむ。食が進まず、残した。豆やハーブを多用した自然食系のお店なのだけど、なにしろ味付けが「うまい！」と思えないのだ。味が薄くて、香辛料が強く、クセがある。うーん。失敗。

## 9月25日（日）

朝早く、カーカがギターを取りに来た。今年もスキャンダルのコピーバンドコンテストに応募して一次が通ったそうで、その練習。そして冬に「ラスベガス行きたい」と言う。私はどうも気が進まず、でもまた飛行機の料金などチェックする。「日にち、どうしようか」などと話す。「じゃあ、チケットのことあとで聞いてみる」と出かけるカーカに言って、あとで電話しようと思ったけど、どうにも私は気が進まない。なので、カーカにメールで「やっぱちょっと考える」と伝えた。「うへい。なんで?」

なんでだろう。なぜか。行きたくないのだ。なんでだろう。前はあんなに行きたかったのに。今年の冬は宮崎で静かに過ごしたい。あの家にあまり帰ってないので、帰らないとと思う。

一日を家で静かに過ごしていたら、カーカが帰って来た。ラスベガスのことをしつこく言ってくるので、「お金を使いたくないんだよね。ほら、去年から使いすぎたでしょう?ママ、経済観念ないから」「やっとわかったの?」「うん。やっと。さくもね、宮崎でいいって」「1週間もいたら飽きるよ」「飽きない。ずいぶん帰ってないもん」「気分転換したいって言ったじゃない。切りかえようよ」「そうだけど、面倒くさいんだよね……すっごく」「今だけだよ。まだ9月だし」「さくが、カーカ、ひとりで行けばいいんだよって」するると、一瞬考えてる。「友達とふたり分出してくれたらいい」「いやだよ!」

そして、「考えといて! 前向きに!」と行って出て行った。

ふー。どうしよう。

髪の毛を切るのが嫌というさくを、やっと連れ出した。さすがに前髪がのびすぎて。近所のいきつけの理容室（2回目）に連れていって、先に帰る（それもまた嫌がっていたが）。帰りに夕飯の買い物。焼肉にしようと思う。

買い物して帰って来てしばらくしたら、さくも帰って来た。「今日は焼肉」と言ったら喜んでる。「まず野菜を焼くね」。

焼きながら話す。

「カーカがラスベガスに行きたい行きたいって、どうする？ カーカって、しつこいじゃない？」「……うん」「最初、4日ぐらい宮崎に帰って、それからラスベガスに行く？」「……疲れるね」「カーカが言うには、さくは若いから大丈夫だって」

どうもカーカには弱い私。どうしよう。

ところで今の悩みは、10月8日に行われるNHKの合唱コンクールで使うため、「守りたいもの」というテーマで写真を撮ってくださいと言われたこと。なにがあるだろう。守りたいもの。そのことを思いながら北海道に行ったので、牧場でカーカとさくがバンザイしている写真は撮ったけど。他に何枚か。私の好きな食べ物を撮ろうか。家の窓から見える空の写真を撮ろうか。写真に撮れるような守りたいものって、思いつかないなあ……。

## 9月26日（月）

去年からの活動期が一旦《いったん》終わり、今はその期間に感じた感情をひとつひとつ思い出しては、目の前にひろげて解釈しているところ。森や海に行っていろんな木の実や貝を拾ってきて、それをゆっくりと吟味している感じ。たのしいことはその時々にパアッと消えて行くので、残っているのは気になったこと、嫌だったことが多い。強烈に感じた不快感やじわじわと感じた違和感の理由を解きほぐそうと思う。そうとう量の木の実がたまっているので、この作業でしばらく過ごせそう。そして、それらの解決していない負の感情をかかえたまま、もうあそこから抜け出した今の気持ちで改めて世の中を眺めると、不思議でおもしろい感覚に襲われる。今までの自分の中に新しい自分が生まれて、生まれ変わったように変化したのだけど、見た目は前の自分。なので、前の自分という乗り物を新しい自分が動かしてるというか。

ん？　そうか？

うん。

そう。

自分を客観視している自分の位置が前よりも遠ざかったみたいだ。

夜、仕事の打ち合わせ。今、書きたい本のことを話す。今の世の中にあるさまざまなことに対して率直にどんどん思っていることを言う、という本を作りたいと。

**9月27日（火）**

会社の収支がでたので、今後の仕事、その他についていろいろ考える。概算で1300万円ほどのマイナスだった。好きなことをするために出したお金なので、覚悟していたからしょうがないんだけど、なくなるのが早かった。まるで滝のよう。主なのがCD制作費。やはり途中でやめてよかった。あのまま出していたら、さらに出費がかさんでた。あとはグッズ。Tシャツをたくさん作りすぎた。しかもあまり知られてないツイッターのキャラの一太くんで（笑）。こぶたちゃんにしとけばよかった～。それ以外は、部屋代や諸経費など。

で、もうこれ以上赤字が増える前に会社をたたむことにした。どんぶり勘定で、自分の思うようにきりっと人を動かす能力もないので（気を遣ってしまって、だんだん自分のやりたいことからズレていってしまう）、これ以上続けたら赤字が増えることは確実だ。でも、いろいろとやりたいことはやったので、思い残すことはない（とだんだん思えてくるだろう）。できた作品にはどれも満足しているし。

そして去年の怒濤《どとう》の勢いがなかったら、その後のさまざまなイベントもできなかったと思うので、本当に私の人生の中では稀有《けう》で貴重な経験になった。今はまだ赤字のことや嫌だったことの方が大きいけど、これから時間がたつにつれてだんだん深い理解に至ると思う。自分のこともよくわかり、私にとって何が大事かということもよくわかった。それがいちばんの大きな収穫だったかもしれない。やがてすべてのことに納得する日がくるだろう。

これからは、作りたい本があるので、それを確実に丁寧に作っていきたい。

いろいろと決断したら、すっきりした。今までの暗い気持ちはまだ決断できなかった曖《あい》昧《まい》さにあったのかもしれない。いろんなことをリセットしてこれから新しくやっていこう。自分のやりたいことを自由にやっていこう。

夜、やよいちゃんとごはん。先日はごちそうになったのでそのお返しに私のよく行く近所のイタリアンに行く。ちょこちょこ食べながらいろいろ話す。ずっと前に行ったアラスカ旅行はよかったよね〜と話し、またいつか旅行に行こうと。やよいちゃんはデンマークに行きたいと言う。私も北欧に行きたいので、いつか実現したらいいなあ。

**9月28日（水）**

今日は、ホームページのグッズコーナーで販売するため、写真集『偶然』に双葉とハート小僧と Love の字、CD「偶然」に空飛ぶこぶたちゃんの手描きイラストを入れる。

これが最後のグッズ販売になると思うので、丁寧に描く。そしたらあとはそのままあそこにずっと置いておこう。こういうコツコツとした内職みたいなのって好きだ。

解放感〜。リフレッシュ〜。

描きながら、ふと、ツイッターをやめる時がきたと思った。

で、報告した。

「フォローしてくださってるみなさん、こんにちは！　いつも私の心のつぶやきを聞いて下さって、本当にありがとうございます。さっき、急に思ったのですが、近々、ツイッターを終了します。理由は特になく、たぶんこれが私の自然な流れなのだと思います。勘というか」

「楽しいことを、またやりましょう。ちょっと神出鬼没に（笑）。次の手紙（本）を待っててください」

感想いろいろだったけど、そういう気がしてましたという人が多かった。私のことをよく知っている人たちは一様に納得。もともと私は気難しい性格なので、気を遣う必要のあるツイッターは違和感があったのかもしれない。ツイッターは世間にオープンだしね。私を嫌いな人もどんどん言うし。そういうのって自分たちの世界で静かにやりたい私には向いてない。世間に広く意見を広げたい人たちの領域だと思う。

でもこの期間、私の出したアイデアに対するさまざまな意見や感想をもらったし、ファンの人たちと電話がつながったようなおもしろさがあった。アイデアに関して、やってみてわかったことは、私ひとりでできること（本を作るというようなこと）はすぐできるけど、私ひとりでできないことにはそれをする職業の人が必要で、そういう人を探すのに時間がかかるということ。

いろいろなことをやってみて、それぞれにおもしろさがあり、感動もあり、なるほどとわかったことがあったけど、私が本当にやりたいことはこういうのじゃないとも思った。人と交流したいという気持ちはあるのだけど、それが何なのかわからない。どういう形なのか。思ってることを直接伝えたり、同じ時間を共有できる何か……。見せ方によるのかもしれない。場所や方法かもしれない。前もって会場を決めてチケットを販売して、告知して、人が来るかどうか心配する、みたいなのが苦手。とにかくもっとぴったりくる何かがあると思った。

それとも、私のイメージするものは現実には存在しないのかもしれない。想像の中だけに存在しているのかもしれない。あるいはこの肉体を離れたあととか（！）。このあいだのエクトンのイベントで、このあとにそれぞれの人が格子状に広がってそこでまわりを明るく照らすみたいなことを言っていたけど、それはピンときた。実際に私と会わなくても本を通して結びつき、それぞれがそこで生きていて、それでもなにか強いつながりを感じる。それでいいのかもしれない。

## 9月29日（木）

宮崎の、カミナリが落ちて壊れたアンテナ。電器屋さんに修理を頼んでいるのだけど、「とても不思議なトラブルが発生しているようです」と兄からメールが。どうなったのだろう。いつ直るのだろう。

ジェイミー・オリバー（この人、奇妙なところがあると私は見ている。そしてそこがいい）の料理番組を見たいがために「スカパー」を申し込んだのが、昨日開通。さっき霊的オオカミが出てくるマイナーな映画をのんびりと観た。夕方もごはんの準備しながら映画を観て、夜はサバイバルのドキュメンタリー「サバイバルゲーム」を観ていたら眠くなる。しばらくはこれで時間をつぶせそうでうれしい。特殊部隊の訓練を受けたベア・グリルスの真剣なサバイバル番組。

## 9月30日（金）

今日、さくは区の陸上大会。朝4時半に起きてお弁当を作る。簡単に食べられるようにおにぎりがいいと先生が言ってたそうで、混ぜるだけでおいしい鶏めしの具を買ってきた。それでおにぎりを3個作る。出かけたあと、ふたたび寝る。

何かいい夢を見たようで、起きた時、とても気持ちが充実していた。犬がでてきた。犬を飼ってたようだった。

おととしあたりから私はしたいことがなくなって、唯一、人に喜んでもらった時だけやりがいを感じるような気がしていたが、その、人のためということに関して、先日読んでいた本に「あなたが助けたい人々だが、彼らもまた欲望を満たすためにそれぞれの世界の中にいる。彼らの欲望を通して以外、彼等を助けることはできない」というようなことが書いてあり、ハッとした。そうだ。人を助けたいと思ったのは私の欲望だ。助けられたと思う人も、その人の欲望に叶《かな》ったから受け入れたのだ。お互いの欲望が一致しただけだ。助けたいと思うのもエゴなんだ。助けたいと肩に力を入れて思うのではなく、自分のしたいことをして結果的にそれが人を助けたら、それでいいし、そうじゃなかったらそれでいいと、思い直す。何が人の助けになるかわからないし、助けられたかどうかを決めるのもその人だから。

私は「人がその人の好きなことを夢中になってしている」（と私が感じる）場面を見ると力が湧いてきて自由を感じる。私は私の好きなことをしよう。自分の幸せを追求したい。人々は終わりのない連鎖の輪の中にいて、影響を及ぼしあっている。

外を歩いたらいい温度で、気持ちがよかった。

開くことも大事。守ることも大事。開きつつ守る。その方法が、自分らしさ。

## 10月1日（土）

昨日の夜、バンドの練習があるからってカーカが帰って来て、今朝、出かけた。今日の夜、みんなで焼肉食べに行こうと言って。カーカが食べに行きたいものはいつも焼肉か、もつ鍋《なべ》だなあ。

わからなかった録画の設定がわかって、喜ぶさく。

10月。外はすがすがしい、いい天気。気持ちのいい季節になった。この時季、大好き。

頼まれていた8日のNHKの合唱コンクール用の写真を3枚送った。1、おにぎり。2、家族。3、朝の空。

カーカから2時ごろ電話があって、「焼肉、何時に食べに行くの？」と。今、友だちとお昼食べに来てて、それによって食べる量を決めるらしい。「6時ごろだから、少なめに」と言っとく。さくも「何時に行くの？」と今から楽しみにしている様子。ユッケ好きのカーカは、ユッケの基準が厳しくなったからもう食べられなくなると残念そうだった。いつも自分用に2皿注文していたのだ。

カーカが帰って来たので、冬休みの旅行のことを話す。やっぱりラスベガスに行きたくないと私は言う。残念そうなカーカだけど、気がのらないのはしょうがない。今年の冬は宮崎でゆっくり静かにしていたい。
私「旅行は、なんか気分が大きく変わったらね。……また何か楽しいこと見つけないと」
カーカ「また？」
私「お金がかからないこと」
カーカ「それがいい」
今は、この敗北感みたいなもの（好きなことをやったからいいとはいえ、やはり。とにかく私は経営には向いてないということがわかった。そう思うとかえってあれこれ考えなくなるからいいかな。グッズ作りたいとかちょこちょこ思っていたのがすっかり沈静。気が済んだ）をしっかりと感じつつ、じっとしていたい。このまったく自信をなくした感じ、これを肝に銘じるために、何度も繰り返し心で反芻《はんすう》したい。

3人で焼肉。となりの感じのいいカップルがなんかこっちを見てる。カーカが置き忘れそうになった帽子を取ってくれたりした。帰りがけ、カーカに言ったら、カーカもそう思ったそう。ファンの人かな。途中、コンビニでアイスなど買ってあげる。クマのくじ引きをひいたら、私はクッションが当たりそうと感じたけど、いちばんダメなハンカチ。カーカはこれがいいと思ったチョコのストラップだったので、「やっぱ運がいいわ」なんて言ってる。

外は寒かった。またあっというまに冬が来そう。あの寒い冬が。

**10月2日（日）**

曇り。

さくは部活。お弁当をもって行った。カーカと朝食を食べる。納豆。さくのお弁当のおかずの残りの玉子焼き、ベーコンとインゲン豆の炒《いた》めなど。

私「カーカ、どうするの？　就職か編入。考えないとね」

カーカ「考えとるわ。11月には決めないといけないんだって」

私「なんかやりたいことあるの？」

カーカ「なんも。……世の中にはありすぎるんだよ」

私「なにが？」

カーカ「することが。こんなになければ、それでいいのに」

私「まわりの人はどう？」

カーカ「就職が多いよ。ある友だちは、就職できればなんでもいい、って言ってた」

私「やりたいことがないのに、決めなきゃいけないのが困るね」

カーカ「うん」

私「ママはこれからはコツコツ仕事するわ。1300万円も赤字だったから」

カーカ「そういう大きな金額聞いたの、家作ったとき以来だわ。プラスはなかったの？」
私「あったよ。それ入れて。でもこれでスッキリして、もう変な夢を見ないと思うよ」
カーカ「そうだね。ずっといろいろやりたいって思ってたかもね」
私「すっかり欲が抜けたわ。妙に大きいことを考えてたから」
カーカ「でも、あの時期があったから来た仕事もあるんじゃないの？」
私「うん。そうだね。うーん、……300万円分ぐらいは引けるかも」
カーカ「それに、できたものはよかったからいいんじゃない？」
私「うん。ファンの人に会えたしね。みんなよろこんでくれたし」
カーカ「ファンの人に500万だよ」
私「そうだね」
カーカ「あと、いろんな人に出会ったでしょう？　寿くんとか」雑誌で写真撮らせてもらった男の子。
私「そうだね。あの時期じゃなかったら出会えなかったね！」
カーカ「人に出会えたのに、500万だよ」
私「うん。そう思うと、いいか」
カーカ「いいよ」
そうだ。私にとっては、一生に一度の贅沢《ぜいたく》な買い物だったかもしれない。夢への投資だった。思う存分好きなようにやった。できるところまで。あれは私にとっての贅沢な夢だった。夢を、買ったんだ。

バンドの練習に出かけて行った。玄関のドアを開けて、空気に触れ、「あ、いい感じだよ、外」と言いながら。

午後、細かい会計雑務をする。それをやってたらまた気が滅入《めい》って来た。個人の収入が激減している。個人の仕事はあまりしてなかったので。

節約しなくてはと思う。

私は、こうしたいと思ったら、してしまう。そして人に頼むのがいやなので、よく知らないことでも自分のやり方でやってしまう。結果、大損することがあるけど、どうしても私は自分のしたいようにしたいんだし、しょうがない。緻密《ちみつ》な計画や段取りを前もってたてることも、予算をたてることも、相見積もりをとることも嫌いなので、本当に経営者には向いてない。さすがにもう会社作ろうとは思わないと思う。今回の会社作りは、私の貯金をこのまま持っていたら死ぬまでそのままだと思ったから、それよりは一生に一度、やりたいことに使いたいと思って始めたのだから、借金したり倒産してどこかに迷惑をかけたわけではないのだから、いいんだ。夢に投資したということだ。ヨットで海を渡るとか、雪山に挑戦するとかの冒険に使ったのと同じだ。あと、もうひとつの考え方としては、あの金額分の雇用を作ったともいえる。それぞれの人のやりたいことや得意なこと専門分野をいかしてもらい、それに対して支払った。事業的には利益が出ずに失敗といえるかもしれないけど、いろいろな側面から考えると一概にはどうとはいえない多くの要素を含んでいる。私は経験を得た。

今はこんなふうに悶々《もんもん》と考えているけど、これはわざとしつこく言い聞かせることによって自分に念を押しているという大事な作業。もうすこし時間がたったら、この経験から学んだものをいかしていけると思う。

ディスカバリーチャンネルで「サバイバルゲーム」を連日、見る。この極限の生きぬき方を見ていると、原点に戻る気分。原点どころか、私なら始まって最初の1分、飛行機から飛び降りたあたりで死んでるな。

サバイバルの秘訣《ひけつ》は「いろいろなスキルよりも生きようという強い意志が大事です。常に落ち着いて突き進むこと、苦境の中でも前向きに考えること。これは忍耐力、前進し続ける決意の問題です」と言っていた。「家族や友人などの大事な人を思い、先へ進む活力に変えるのです」「成功するとは限りませんが挑戦し続けます」と。極寒の中では自分のおしっこの温かさも貴重なので水筒に入れて暖をとるとか、栄養補給のためにサソリやヘビを生のまま食べたり、湿った泥を靴下で濾過《ろか》して飲んだり。クマに襲われないように岸壁にパラシュートをぶらさげてくるまって寝るとか。そういうのを見ていると気が引き締まる（を超えてるけど）。「ジャングルでの大きな楽しみは、一日の終わりに靴下を絞ることです」と言ってたのがとてもリアルだった。

「自分を探している人たちに、見つけてもらう努力をすることが重要だ」と言っていたが、このことは日々の暮らしの中においても大事なことだと思った。

久しぶりの友人に連絡を取ったら、旦那《だんな》さんが鬱《うつ》になって（それは聞いていたけど、その後も）大変だと言う。ちょっと話を聞くだけでも大変そうだった。「久しぶりに会いたいわ」というので、近くに行くことがあったら、会いに行ってみようかと思う。

思うけど、あの事業欲、会社作っていろいろやったのって恋愛に似ている。高嶺《たかね》の花への片思い。友人たちはこぞってやめとけとアドバイスするけど、恋に落ちた主人公はいうことをきかない。夢中になっているのでどうにかなるのではないかと希望を持つ。いいことをすごく大きく解釈し、悪いことを気にしないようにしたり、いいふうに解釈しようと努めたりする。そして形勢が不利になっても感情は行きつ戻りつしながらあきらめない。かなり行くところまで行って、誰が見てもこれは無理ということがわかってもまだ主人公は負けを認めず、それからもしばらくはひっそりと孤軍奮闘するけど、さすがに、さすがに自分すらだませなくなり、やっと白旗を上げる。ふられましたと。

でも、やるだけやったという思い出は残る。はっきりとふられたら忘れられるしね。何もしなかったらいつまでもその人のことを考えていそう。

なにしろ、今が底。
底を打ったら上がるだけ。
もう失うものも怖いものもない。
気ままで、自由な自分にもどろう。

カーカからメール、「今日のごはんなに、焼肉？」「今日は粗食デーだよ」「ぐへ！」と言ってるまに帰って来た。「さくが帰ってきたら買い物行こう！」と言うので、「うん」と答える。「チキン南蛮作る」と言ってる。
夕方、さくが帰って来た。「買い物行こう」とカーカが言う。「ふたりで行ってきて」と言ったら、カーカが手をぶるぶる振りまわして嫌がったので、しょうがなく着がえる。「ドーナツ買ってあげる」につられて、さくもしぶしぶついてくる。「買いに行かないと、今日は粗食デーなんだよ！　しょぼいご飯なんだよ！」なんてさくにカーカが言ってる。ドーナツ屋に行ったら、人が数人並んでいた。ちょうどハロウィンの時期で特別なドーナツを売っている。カーカがさくに「あれにしなよ！　ちょっとちょうだい」と言ってるので、「さくに自由に選ばせてよ」と言ったら、カーカがふてくされて、私たちの番になったのにこっちにこないで怒ってる。普通のでいいの？　と振り返って聞いても、ふてくされて目を見ないで小さな声で「うん」と言ってる。店員さんの手前、恥ずかしかった。ハロウィンのを欲しがっていたので、それを1個と言ったら、ハロウィンのは売り切れです、と言われた。するとそれを聞いてカーカもなんだかおかしくなって許したようで、私がカーカ用にチョコのかかってるのを頼んだら、最後はこっちに来てしゃべっていた。

それから買い物。鶏肉や玉子など。

帰って来て、さっそく作り始めた。油で揚げなくていい簡単チキン南蛮。ドタバタしながら（私も時々手伝って）作って、完成。食べたら、とてもおいしかった。けど妙に疲れた。

おなかいっぱいになったので、食後すぐひと眠りする。最近、このパターンが多い。ひと眠りしてから、もう一度起きる。そういう暮らしを続けていたら、この2カ月でかなり体重が増えた。相当ぷよぷよになってる。まずいかな。

## 10月3日（月）

税理士さんの事務所に行って打ち合わせ。今後の会社のたたみ方を相談する。すぐ臨機応変に迅速に対応して下さり、感謝する。とてもいい方たちだったので何か他の形でもご縁が続いたらいいなと思った。そのあとみんなで神田《かんだ》にうなぎを食べに行った。老舗《しにせ》の。「ここ、このあいだ『アド街ック』に出てました」となごさんが喜んでいる。

それから昔ながらの喫茶店でコーヒーを飲んで、これからのことをさらに話す。そして意見が一致して、一気にすべてを決定。

私が先日読んで感銘を受けたコーヒー豆の焙煎《ばいせん》師の話をした。その人は、京都から2時間かかる山の中に家があり、そこで住所や連絡先も公表せず、家族と暮らしながら自分で改造した焙煎機で豆を焙煎している。なにかをたよりにそこまでたどり着いた人にだけ豆を売っているのだそう。しかも前払い。「僕までたどり着いてほしいんです」と言う。どうしても欲しい人がそこを探してやってくる。その姿勢がいいなと思った。そして私もそういうふうに仕事をしたいと思う。たまたまその本と出会った人が手にとり、いいと思った人に買ってほしい。「コーヒー豆は農作物ですから、厳密に言えば、毎日同じ味にはならない。じゃあ、自分にできることをしっかりやろう。一生懸命に豆を焼いて、丁寧な字で袋に銘柄とメッセージを書く。そのことだけはずっと続けていきたい」とその人が言うように、私も。

読者との出会いは一期一会。ある時、ある言葉が、ある人に読まれる。その瞬間を大事に思いながら、丁寧に真剣に本を作っていきたい。出会う必要があるものには出会うと信じて。会社は今年いっぱいか、来年春までで閉めて、ホームページも春で終えることにしよう。

**10月4日（火）**

どんなに願っても、だれにも、現実を自分の都合のいいように変えることはできない。ただ、意味づけは変えることができる。それができるなら現実を変えたことと同じになる。

心優しいファンの人たちといい交流の方法はないかなと考えながら寝たら、夢を見た。そこで私はある小さな告知をした。「どこどこに9時に集まって話しましょう（料金は無料です）」と。小さなお知らせだったので、人が来るかなと思っていたら、最初、8人ぐらい来た。「ちょっと遅れてごめん」と言いながら遅刻して行った。じっくり話すにはちょうどいいなと思っていたら、どんどん増えてきて、ふた部屋に100人ほどになった。そうなると地声では声が届かず、一度にみんなに話を伝えることはできなくなり、遠くの人は離れた感じになってしまった。みんな個性豊かだったので、仕切る人あり、変な行動をとる人あり、協力的じゃない人ありで、収拾がつかない状況になった。私の予定では最初に今日の流れを説明して、ひとりずつ簡単な自己紹介をしてもらい（学校とかでの自己紹介は好きじゃないけど、こういう趣味の集まりの場合は、好きな人だけという共通点があるので嫌じゃない）、それから私の気持ちにしたがって深く話を進めていこうと思っていた。みんなが真剣に本当の話をしたら深くなるので。でも、結局人数が多いと難しいということがわかった。じっくり話すことはできない。

……夢から覚めていろいろ考えた。

では、少人数にするためにはどうしたらいいかとか、大人数でもみんなが満足するのはどういう形だろうとか。もうすこし考えてみよう。

ある先輩プロデューサーが言っていたが、「アーティストはずっと同じことをやっていると膿《うみ》（ストレス）がたまり、他のことをやってみたくなるもの。時々、膿をださなきゃいけない」と。で、慣れない分野に手を出すが、アーティストはもともと情熱的で人あしらいが苦手でお金のやりくりもできない人が多いので、たいがい手痛い失敗をしたりして、膿がでて元に収まる。そうだな～と思う。

そしてその失敗をバネにしてまた作品を作るのだ。気分がよどんでいては表現意欲も希薄になるというもの。

ツイッター終了記念に、一太くんTシャツ値下げ。2800円↓1000円。

昨日はすべてをすっきりさせたいと思ったけど、やっぱりホームページはやめなくてもいいかな……。最低限の機能を残してシンプルにして続けようかな……。リニューアルしようかな……。

**10月5日（水）**

ツイッターが私に向いてないなと思った理由のひとつは、ツイッターってパッと思いついたことをすぐに書けること。早急に知らせたいお知らせなどにはそれが便利だけど、パッと思いついた「あれをしたい、これをしたい」という思いをそのまま書くと、みんながパッと反応して、それを楽しみにしてくれるので、その後にそれができなかったり、できないことがわかったりした時にがっかりさせてしまう。思いついたことをすぐ書くよりも、しばらく寝かせて確定したことを伝えないとぬかよろこびさせてしまうことになる。いろいろなアイデアを思いついてどんどん広げていく私には、それは身内の話にとどめておくのが賢明だろうけど、気の合ったファンの人たちと自由に話をふくらませることができて夢のような喜びがあった。でも時々、楽しくやってるところに批判的な人から冷水を浴びせかけられる。まあ、そこがね。そういう人までもが同列に口出せるところがツイッターらしさ。いつもびくびくしてたわ。

1年半前、最初始めた頃は毎日が新鮮。人、少なかったし。ゼロからすこしずつ集まっていくところ、わくわくして楽しかった。そういういい時を体験できてよかった。あのおもしろさは貴重だった。そういうのってその時ふと、目の前に現われた宝物みたい。イベントまでたどり着けたのも、あの頃の人々との交流の力が大きい。素敵な出来事だった。

生きる目的、尊重していることが合わない人とは仕事は一緒にできないし、友だちにもなれないことがわかった。価値観に関することなので。私は、出世や名声や権力、お金や儲《もう》け話やモテることを求める人とは一緒にいられない。基本的なところが合わないとすべてが合わず意見が食い違ってしまう。お互いに心地よくいられないだろう。生きる目的が合わないと、話が嚙《か》み合わない。「うんうん、そうだよね」って言えなくなるから。

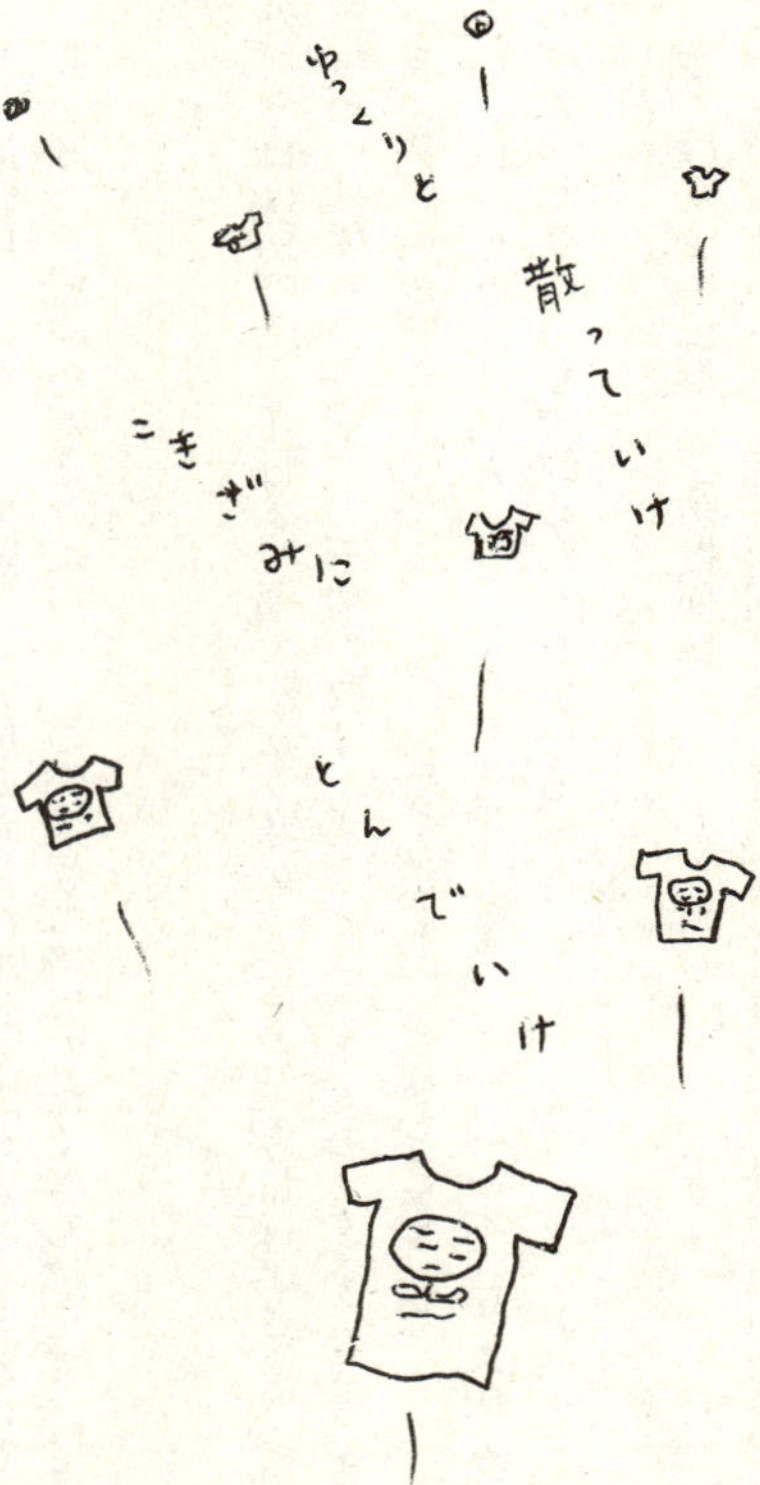
ゆっくりと
散っていけ
こきざみに
とんでいけ

ディスカバリーチャンネルの「サバイバルゲーム」の撮影秘話を見ていたらヒヤヒヤして怖かった。撮影班もかなりの危険度。完成した番組で見る方が安心。それにしてもこのベア氏、心の底から冒険が好きみたい。人の先入観の境界をたくさん越えていて、頼もしい。

## 10月6日（木）

窓の外。今日は秋の空。昨日まで雨でかなり寒かったけど、今日はよさそう。

今日から短い秋休みのさく。出不精の彼は、ずっと「ゲームセンターCX」を見て時々笑っている。笑い声が聞こえてくる。「よく飽きないね」と思わず言う私。

私はといえばやはり出不精なので、「エゴを乗り越えよう」的な本を休み休み読んでは、いろいろ反省したり気持ちを改めたりしている。

夕方、さくの麻疹《ましん》・風疹《ふうしん》の予防接種に。

最初このお知らせが届いた時、面倒だから行かなくていいやと捨てたのだが、その後学校から行ったかという紙が来たので、しょうがなく行くことに。夕方行って、帰りにおいしいものを買ってきて食べようというさくの提案を受け入れて夕方行ったら結構混んでた。待ちながら「早く来た方がすいてたんじゃない？」と言ったら「うん」って。でも、終わって、デパ地下で夕食の買い物。それぞれ好きなものを選んで夕食にする。私はタイ風グリーンカレーと、エビとアボカドのサラダ。さくは豚丼。

帰ったらポストにヴォイスから手紙が転送されてきてた。食べながら読んで、いろいろ考えてしまった。

「銀色夏生様、こんにちは。初めて手紙を書きます。9月4日の銀色さんとエクトンの対談に参加し、サインをしてもらった33歳の会社員です。私は小学生の頃からこぶたの本が好きで、いつからか『つれづれ』もずっと読んでいます。なので、まさか銀色さんにお会いできる日が来ようとは思ってもいませんでした。

この9月の対談では、サインまでいただけるということだったので、喜び勇んで大阪から東京に飛びました。9月3日、4日は台風が近畿《きんき》に直撃していたのですが、無事東京にたどり着くことができ、よかったです。銀色さんにお会いできるので、直接、こぶたや写真や詩、『つれづれ』を大好きであることを伝えようと思っていたのですが、いざ銀色さんの前に立つと感極まって、涙をこらえるのに必死になり、結局何も言葉を発することはできませんでした。御挨拶《ごあいさつ》すらできなかったことを無礼に思い、また無念に思っています。

銀色さんとエクトンの対談の感想も少し書きます。チャネリングは初体験だったのですが、特に何の違和感もなく、チャンパックさんとエクトンのコンビネーションが抜群で、まるで熟練の漫才コンビを見ているようだと思いました。リチャードさんが、エクトンの時と話し方が全然違っていたのもおもしろかったです。

対談が始まるのを客席に着いて待っている時、ここにいる私たちは、服の趣味などは違えどもどこか似通った雰囲気があるなと感じました。それと、今から始まる対談を通して得たことは、皆がそれぞれの各地に戻ってから何らかの形で周囲に広がって行くのだろうなと思っていたら、エクトンもそのようなことを言っていたので、少し嬉《うれ》しい感じがしました。

私は、自分なりの愛を持って周りと接したいと思います。

このあいだ伝えられなかった想いと感謝を手紙にしたためました。これからも銀色さんの作品と活動を楽しみにしています」


「銀色夏生様、こんにちは。本当に銀色さんの本を開くと安心します。そして日々、変化していくそのご活躍に新鮮なおどろきや楽しさを感じます。毎度、素晴らしい本を私の人生に届けてくださいまして本当にありがとうございます。これからも変わり続けていく銀色さんの活動を私たちに見せて下さい。私も変わり続けて、そして変わらないまま生きるということを体験していきますので。そういう気持ちで応援しています。

さて、このたび、私が伝えたかった事がもう一つあります。もしよろしければ聞いて下さいませ。『ECTON×銀色夏生』を拝読しました。大好きです。一番好きなのは、銀色さんがおっしゃっていたようにエクトンの話し方です。P256の『でも、ああいう回りくどい言い方っていうのは、かなり物事を正確に言い表すことができると思うんですよね。そうだじゃなくて、そうではないとは思わないとか、すごく慎重。正確に言おうとしているところが、とても好きなんです』という銀色さんの言葉に、『ああ、私がエクトン（というかリチャードさんおよびチャンパックさん）の言葉遣いを心地よく感じるのは、だからかな……』と気づきました。

本当に一人一人が違う魂と育ちを経験してきているので同じように説明することはできないっていう、そういう人間のユニークさを尊重した話し方だと思いました。上品っていうのはそういう事かと思いました。

銀色さんのセッションの中での『はい』とか『うん』という言葉にも何か同じ言葉の広さ、愛情深さを感じました。それなので私は読んでいる最中、私もセッションのお部屋の中に一緒にいるように感じることができたのだと思います。

そしてP217の『自分がその状況を受け入れたくないと感じている場合、その受け入れたくないと感じている自分の状態を受け入れてあげるんです。それも受容の一部なのです』というエクトンの言葉が好きです。私は今まで、何でも受け入れようと思って生きてきました。でも、自分の心の受け入れたくないという素直な反応を無視したり、おさえつけたりして苦しんでいた事があったと気づきました。それは大きな発見でした。

そしてそして、P231『これから話すことによって、私はこの惑星にいらっしゃる誰かの気分を害することはしたくないのですが、信じること（belief）と信仰（faith）は、この世界においては過大評価されています。信じること、信仰は、進化の過程で〈知ること〉(knowing) に置き換えられていくでしょう。何かを信じるときには、同時に、自分がそれを知るには至っていないということを認めています。そのことを信じているだけですから』

このエクトンの言葉にはとてもおどろきました。上手《うま》く説明できませんが……何かとても希望があると思いました。信じるのは自由ですが、知るというのはもっと寛大で優しくて力強いなと思いました。言葉の違いというのはおもしろいものだと思いました。言葉って……本当に未来ですね。できるだけ楽しくて愛のあるものにしたかったらそういう言葉をえらべばいいってことですよね。そのことでそういう行動を私がえらべばいいっていう事なんだと思いました。

銀色さんがこれまでに作品の中で続けて伝えてくださっていたことに『人は平等だと思う』というのがあると思うのですが、それは人の中にもともとある愛情の深さのことかなと思いました。それをどんな風にどれだけ外に向けて表現していくのかというのは人それぞれで、それでいいんだって事だと思いました。その表現はおのおのが無限の可能性の中でえらぶことができるという事を私は知ることができました。

銀色さんがどんな風に形を変えても、それは素晴らしいおどろきであり楽しさです。その表現を楽しみにしている人がいます!

そして、私は私としてできる事を好きなやり方で好きな人と共にやっていくことをえらびます。

最後まで読んで下さってありがとうございました。また伝えたい事がありましたら、お手紙書かせていただきます。さようなら」

こんな手紙をもらえるということは……。これも私には希望の光だということがみなさんにはわかると思いますが、こういう人がたくさんいて、それは私たちの仲間なのです。

『ひとりが好きなあなたへ』（幻冬舎文庫）の感想も先日もらっていたのを思い出した。

「最近の作品の『ひとりが好きなあなたへ』が好きです（他に好きなのを挙げろと言われたら『流星の人』でしょうか……）。冒頭の5ページに私の思うことが全部要約されている、と思いました。私はいつも、5ページに書かれていることをごちゃごちゃ多くの言葉でまとめきれずに、時々、人や社会を恨んだり、自分を責めたりしながら考えていたんだけど、ああ、こーゆーことなんだなあって思いました。銀色さんが本当にそう思って書いているのか。それとも私のような人向けに書いているのかわからないけど、私にはとにかく5ページに救われます」

私が自分の思うことを書く行為と、同じことを思うだろう人に向けて書く行為とは、同じことです。

『ひとりが好きなあなたへ』の中で好きな文は56ページの『おかあさん、おとうさん。こんなに心が弱く育ってしまって、ごめんなさい』です。私はこの2行に感動しました。私自身、心の病気をもっていて、12年間病気と闘っていますが、今、私がもし両親にひとこと伝えたい言葉があるとすれば、この2行だと思います。この2行が私の気持ちのすべてを表現しています。強い言葉だと思います。これからも銀色さんの作品を楽しみにしています」

私もこの2行が好きです。これは今まで浮かんでこなかった言葉です。この時に自然に出てきた言葉でした。

以上のような手紙をもらうと、生きて活動していることの意義と喜びを感じます。

私は思った……。去年の春から急にいろいろなことを急いでやったけど、もし今年だったら地震があったからやらなかっただろう。去年がやりたいことをやるちょうどのタイミングだったのかもしれない。そしてもし経営がうまくいっていたら、今度はやめたいと思ってもやめられなくなっていたかもしれない。多くの人が絡んでいるから。

今、やめることを止める人はだれもいない。私はもともとひとりの時期も必要だから、人と何かをやることを自分の意志に反して続けなければいけない状況になったとしたら、苦しくなっただろう。

でもあの勢いがあったからこそ、人前に出るのが嫌いな私がライブまでやって、ファンの人に会うことに慣れた。そして会社の経営は無理だと思ってやめることにした今でも、あの経験は残り、今後の私を勇気づけるだろう。

これからゆっくり時間をかけて、また人々に会う方法を考えついたら会っていきたいと思う。一度やったから、そう思える。この1年にやったことは今後、思いがけない形で広がり、実を結ぶかもしれない。つながることを恐れなくなったから。

現実に、この静かに深く考えを紡ぐ人たちが日本の（世界の）いろんな場所にいて、温かく強い心を持って生きていてくれることを感じられるから。

私はいつも、突然で、無謀で、急に何かをやって、ダメだと思ったらすぐに方向転換をし、失敗したと思ったら失敗したと言い、やりたいと思ったらそう言い、できないと思ったらそう言い、勝利には慎重に対処し、負けを認め、いつもいつもその時に思うことをその時にやりたいスピードでやっているけど、この先に向かうものがあるのだと思いたい。それがなにか私にはいつも見えないけど、素晴らしいものがあると信じて進んでいく。もしくは、この進んでいくこと自体が素晴らしいものになると信じている。

## 10月8日（土）

今日は、NHKの合唱コンクールの全国大会。10時にNHKホールへ行く。アナウンサーの山田さん、森下《もりした》千里《ちさと》さん、パックンマックンとリハーサル。私はよくある掛け合いが苦手なので上手くできるかちょっと心配。

2時から生放送が始まった。最初に会場で名前を呼ばれて一礼する。2時間余りかけて

11校の課題曲、自由曲を聴く。合唱をちゃんとじっくり聴いたのは初めてだったけど、どの学校もすごく上手だった。去年はテレビで見たけど実際に生の歌声を聴くと全然違うんだということを知った。いいものだなあと思った。そのあと、審査委員の方が審査するあいだ、各学校の生徒さんが写した「守りたいもの」の写真を見ながらトークコーナー。自分でもトークはちょっと苦手だと思っていたけど、案の定たどたどしくなってしまった。私の「守りたいもの」の写真も出す予定だったけど、時間がなくて出さないことになってホッとした（そのことは数日前に連絡が来た）。やはり生徒さんたちの写真の方がいいと思うから。そのあと感想など聞かれ、それもたどたどしくも一応言えたのでよかった。

最後に指揮者の清水敬一《けいいち》さんの指揮で会場全員で「僕が守る」を歌うところを客席から見る。清水さんの指揮は、春のテレビの番組収録の時に拝見したが、ものすごくのびのびとして感情豊かで、見ているだけで私も心が躍り、叫んだり踊ったりしたくなるほどの熱を帯びている。最初生徒さんたちと横一列になって真ん中で指揮をされていたけど、そこでは狭かったようで、やがて後ろに下がって広々としたところで思う存分体じゅう、顔じゅうを使って動かれていた。清水さん、本当に素晴らしい人、……いや、人間を超越した生命体と呼びたい。

楽しい一日だった。

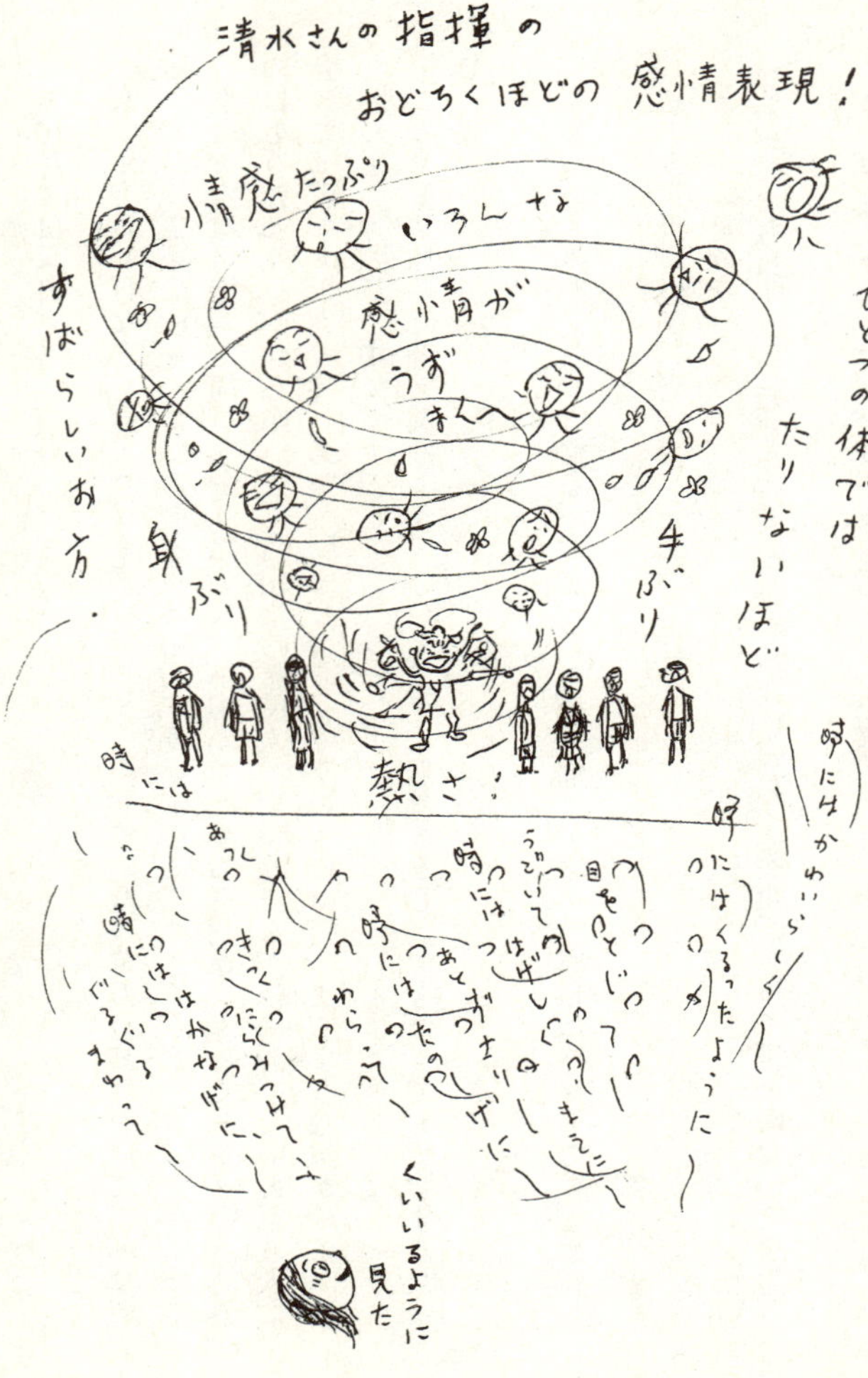
清水さんの指揮の
おどろくほどの感情表現！
情感たっぷり
いろんな
感情が
うず
巻く〜
すばらしいお方。
身ぶり
手ぶり
ひとつの体ではたりないほど
熱さ！
時には
時にはかわいらしく
時にはくるったように
目をとじて
まえに
うごいてはげしく
時にはあとずさりげに
時にはやわらかく
時にはかなしげに
時にはぐるぐるまわって
見た

**10月9日（日）**

家でまだDVDなどを見てすごす。ジェイミーの学校給食改革のDVDを見て、興奮する。人が一生懸命になっているのを見ると力が湧いてくる。

私もこんな気持ちで何かをやりたいな。小規模で簡単で真剣な「ふらりトーク」というのはどうだろう。町から町へと、自由な吟遊詩人。短時間でも、私に会いたいと思う人に会って率直なトークで笑いあい、励まし合う。そういうのは合ってるような気がする。居心地のよい雰囲気の中で。

このましばらく考え続けよう。いつかできたらできるし、できなくても想像するだけでも楽しい。

午後、カーカがちょっと寄る。おとといの夜、帰って来て、昨日はバンドの練習に行ってた。
私「カーカ。就職、考えないとね」
カーカ「そうそう」
私「ママもね、この先どうなるかわからないから、緊張感をもっていかないとと思って」
カーカ「そうそう」と、カーカも考え始めた様子。

宿題があるから帰ると言う。帰りがけ、玄関で。
私「じゃあね。カーカ、がんばってね」
カーカ「いろいろ?」
私「勉強よ」
カーカ「いろいろでしょ?」と言うところがカーカらしい。呑《の》み込まれない。
私「うん」
で、またジェイミーの続きを見る。私もやりがいのあることをやっている時はものすごく生きる張り合いがでるので、そういうことをやりたい。ジェイミーで士気を高めよう。私がジェイミーのドキュメンタリーを見ていて好きなところは、ジェイミーのカッコつけないところ。他人からよく見られたいとか思ってないようなところ。小さなことにこだわりがなさそう。そして、心のままの表情をするところ。無邪気で、心が広々としている。私のやりたいことはまだある。ぴったりとしたこと。それがわかるまであきらめない。あきらめない、じゃない。それがわかる時を静かに待っている。なんかある気がする。

夜中。さっき一度寝たので眠くない。ひとり、こころ静かにいろいろ考える。私は今、どこにいるのだろう。私のこの人生の中で、なにをしているのだろう。過去を振り返るといろいろなことがあったように思うけど、それはもう過ぎて行ったことなので、ないのと同じ。これからのこともまだ実際に起こっていないので、ないのと同じ。今あるのは、この今の気持ちだけ。この今の目の前のものをじっと見ようとすると、この今の中に特になにもないということに思い至る。

今の中は「無」だ。

虚無ではなく、「無」。しーん、としている。私の感情を波立たせるさまざまなことは過去の中にある。それらをことさら取り上げようとすれば限りなく広げることはできるだろう。でも、取り上げなければ、ないものと同じだ。もう過去のことだから。私が「もう考えない」と思えば、それは消える。過去のことで思い煩うということは、それを生かしている、養っている、飼っている自分がいるということで、そこからなんらかの自分にとっての利益を得ているからだ。悲しむことや、恨むこと、自虐が、自分にとっては甘い蜜《みつ》である場合もある。そういうところをよく見抜きたい。自虐性に酔う自分や人々。そこからパッと飛び立とうと思えば、そうできる。

そうできる。

**10月10日（月）**

連休の月曜日。いい天気。

昨日の夜、アート系の野外イベントがあったのでのぞいたら、プレゼンテーション、ただの宣伝だったのですぐに席を立った。芸術表現かと思ったら。ちっとも素敵じゃなかったよ。

今日も一日、家でのんびりしてすごそう。
あと少し面倒くさいことが残っているけど、それが終わったらせいせいするだろう。それを今年いっぱいぐらいで片づけたい。

さくとの休日はいつもふたりで家でごろごろ。午後、また、なにかおいしいものを買ってこようと言って、夕食の材料やアイスなどを買いに行く。それもささっと済ませて、「人に疲れた」とふたりで言いながら家でホッとする。

ナショナル ジオグラフィック チャンネルの「ザ・カリスマ ドッグトレーナー」という番組がおもしろかった。吠《ほ》えまくる犬、乱暴な犬など。見ていると懐かしく、身につまされる。私は2回も犬を飼うチャンスを得たのに、うまく飼えなかった。楽しく犬と一緒に暮らしている人を見ると、うらやましいような気持ちになる。カリスマトレーナーが「理性でなくエネルギーでとらえてください」と言っていた。犬は群れの心理、本能に忠実に生きているので、それを理解することが大事、テリトリーを示し、だれが主人かを威厳をもって教えれば従うと。優しすぎる飼い主に、犬を人間扱いしてはいけないと注意していた。

またいろいろ考えた。私は犬を群れの主人として愛情と威厳をもって飼えなかったなあと思う。マロン、シロ、チョロ。かわいい犬たち。今でも懐かしく思い出す。もらわれて行った。

## 10月11日（火）

ちょっと仕事、夕飯の買い物、いろいろ。

「サバイバルゲーム」は録画しておいて、いざという時のために取っておこう。生きるのにへこたれそうになった時、あれを見て気合を入れるのだ。人は、実はこうなんだぞ、と。文明の中で、恵まれているこの生活環境。甘えるんじゃないと思える。

このあいだNHKの番組に出て思ったけど、やはり私は、あらかじめ言うことを期待されてる質問に答えることはできないと思った。何を求められているかわかるのだけど、そういうふうに思っていないのに答えられない。一瞬、お互いどうしよう、という感じになった。客席で見ていたNHKの方が、「銀色さん、答えてくれるかな」とちょっと心配したそう。私には真面目な番組は難しい。思っていないことを言えないし、特に何も思わない時に、無理に話すこともできない（でも、楽しかったけど）。

カリスマドッグトレーナー、シーザーが犬に関して言ってるのを聞くと、自分の仕事や人生にも通じるなと思う。「常にメッセージを出し続けることが大切」とか、「こっちが変わればあっちも変わります」など。飼い主に「得意なことはなんですか？」と聞いて、散歩中それを想像させる。そうすると、状況をコントロールし、リラックスし、穏やかで毅《き》然《ぜん》とした態度を思い出せる。そうだ。何に対処する時でも、自分の得意なことに挑む時の心理状態を持ち込めば、落ち着いていられる。その状態がいちばん全体性を保てる。

このあいだ「モテキ」を見に行ったカーカから、「2月に森山未來《もりやまみらい》のテヅカっていう舞台を見に行かない？」とメールが。「行かない」と答えたら、「……」。

今またふたたび、真っ白に戻った私の人生。次になにが起こるのか楽しみ。

今日、買い物に行った時、北海道フェアをやっていて、ロイズのポテトチップがあったので買ってきた。ポテトチップの片面にチョコがかかってるやつ。それを見つけたさくが食後に食べていた。食べてしばらくしてすぐに冷蔵庫に戻していたから、「おいしいよね」「うん」「がっつりしてるから、10枚ぐらい食べたら満足するよね」「うん」。ちょっと食べたら満足するって、自分にとって本当にいい（おいしい）食べ物の証拠だと思う。

## 10月12日（水）

今日は、朝からぼんやりしている。睡眠不足だからか。あと、今日のお昼、ちょっと言いづらいことを仕事先の人に言わなきゃいけないという予定があり、それが少々気を重くさせている。でもしょうがない。

シーザーがまた私の琴線にふれることを言っていた。言うことを聞かずに困っている犬の飼い主夫妻に向かって、「おふたりはリーダーになれず犬に合わせている。笑い事じゃないです」と。「確かに甘やかしてます」と主人。

「常に動物として扱っていますか？」「いいえ」「ここが重要です。犬はおふたりの心を読みとってます。犬になったり、犬じゃなかったり……」「混乱する？」「その通り。犬が命令に従わないのはおふたりがブレるから」「なるほど、納得しました」「人は犬を人間扱いしてしまう。人にたとえて犬の感情を推し量る。その方が都合がいいから。問題行動の原因は家庭内における不安定なエネルギーと規律不足です。犬が非常に困惑しています」

吠える犬に触れながら、「動きを封じることで高揚をブロックします。動けば興奮する。動かなければ落ち着く。興奮し始めたら我に返すんです。犬は行動よりエネルギーを見ます。飼い主の心構えを変えること。本気で的確な指示をだすのです。本気が大事です」

奥さんに、「(飼い主から) 中立なエネルギーを出させたいんです。恐怖心やマイナス思考があるとその状況は作れません。過去にとらわれたまま未来を勝手に予測し、それに固執して今を生きていないんです」「わかります。不安だったんです」「あなたが不安だと犬の興奮を抑えることはできません。不安は絶対に禁物です」

「犬と距離を置くことが彼女にとってのリハビリだったのです。仲間はずれではなく、エネルギーの問題です」

「時として忍耐は最高の武器です」など、シーザーが奥さんのことを言っていた。

シーザーの言葉を私は人間関係にあてはめて聞いている。親子、夫婦、仕事仲間などいろいろに思える。

夜、十数年ぶりにひさしぶりにお会いするT氏を含め3人で食事。T氏は生まれた時からの大金持ちでいつもにこにこ穏やか。私はふだんあまり人にごちそうしてもらう機会がないので、ごちそうしていただきうれしい。お金持ちだから遠慮しなくていいので思う存分高級食材をいただく。

食べた食材。トリュフ、うに、毛ガニ、牡蠣《かき》、松茸《まつたけ》、アーティチョーク、アワビ丸ごと、などなど。

T氏の穏やかさの秘訣《ひけつ》を聞いてみたが、「変な人とあまり知り合わないので」と言っていた。それも人徳だろうと思う。嫌なことはすぐに忘れるし、気持ちが沈むこともないらしい。そのあと、銀座のおかま（？）バーにも連れて行っていただいた。パーッと6人ぐらいが取り囲んで、みなさんきれいで、いろいろとよくしゃべっていた。彼女たちの立ち位置でしか話せない話が多く、しかも曖昧《あいまい》でなくはっきり話すので、興味深く聞く。かなりずばっと言うね。世の女性に人気なのもわかる。性別から離れたところにあの方たちはいるので、気真面目に女性を生きてきた女性はすごく解放感を感じるんじゃないかな。

## 10月14日（金）

家でぼんやりしながら、合間にジェイミーとサバイバルとカリスマトレーナーで息抜きする日々。今日は自分の改善したい短所を思いついたので、反省もしつつ、今後の方針を考えた。私のある意識、ここはこう改めなければというところがあるので、それを肝に銘じる。

このあいだ友だちに失敗談を面白おかしく話したら、「人を見る目がないんじゃないの？」と言われた。

ないかも（笑）。

夜は、セブンくんとこおたさんと、ちょっと時間がたったけど『偶然』を聴く会」の打ち上げ。久しぶり～と挨拶《あいさつ》する。このふたりは自然体だからほっとする。特にこおたさんはマイペースで、のんびりした動物のようにおだやかなのでいっそう気楽。聞くと、私の暮らしぶりと似ている。最近の私は家でごろごろしていて、眠くなったら寝て、起きたくなったら起きる暮らしだと言ったら、こおたさんもいつも寝ていて、「今が夢なのか現実なのか、どっちだろう」とよく思うらしい。「それはいいね〜。今度、どこか行こうよ。どこか行きたいところがでてきたら一緒に行かない？」と言ったら、「行きたいです」と言っていた。はたして私も外に出る気力があるかわからないし、こおたさんも外に出なきゃいけない時はめんどうくさいって思うらしいので、出不精のふたりが同時に外に出る気持ちになるかはわからないけど。

先日のＮＨＫを見たそうで、どうだった？　と聞いたら、「ハラハラしました」とセブンくん。「コメントは苦手なんだよね……」としゅんとしたら、「急に聞かれてもなかなか言えませんよね」と出不精仲間がなぐさめてくれた。

**10月15日（土）**

午後、カーカが帰って来た。肉か、しゃぶしゃぶか、もつ鍋《なべ》食べに行こうと言いながら昼寝している。

外に食べに行きたくなかったので、家で鶏肉の焼いたのとか作った。夜、また明日《あした》、ギターとりに来ると言いながら自分の部屋に帰って行った。

## 10月16日（日）

「アンデス山脈墜落から72日間、生還の真実」という実話に基づいたドキュメンタリー番組をみた。助けを求めて険しい雪山を10日も歩いて発見されたことを、遭難した残りの人々が山中でラジオで知ったところでは涙が出た。生還した人々は、亡くなった人の肉を食べて生き延びたことを非難されたりしたらしいが。

感動して部屋に戻ったらニュースに、ブラピのフランスのお城（35の寝室がある48億円のお城）の話題が出ていた。アンジェリーナ・ジョリーとは「同性婚が合法化されて、だれもが自由に結婚できるようになるまでは結婚しない」と言っているとの記事もあり、それも妙におもしろく感じた。遭難&人肉食のあとだったのでギャップが。

放射能を避けるため子供を連れて西へと避難する人の記事も出ていた。移動できるならそうしたいと思っている人も多いだろうなと思う。そのあと続けて、放射能に関する情報収集。でも、気分が悪くなったのでやめる。真面目なのもあれば、気持ち悪いものや、偏見に満ちたもの、Hなものまでいきなりあったりして、エネルギーが消耗したから。やっぱネットで調べるのはやめた。機会があったら信頼できる人に聞こう。どちらにしてもここにいる限り、もうじたばたできない。せめて食べるものに気をつけるぐらいだけど、外食やお惣菜《そうざい》になると、もはやわからない。

リビングで夕方寝をしているさくのところに行って、足で突つきながら、「寝ると～夜～、眠れなくなるよ～」と言って起こす。「寝た時間だけ、減らせばいいからいいんだよ」と言いながら起きた。放射能のことを話して、「ママは大人だからもういいけど、さくは12歳でしょう？　赤ちゃんじゃないけど大人でもないし。宮崎に帰ろうと思えば帰れるけど……。でも今、帰ったらきっと退屈だと思うんだよね（ママが）」と言うと、さくは「僕はどっちでもいいんだよ。でも、制服が変わったり、覚えなきゃいけないことがあるのが嫌だな……」などと言う。「まあ、しばらくはこっちにいようか」ということに。

私がこの時期に東京にいることも、地震の前後1年半だけツイッターやイベントをやってファンの人たちと交流したことも、意味があったのかもしれない。あんなにすごい勢いで何かをやろうとしたことはなかった。実際、励ましあえた気がするし。

夕食に、チキンスープを作って食べる。静かな秋の夜（でも今日は暑かった）。

## 10月17日（月）

昨日は、「モーガン・フリーマンが語る宇宙」という科学者が宇宙の形はどうなっているかを考える番組を見た。内容がよく整理されていて映像がきれいだったので寝る前に見るのにちょうどよかった。地底探検ものも好きなので、それも見た。

毎日、宇宙や地球の自然のドキュメンタリー、3人のカリスマたちの技を見て、空虚だった心にだんだんエネルギーが満たされてきた。今朝は、見た夢のせいか、起きた時に気分がよかった。このまま続けていけばもうすこししたらまた内側からエネルギーが湧き出て来るようになるかもしれない。なにしろ内側から湧きあがってこないと何もやる気になれず、意気消沈したままなので。感動は心を潤してくれる。感動だけが今は私のエネルギー源。

それと同時に、しばらく手をつけていなかったまわりのものをシンプルに整理整頓《せいとん》しようとしているところ。貯金などのお金も整理してすっきりしたい。ドル預金していた貯金も今は円高なので減るけど、もう円に換えてすっきりさせたい気分。どうも私の人生って、なんでも高い時に買って安い時に売るという流れ？　土地も家も金もドルも全部そうだ（笑）。すっきりさせたいと思う時って、今は損だからもうすこし時期を待とうと思わず、とにかくすぐに清算したいと思う性格なので。

ホームページのデザイナーさんが遠くに引っ越されたので、引き継いでくれる新しいウェブ制作会社をさがしているところなのだけど、これを機会に内容をシンプルに改めようと思う。更新作業も基本は新刊案内ぐらいにしよう。

とにかく今後はいろいろと身軽にしていきたい。日本や世界で日々起こることを見ていると、依存するものをできるだけ少なくすることが大事だと思ってきた。これがなければ困るというものが少ないほど生きる能力が高いということだ。

今、私の中のさまざまなものが、一気に後ろに飛び去って行ってる。

外を見たら、いい天気。素晴らしい10月の朝の空。

私の私的スピリチュアルの基本は3点。
1、人は肉体が死んでも、魂は永遠に生きる。
2、自分がしたことは自分に返って来る。
3、すべてがひとつ。
この3点だけでも心から信じられるなら、意識や価値観は一変するだろう。生きるのが苦しくなくなる。人は大人になったら（子供の時からならもっといいけど）、この世で価値を置くものが、お金や権威や美や若さから精神的なものへと移行しないと、生きるのがつらいんじゃないかと思う。そういうことを考えながら、率直に言いたいことを言うという本を、今、書いている。

スペースシャトルから見た、90分で地球を1周するあいだに地球でどういうことが起こっているか（人口の増加、森林の消滅面積、水や電気の消費量、鉱物の発掘量など）という番組を見た。これもまたおもしろかった。そして宇宙空間に浮かぶ地球は本当にきれい。暗闇に浮かぶ生きている宝石そのもの。
その後、今度は空から見た映像「ＨＯＭＥ　空から見た地球」を見た。空撮が大好きなので何回かストップさせたり戻ったりしながらじっと観察した。地上の美しさと人口増加と資源の減少などに重々しく悲観的な気持ちになり、もう人間はダメだと思ったけど最後はちょっと希望が感じられた。それにしても、ここ50年ほどの人口増加を見るだけで人類は近々滅亡するのではないかと思わずにはいられない。急激すぎるし、自然破壊も急速に進んでいる。まあ人類が滅んだら他の生き物はより生きやすくなるだろうから、それでいいのかな。

夜中、ノストラダムスの予言番組を見ながら、料理の下ごしらえ。

## 10月18日（火）

ハッブル望遠鏡で観る宇宙のさまざまな銀河、というのを見てから夕食の買い物。とても人に疲れた。なんだろうこの疲労感……。

家に帰ってホッとして、買ってきたつまみ（エビとアボカドサラダ）を食べつつシャンパンを飲みながら夕飯の準備。キャベツ、ピーマン、ニンジンなどの野菜を切る。今日は中華丼にしようと昨日から考えていたのだ。

帰る時に見上げた夕方の空の雲がきれいだった。

水色にピンク色のうすいうすい綿あめのような雲。

ああ……、と思った。

なんてきれいな空なんだろう。

## 10月20日（木）

面倒くさいことをやり終え、夕方、曇り空をながめてホーッとため息。

あわただしさと、静寂。

急がなければという気持ちと、ゆっくりやろうという思い。

なにも怖くないという自信と、茫漠《ぼうばく》とした虚無感。

キラキラした小さな楽しみと、どんよりとしたうち沈み。

どっちもある。全部ある。一度にある。

## 10月21日（金）

曇り空。

この2ヵ月ですごく体重が増加したので苦手だけど近所のフィットネスクラブにでも通おうかと思い、調べていたら行く気がなくなった。口コミを読んでしまったから。そこのお客さん同士の悪口、噂話だった。よどんだ気分になった。ああいうの読んだらおしまいだなと思う。いいものまで消されてしまう。判断は自分で一からやんないと。でも、今まで何度もジムに通って、やっぱり行きたくなってやめるということを繰り返したのを思いだした。人に会うのに疲れるのだったわ。

気を取り直して、今日は静かにすごそう。夜はカレーにしよう。家にある材料で作れるから。

で、午後、仕事して夕方、カレー作りながら録画に入れたあったペネロペとバルデムが出てる昔の映画「ハモンハモン」を見て……、笑った。だれとだれがどうなってるか見終わって紙に相関図を書いて確かめたほどのこんがらがった愛とエロス。さすがにスペイン映画だと思ったし、映画ならではの現実の極端な凝縮感。まあ実際、人間社会ってこういうのを薄めた感じか。思わず「アハハ！」と笑ったところあり。

この中にも出て来たけど、大金持ちの親が若き子供が情熱に走って素性の知れない人と結婚したいと言い出した時に、どうしたらいいかの方法を、私は大金持ちではないけど以前からよく考えていた。それは、「世間をまだよく知らない若者は好きになったら止められない。そして禁止されればされるほど燃え上がる」という法則を見すえた上での対策だが、私なら、「わかった」とまず言う。絶対に不快な顔を見せたり、禁止したりしない。そんなことしたらますます気分を燃え上がらせるだけだ。で、「わかった。でも、あなたはまだ若い（25歳ぐらいまでね。それ以上だったら好きにさせる）、だから親としても完全に手放しであなたの判断力を信用できない、悪いけど。そして私にもわからない。なので、ひとつ、こうしてくれないか。3年、籍を入れずに付き合うか、一緒に暮らしてみては。そのあいだにお互いの両親、親族とも交流し、3年後にまだ結婚したいというならそこで改めて考えましょう。それまでは婚約期間として実験しましょう」と言う。そして様子を見る。そうはいっても、実際に籍を入れないとわからないこともあるけど、それは本人の責任だ。3年つきあったら、だいたい最初の熱も冷めるというもの。それでもいいと思うならいい。

……なんてことまで考えた夕方だった。

**10月22日（土）**

NHKのニュースでやっていたという「天を恨まず」という宮城県の15歳の少年が卒業式で読んだ答辞をさっき見て、涙。

今日も曇り。そして私はちょっと仕事。いろいろな質問に答える『私だったらこう考える』（幻冬舎文庫）の原稿書き。これは時間をかけて考えると何も書けなくなりそうなので、勢いで思い切って書くことにした。見直すと恥ずかしくなりそうなので見直せない。

**10月23日（日）**

毎日家に静か〜にいて退屈だし時々ひどく気が滅入《めい》る波が来るけど、今は勉強の時期だと観念し映画とドキュメンタリーと読書に精進しようと思い、新たな新鮮な気持ちで勉強という目でテレビを見る。すると今、一番好きで待ち遠しい番組「カリスマドッグトレーナー」でシーザーがまたいいことを言っていた。

すごく吠《ほ》えたり嚙《か》んだりする凶暴な犬の飼い主夫婦に、「こうなったら嫌だという物の見方はいけません。悪い想像は現実になります。それより理想の状況を思い描くことで流れを作ります。マイナス思考はダメ。犬はあなたの要望ではなく緊張感だけを感じとります。抵抗は行動を正せるチャンスです」「もし散歩中に、興奮した犬が襲ってきたら？」「どんな場合でも飼い主がコントロールします。環境に左右されてはダメです。家を出る前に外の世界を自分のものにします。正々堂々と出発するんです。散歩が楽しみになります。……見てください」。犬、「座ってる」。「こういう時はたっぷりかわいがります」「感動です」「自分の世界を築き、その中心に君臨するのが群れのリーダーなのです。自分が周りにどんな影響を与えるのか自覚します。いいエネルギーに犬は従います。昔のことは水に流しましょう。今が大事。今どうありたいかです」。エサをあげる時、「信頼と尊重を繰り返すのです。犬が尊重を示してからエサをあげる。その時に隣にいれば信頼を得ます。犬の問題を知るにはまず自分のエネルギーを把握します。犬はあなたを映し出す鏡です」

私はこの「犬」を他のものにもあてはめて聞いている。「子供」「夫」「恋人」「親」「友だち」「仕事」……すべてが入る（しつけるべき関係性においてだけど）。

でもこの犬、とても凶暴で、その後飼いネコを嚙んだらしく、飼い主がもう恐怖心がいっぱいで手に負えないので手放したいと言いだした。シーザーも、恐怖心があると犬もかわいそうなので、手放すという決断をしてもいいと言った。「自分たちの気持ちが何より大事です。一度、手放したらふっ切ります。悲観はダメ。誰かに譲ると決めた時、必要なら嘆いて下さい。でも引きずると次の犬が飼えません。罪悪感を抱え込むと悪循環になります。そうならないようにふっ切ります」。これも人との関係にも言える。

そしてシーザーのところにいる犬と取り換えることになった。

「人はそれぞれ必要な犬を得ます。野生的な犬と触れ合うのはスタッフにとって勉強になります。僕らのためです」。これも、困難なケースほどやりがいがあるといういい例。より難しいものに挑戦したいというのは実力と余裕のある証拠だ。

こういうのを見ていると私もやりがいのあることをやってみたいと思うのだけど、私にできるものってなんだろうと考えると、具体的に思い浮かばない。なんだろう。心の底からわきあがってくるような、生きている実感を得られるようなこと。

この番組を見ているといつも、また犬を飼いたいと思うけど、すぐに「絶対にダメ」という天からの声が聞こえる。

なぜダメなのか。リーダーになれない。しつけができない。子供も夫も仕事でも無理だった。リーダーという立場が苦手。なれないのでなく、なりたくないんだな。ずっと、という継続する関係も苦手。

あ、しつけができないというよりも、自由にさせたらどうなるかを見たいんだ。ということは、直接的な関係を持つこと自体特に欲していないということかも……。離れて見てるだけでいいのかもなあ（笑）。

死んだ気になってなんでもやる、ってあるが、死んだ気になってなんにもやらない、ってのもいいね。意志が強いんだか弱いんだか。

ホームページをシンプル化するにあたって今までの著書一覧を見直していたのだけど、私は昔から言ってることが変わってない。よくそう言われるけど改めてわかった。驚くほど変わってない。ということは、たぶんこれからも基本は変わらないのだろう。

「プリンくん」をまた書きたいな。昔書いたもので、またその主人公に会いたいと思うのがたくさんある。「プリンくん」「ミタカくん」「世ノ介先生」「おでこちゃん」「ナルシスナルくん」など……思い出しただけで笑える〜。

午後、読書をしていたら眠くなったのでちょっと寝たら物音で目覚め、「もっと寝よう。そして夢でも見よう、いい夢を」と試みたけど、もう眠れなくなったので起きる。3時だ。朝からちょっとしか食べてないのでお腹がすごく空《す》いている。どれ、買い物に行くか。

今日は行こう。と、着替えをする。昨日は着替えをしたまではよかったけど、そこで急に行く気を失《な》くして、家にいた。

外に出ると陽気もよく、案外、気持ちよい日だった。

さくの好きなドーナツを2個買って、レシートを受け取らずにさっと去ろうとしたら何か手渡そうとしている。その同じドーナツのタダ券2枚だった。ちょっと恐縮&うれしい。それからワインショップで私の好きなシャンパンを2本買う。それは辛口で、値段も1本1500円とお手頃。

食料品売り場に行く。やけに人が多い。わさわさしている。ああ、今日は日曜かと気づく。パンと、う〜ん、どれにしようと迷ってオードブルの盛り合わせみたいなのにした。9種類入っていて楽ちんだったから。買い物の回数が少なくてすむ。袋が多くなるのも嫌だし。

シーザーのお言葉の後でお店の売り場の人などを見たら、新鮮な気持ちで見ることができた。様々な年齢の店員さんたち。それぞれの生活環境があるのだろう。どの人も迅速に対応していて有難い。ここにはやる気のない店員さんは見かけない。どの人にも緊張感がある。ちょっと鬼気迫る感じ。私の好きなお店というのはゆったりした時の流れをもつ誠実な小売店なんだけど、それとはまた違う。

いろいろなことを感じながら買い物を済ませ、家に帰る。お腹が空いてたのですぐにつまむ。

ホッとする。

昼下がり。外は青空。くっきりと鮮やかなビル群。平和に見えるが、すぐにこれが急変するかもしれないとも思う。あまりにも鮮やかなその色彩に数秒間、見入る。

## 10月24日（月）

昼ごろ、カーカが帰って来たので一緒に近所でランチ。パスタにした。私はナスのミートソース、カーカはスモークサーモンと白菜のクリームソース。

「最近、なんかあった？」と聞くので、「家でずっとスカパー見てる。何もしたいことがないんだけど……どうしよう。行きたいところもしたいこともなくて。ジムに通おうかと思ったけどやめたし……。今は家で映画、見てようかな」「それがいいよ」で、カーカの就職の話になって、「カーカの短大、就職率がいいらしいからとにかくどこかに就職してみたら？　そしてそれから考えればいいんじゃない？」と言ったら、「うん」と言っていた。だんだん考えるようになってきている。よかった。先輩から就職先の話を聞く授業があるそうで、そこで毎週いろんな先輩の就業の様子を聞いて参考になっていると言う。とにかく私はどこでもいいから働いてくれたらいいなと思って（願って）いる。油断するとニートになりそうなカーカだから（現に、ニートになろうかなあ……ってこのあいだポツリと言ってたので、すかさず「いやそれは」と言っといた）。

「これからまた天変地異とか何か起こるかもしれないけど、それまでは一生懸命生きればいいじゃん」とも言っとく。

経験。

人生経験。リアルなやつ。

それが大事だ。

「最近見てたのは、世紀末の予言と、宇宙の。予言のは悲観的になる。宇宙のはいいよ〜。なんて人間は小さいのかって思うもん」と言ったら、「カーカも好き。ママはいいじゃん。見ても、ずっとぼーっとしていられて。カーカは現実があるから切り替えるのが大変」

『『カリスマドッグトレーナー』がいちばん好き。あと、『リリア 4 ever』っていうスウェーデン映画がすっごく悲惨だっていうから録画した」。あまりにも悲劇的だからか、日本では公開どころかDVDにもなっていないそう。それから放射能の話とかした。深刻な気分にちょっとなってたけど、カーカは「とっくの前に覚悟したよ」と言っていた。

で、帰ってそのリリアを一緒に見た。いつ悲惨になるかなるかと固唾《かたず》をのんで緊張していたのだが、あまりにも悲惨なことを想定していたので思ったほどではなかった。でもそれだけに、見終わって疲れた。それから「カリスマドッグ」を見る。今日の犬はものすごく凶暴でいつになくシーザーも手こずっていた。カーカも興味深く見ていた。

リリアの環境に比べたら、日本は恵まれてるよね、日本ほど平和でしあわせで安全な国ってないんじゃない？　とカーカとしばらく語り合う。ぽつぽつと。

さくが帰って来て、カーカとさくはみかんを食べ、それからカーカはお風呂《ふろ》に入って、なんかまたイベントに行くからって準備をしてる。新人女の子アイドルらしい。「もうそういうのやめたら？」と言ったら、「そうなんだよね〜」と。カーカのアイドル熱も最後あたりって感じ（だといいけど）。

ひさしぶりにカーカと会って楽しかった。

「なんか楽しいね」と、カーカも。

「え?」はっきり聞こえなかったので聞き返したら。

「なんでもない」

授業で美術館に行って感想を英語でレポートしなきゃいけないらしく、ネットで調べて見たふりしようかなって言ってたけど、「明日《あした》見に行こうかなあ」と言っている。「そうしたら? やっぱり実際見ると違うんじゃない?」とはっぱをかけたら、「うん」って。


カーカが出かけた。

玄関のカーカに、「がんばってね」といつものように声をかけた。全体的にね!

今日の夕食は私の好物の親子どんぶり。「やっぱ料理、できた方がいいのかなあ」とさくがこの前つぶやいていたのを思い出し、きゅうりの千切りと玉子を割るのをやってもらった。ボウルにバンバン、玉子の殻が入っていた。

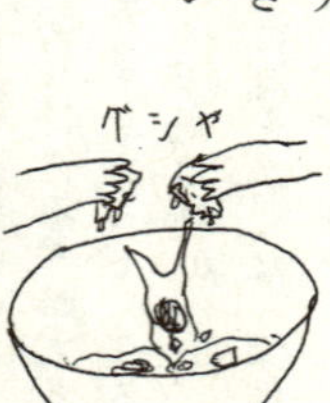


## 10月25日（火）

私は夜中にお腹がすくと悪夢を見たり恐ろしい気分になったりする。本当にとても嫌な気分で、とても言葉で説明できないほど!

昨日の夜、寝る前に危ないな……と思った。空腹で、ちょっと恐ろしさを感じ始めてたから。でもそのまま寝ようとしたら、悪夢をふたつも見てしまったので、しょうがなく起きてごはんを食べた。「地球：45億年物語」の番組を見ながら。するとだんだん収まって来たので眠れた。

今朝はわりと平和な気分で目覚めることができ、よかった。

午前中は雑務をして、昔の映画など観る。

夕方、うす水色の空を見かけて、窓を開けたら外国のような匂いがした。好きな匂い。一瞬だけ嗅《か》いで、また閉める。今日はだいたい穏やかな気持ちですごせた。人は自信を持ったり自信をなくしたりを繰り返すものだが、私は今は自信がない時期。最近、好きで読んでいる神話研究家のジューゼフ・キャンベルの本を読み、いろいろ思いを巡らせる。

**10月26日（水）**

今日は朝早く（5時半）目覚めた。明晰《めいせき》な意識と共に。

朝食の準備をしたり、映画の続きをちょっとだけみて、それから自分の部屋を片づけようとしていたら読んでいない本を10冊ほど見つけ、その中の随筆集を読んでいたら心が落ち着いてきて、そのまま眠くなり、また寝た。そこで夢を見た。気持ちのいい夢だった。

それからうっすら目覚め、そのままぼんやり考え事をした。花がまわりに咲き誇る遮断機の景色が思い浮かび、そういう景色をスケッチしたいなと思った。妙に幸福な気持ちになる。力が蘇《よみがえ》ってきて、新鮮な気持ちで空をながめ、あたりを見わたす。

**10月27日（木）**

雲ひとつない晴れた空。すずしい空気。

家で仕事の打ち合わせ。現在の社会情勢を暗く語りつつも、最後には元気が湧きあがる。

今夜はハンバーグを作ろう。


「裸足《はだし》の1500マイル」という、アボリジニの3人の少女が白人の保護から逃げだして何日もかけて家に帰るという実話をもとにした映画を見る。こういう映画の場合、私は少女たちに共鳴してしまい自分のことのように思ってしまう。自分がそこにいるような気持ちになる。

**10月28日（金）**

ひさしぶりの友人とメールのやりとり。

「地震後、確かになんか空気感が変わったよね。

あの地震で、いろんなことがすっ飛んだ気がしました。いいことも悪いことも」と書く。

来月は、しばらく会っていなかった人たちと会おうと思う。もう何年も会ってない人もいて、楽しみ。

思ったけど、ものごとって大きく拡大する話は勢いがあって夢があって、する方も関係者もうきうきして楽しいけど、小さく縮小する話はなんか悲しく申し訳なく、暗くなりがち。でも、そこで平気でいなければいけないんだと思う。いい時もあれば悪い時もある。上昇する時もあれば下降するときもある。拡大する時もあれば縮小する時もある。いい時はだれだっていい。いつも言ってるけど、真価が発揮されるのは状況がよくない時だ。しんみりしたしみったれた時にどれだけ強くいられるかだ。そこで強くいられるというのはどういうことかというと、ものごとの価値を状況のよしあしに置いていないということだ。状況に左右されない。状況に左右されるようなものにめざすものを置いていないということ。私は会社をたたみ、すべてをシンプルにしたいと思った瞬間に、そういうふうに方向を切り換えた。その方がいいと判断したら、そっちに進めることが自分をアッパーにさせてくれる。中途半端に執着していた時の方が気持ちはすっきりしなかった。

自分の人生の舵《かじ》をとるとは、こういうこと。この流れにはこう対処する、と自分で判断すること。そうしてこそ、流れに翻弄《ほんろう》される、ではなく、流れを受け止めるということになる。

以前、友だちがある大企業の社長を任されて最初にしたことが、たくさんの社員をリストラすることだったと語っていた。とてもつらかったと言っていた。何人もの上司の首を切らなきゃいけなかったのだと言う。その中にはお世話になった人もいたらしい。でも、会社という単位で考えたら個人の感情をいちいち汲《く》むわけにはいかない。彼らにもいい時もあったはずだ。いや、いい時はずいぶんいい目にあっていた。いいところだけを取ることはできない。その中でも優秀な人は残っているはずで、能力のない人が切られていった。能力があり必要とされていたら切られることはない。ある意味、妥当でもあるのだろう。社会に余裕がなくなると、今まで水面下にあったものが浮き彫りになることがある。それは悪いことではないと思う。


このあいだのNHKを見てくれた知人からメールが。

「銀色さんはテレビに出られても、やっぱりいつもの銀色さんのままですね。全然ぶれていなくて、真っ直ぐな木の幹のよう」

おお。そう思う人もいた。うれしい。

くるみちゃんからもメール。ご主人が体調をくずして入院中とか。「鶏小屋拡大中だったのに……」と。でも看病中に、私が送った私の本を読んで、「新鮮です。力、もらえます」と。よかった。

## 10月29日（土）

さくは文化祭。お弁当を持って行く。私は家で映画観たり、しなきゃいけないこともないので昼間からワインを飲んでお昼寝。空腹で飲むのやめよ。写真家アニー・リーボヴィッツのドキュメンタリー、よかった。

夕方、カーカから「これからちょっと帰る」とメール。

さくの文化祭、盛り上がったらしい。親も見れるそうなので、来年は見に行こうかな。

カーカがまたAKBのCDを買ってる。握手券めあてで1万6千円も。「もうやめたら？」と言ったら、「わかった、わかった」と。

## 10月30日（日）

家でいろいろ。仕事もして、お昼はさくのためにピザのデリバリー。ネットで注文したらゲームやクイズがあってクーポンがもらえて、とても喜んでた。ゲームで取ったチキン4ピースをさっそく使う。今日も明日もお休みで部活もなく、何もない休みがふつか続くことはめったにないので「いいね〜」と言ってる。


急に。

急にだ。

通帳の残高を確認した。そしてお金がかなり少ないことに気づいた。そして考えた。春からカーカがひとり暮らしを始めてその仕送りが増えた。なのに収入は減ってる。そして、今住んでいる部屋の家賃は高い。更新も近い。うーん。ちょっといろいろ考えないとと、急に真剣に考え込んだ。このままいくと貯金を食いつぶすか。賃貸は無駄だからどこか手頃なマンションを買った方がいいかもしれない。でも場所はどこがいいんだろう。今はまださくが中学だから3年間はこの近くがいいけど、この辺は高いし、私は別にここじゃなくてもいい。だからそのあとはもっと郊外でいい。けど、いつまで東京にいるだろう。……と言っても、数年後に宮崎に帰るのもいやだ。今帰ったら、たぶんもうずっとそこにいることになりそうだし、そうするとすごく退屈になるだろう。家賃が払えなくなったらもちろん帰るけど。……節約しよう。もっと安い部屋に移ろうかな。などとぐるぐる考え、ネットで賃貸や分譲マンションを調べる。マンションを買うのは縛られるようでいやだと思っていたけど、仕方がない。でも、買うとなるとなあ……。すごく高い。どこにもこれといって住みたい街はないし……。暗い気持ちになって、気持ちがずんと沈んだ。急に。どうもまだ根なし草だ。私は。旅暮らしの気分。それも落ち着かないけど、どこかに決めるとしても、決める根拠がない。決め手がないのに決めたくない。選択の余地がない、というならいいけど。選択の余地がなくなるまで待とうか。

まあ、しばらく考えながら過ごそう。そのうちいい落ち着き場所というか、方向が見えてくるかもしれない。それは私の人生も含めた方向だろう。もうずっとそこにいてもいいと思えるような場所が見つかったら落ち着くのだろうか。それともまた縛られたような気持ちになるのだろうか。わからない。落ち着かない気持ちで大好きなカリスマドッグトレーナーを見たら、気持ちに入ってこなかった。シーザーでもダメか。心ここにあらずだ。

そして、ずっとネットでマンション情報を見ながら暗い気持ちで夜更かしして、夜中になったので日本酒を飲みながらドキュメンタリーを見ていたら、どんどん気持ちの沈みがとれてきた。しばらく節約しながらこのままやってみよう。そして、どうにもならなくなったらその時に行動しよう。強い気持ちで。

## 10月31日（月）

さくが休みなので、ふたりとも朝寝坊。

10時ごろ起きる。「すごく長く寝たよ〜」と言いながらさくも起きてきた。

ご飯（さくは夕べのハヤシライス、私は玉子ごはんとお味噌汁《みそしる》）を食べてから、ずーっと本を読んですごす。さくものんびりだらだら。「何もすることがない〜」と言ってる。で、ゲーム買おうかなあといいながら、パソコン見て結局、中古で「龍《りゅう》が如く」を買うことにしたらしい。もう1個ほしいゲームは、クリスマスプレゼントに買ってあげることになった。ゲーム機のこと、3DSのこととかいろいろ言ってたけど、私は本を読みながらあっちこっち心を動かして、臨機応変に答えた。

今日、買って届いた本は、上野千鶴子《うえのちづこ》の本や社会学の本や評判になったものなど5冊。

上野千鶴子の『女ぎらい』、ふむふむと読む。私はどの辺かなと自分の位置を確かめながら読むのがおもしろい。読み終わると気が滅入《めい》った。現実の方が優しく見える。ジェンダーの話は、爽快《そうかい》にも暗くもなるけど、人とあまり語れない。スピリチュアルな話と同じ。それぞれの位置があり、自分だけの白地図の中にいるようで、その白い森でうろうろしてるようで。俯瞰《ふかん》しないと。いったん落ち着いて。

チョコレート買ってきてと言うので忘れずに、今日の夕食の買い物。今日は豚しゃぶにしよう。チョコのついでに、カシューナッツと、つまみのイカフライも買った。手羽先の唐揚げも試食しておいしかったから買ってしまった。お惣菜《そうざい》のサラダを買ったのだけど、今日の店員さんは言葉は丁寧だけど、あきらかに投げやりな態度だった。その投げやりさ加減を最後まで確認するように受け止めた。ああいうふうに態度が明らかに悪いと、買う気がしないなあとエレベーターに向かいながら思った。

夕方の気持ちのいい空気の中を歩いて帰る。とても気持ちがいい。この温度。

私は今、ちょっと暗い気持ちだけど、この暗い気持ちと同じように、今、沈んだ気持ちの人、悩んでる人、切羽詰まってる人、楽しい人、幸せだと感じている人、困ってる人、怒ってる人、恨んでいる人、イライラしている人、笑ってる人、特に何も考えてない人、うれしい人、達成感を覚えている人、悲しんでる人、苦しんでいる人、歓喜にむせぶ人、絶望を感じている人、無力感の中の人、冷徹な人、などがいるのだろうと思った。内容は違うけど、まあ似ている。似ているんだよ、どれも。感情にふりまわされているという意味で。で、だれもそうたいして違わないんだろうなと思った。

窓の外を見たら、夕方の空と雲。今日も、今日だけの雲の形。

この大気が地球を覆う。

大気があるから生き物が生きていける。

というか、この条件下で生きていけるものが育った。

なぜ、この一瞬で終わりにならないのだろう。

終わりにならないから、人は苦しむんだ。人生が続くから。

白い空と灰色の雲。やがて暗くなっていく空。

人生が続くから、挑戦もできるんだ。

可能性があるのなら、やってみよう。

この一瞬で終わりになった気持ちになって挑戦するなら、それもできる。

人がどう思おうと、自分が知ってる。

## 11月1日（火）

昨日も遅くまで住宅情報を調べた。そして、買うのも借りるのも大変だなとやはり思った。この間まで引っ越しを頻繁にしていた頃は、やるしかないという強い気持ちがあったからできたけど、今はそれほどじゃないし先のことも決まってないし判断できない。安い部屋に引っ越すとしても最初に必要なお金を考えると、これから2年半ここにいるのと比較して計算して、探す面倒などを考え、それもどうかな……。うーん。

今日は真剣に読書しよう。

今月はデザインスクールで数日、勉強をする予定。デザインソフトを学び簡単なチラシやパンフレットなどを作れるようになりたい。さっそくネットで調べた近所のスクールに予約を入れた。8日間。

読書してても、部屋のことが気になってダメだ。またパソコンにかじりついて検索を始めた。ここの部屋代の2割安いところに引っ越したとして、更新料、引っ越しにかかる経費、引っ越し代などを計算して、何カ月過ごせば安くなるかと考える……。よし。あわてずに探して、もしもすごく引っ越したいと思うようなものに出会ったら引っ越そう。今よりも学校に近いところで。

夕食を作っていて、熱くなってる鍋《なべ》（ビタクラフト）のふたをふせてカウンターに置いたら、中の空気が冷えて収縮したようでピタリとくっついたまま離れなくなってしまった。押しても引いても動かな

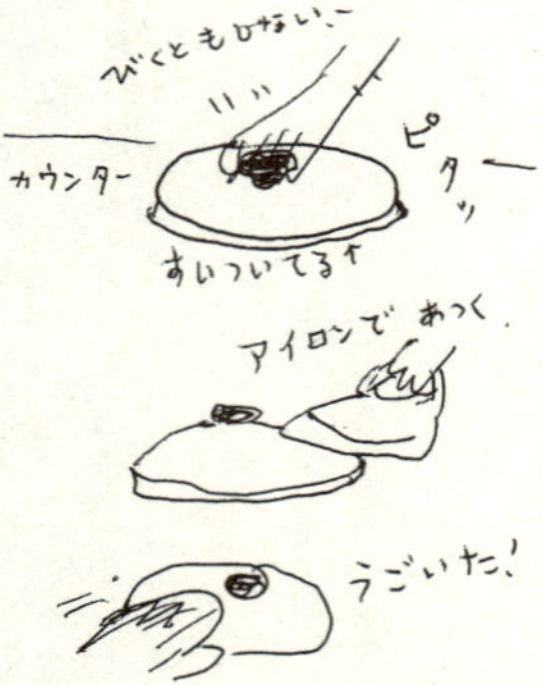

い。ドライバーで取っ手のねじ部分を回そうとしてもダメ。細いものをあいだに入れようとしてもダメ。どう考えてももう一度熱くしないと動かなそう。さくが帰って来たのでそれを見せる。で、「もう一度熱くしようと思うんだけど、やってくれる？　アイロンで」と言って頼む。しばらくして行ったら、ちょっと代わってと言うので代わって温めながら、鍋つかみでぐいっと押したら、動いた！　よかった〜。「動いたよ！」と声かけたら、「動いたとこ見たかった〜」とすごく残念そう。

## 11月2日（水）

なんかずっと本を読んでいてますます暗くなって、カーカにも、節約のために来月から仕送り減らすこと、ママも安い部屋を探すこと、カーカは卒業したらたぶんもっと経済的に厳しくなるだろうから頑張ってね！　とメールしたら、「ＯＫ！」という返事。仕送りがなくなるから……。自覚していたらいいなあ。私自身も、カーカがどうなるかによってどう対処するか。

お金のことも人間関係も人によって違うから、なかなかアドバイスもしたりされたりしにくいけど、人の生活には多くのいろんな要素があって、それを考えるとますます助言も難しいから、わかってもらう、わかってあげるというのでなく、すべてをひっくるめていろいろ大変だけどどうにかやっていこう！　って言って、目の前で、今、少なくとも無事であることをお互いに喜ぶみたいにして生きていくしかないという気がする。やけに悲観的になってるけど。私、今。緊張感というのか。

で、ひさしぶりにやぶちゃんにメールした。ごはんでも食べないかって。

「暗雲（?）たちこめる未来でも語りあわない？　私はかなり悲観的なんだけど、払拭《ふっしょく》してくれない（笑）?」って。そしたら「はは」って笑って、「私はまず今日良い」って。もうひとりの友だちツッチーにも聞いてくれるそう。この「はは」で、私はちょっと救われた。そういうことだよなあと思う。

今月はひさしぶりに会う友だちがたくさんいるので楽しみ。


で、とりあえず、まずひとつマンションを見に行ってみた。やけに値段が安いと思ったら、商店街の中にあり築26年で古く、下には店舗や事務所。リフォームはされてない。日当たりはいいけど、目の前に巨大ビルが建とうとしているところだった。線路にも近い。なのでここは却下。明日《あした》もひとつ、見に行く。部屋探しってどうしてこんなにすさんだような迷い子のような気持ちになるのだろう。しょんぼりしながら帰りに明日の朝のさくのためのパンを買う。私はごはんなので。

## 11月3日（木）

祭日。

部屋を見に行った。そこは新しいけど、線路のわきで音がうるさかった。不動産屋さんもあまりお薦めできませんと言う。もうひとつ近くの新築の部屋を紹介してくれた。そこは大きなところで、まだ内見はできなかった。来週ぐらいからだと言う。中身はとても充実しているよう。最新の設備だし、かなりいい。そこがいいと思ったけど、スーパーが遠いのと引っ越しすることの面倒さ（住所変更や歯医者、美容院などをまた探さないと……）が難点。賃料も今住んでるところと比べて、それほど安くない。とりあえず内見の予約をお願いしつつ、今住んでいるところに価格の交渉をしてみよう。安くなったら今のところでもいいし……。親切な不動産屋さんが言い方を教えてくれた。「更新を期に、もうちょっと賃料の安いところをさがしていて、いくらいくらのところが見つかったんですけど、ここは住みなれているので、もし賃料が下がったらこのままここにいたいのですがどうでしょうか？」って感じに管理会社に相談してみたらいいって。貸し主は出ていってほしくないから考えてくれると思いますよ、と。

ふう。

家に帰って、お昼、たらこスパゲティを食べる。

今日、ピンポーンが鳴って、出たら宗教の人だった。一生懸命、一戸一戸の部屋のインターフォンを押している様子。断られても断られてもそれが修行。断られれば断られるほど修行。不安がつのるほど、自分が信じているものをますます強く信じるしかないのだろう。それにすがるのだろうと、その人の濃いメイクと表情を見て感じた。

原因不明の難病を患った女子大学院生の書いた『困ってるひと』を読む。あまりにも壮絶で、自分の暗さも吹き飛ぶようだった。この人に比べたらなんて私は健康だろう。こういう人がこういうことを書くことの意味、価値の大きさを思った。落ち込んだら、この人のことを思い出そう。

私は子宮筋腫《きんしゅ》があってずっと経血量が多かった。去年、定期健診で血液検査したらヘモグロビンの量が正常値の半分しかなく病院から至急治療に来るようにと電話があって、しばらく生理を止める治療をしたら、そのあと筋腫分娩《ぶんべん》になってしまった。筋腫分娩というのは、子宮口から筋腫が飛び出していること。子どもでも筋腫でも子宮から出てきたら分娩と呼ぶらしい。で、大きな病院を紹介してもらい、手術することに。いくつかの選択肢を提示され（子宮を摘出、手術して筋腫をとる、下からねじりとる）、一番簡単なくるくるとねじり取るというのをやってもらった。麻酔もかけずそのままくるくると。大量出血の危険性があるというのでMRIをとってみたら、繋《つな》がっている部分が細いのでできそうだということで、MRIの結果を聞きに行ったその日に「じゃあ、今日やりますか」と言ってやってくれた（2〜3センチの。見せてくださいって言ったら、「あ、もう検査にもってっちゃった」って。写真は見た）。出血もたいしたことなく、痛みも、人によってはパニックになる人がいると言われたけど大丈夫だった。2〜3時間横になっててくださいと言われたが、退屈だったので1時間ぐらいで帰してもらった。他にもあるのでまたそうなるかもと言われたのだが、うう、またそうなってるようで最近また経血量が増えてる。とても不便だし（バーッと出るので去年は生理中は外出をやめるほどだった）、また手術かな……。ショック。またねじりとってもらいたい。そろそろ閉経の時期なので早くそうならないかなと思ってるけど、どうしよう。閉経と不便と、どっちが先か。どうなるだろう。ちょっと様子をみよう。

## 11月4日（金）

マイケル・ムーアの資本主義の映画や、人の心を読むというキース・バリーという人の番組を見ていたら力が甦《よみがえ》って、やる気がでてきた。

夕方、カーカが帰って来たので、またピザ。クーポンを使う。夜は3人でクイズを考えたりして遅くまで起きていた。2つの扉の前に嘘つきと正直者がいて、質問をひとつしてどちらの扉が行きたい扉かをあてるというもの。答えを見て、考えてたらだんだんわからなくなったので考えるのをあきらめた。3人でテレビ見たりするのが楽しかった。さくとふたりだと、それぞれ自分の部屋にいることが多いので。

玄関を見たカーカが「ママ！　来て！　見て！　なにか変じゃない？」と言う。行って、見たけど、わからない。「ううん」「よく見て」

見たけど、わからない。それを何度か繰り返したあと、教えてくれた。

「カーカの靴、右と左、違う」。見ると、別々の靴だった。黒の革靴とスニーカー。

「気づかなかったの?」「うん」「履き心地が違うんじゃないの? スニーカーは足首まであるのに」「気づかなかったんだよね」「まったく?」「うん」


カーカが「これに行こうかな」と言う。モンゴル遊牧民ボランティアツアー。丸いテント、ゲールに住み、ヤクや子ヒツジの世話をしたり、バターを作ったり子どもたちと遊ぶのだとか。

「いいね。詳しいこと調べてみて」「うん。資料請求した。ママも行かない?」「行かない。もう、ママはちょっと違うじゃん。行きたかったら普通の旅行で行くよ」「そうだね」

冬休み、カーカがこれに行くなら旅費を出してもいいと思った。

## 11月5日(土)

朝もゆっくり起きてだらだら。カーカは10時に帰ると言ってたのにまだ寝ていて、予定を変更したと言う。ごはんを食べて、ごろごろしている。テレビの前で毛布にくるまりながら寝ころんでアニメを見るさくと、寝ころんで手をジャージにつっこんで携帯を見続けるカーカ。ものすごくまったりとした雰囲気。

しばらくしてカーカも帰り、私も昼寝したり起きたりして、一日中だらだら。ものすごくどんよりと過ごした一日だった。

そして夕方、ぼーっとしたまま夕食の買い物に行く。人ごみの中でしばらく過ごすと緊張する。気を張っているから。そして、帰って来るとホッとする。そのホッとする時の気持ちが、いい。いろいろなことを考える。気分は常に、アップしたりダウンしたり。ああ、生きるって、落ち着かないわ。

## 11月6日（日）

今日もシーザーの言葉にいろいろ感銘を受けた。

犬のセンターで、仲のいい凶暴な2頭を見て、「不安定同士、気が合うのです」。人間もそうだ。不安定で乱暴な、仲のいい2人組。他の安定して穏やかな人々と一緒にいても落ち着かないのだろう。

凶暴な犬のいる部屋に入る人に、不安を持たずに自信を持って落ち着くと覚悟して入るように指示したら、犬が暴れなかった時、「どうするか念頭において部屋に入るとこうなります」。私も用事でちょっと不安に思う人と会う時、落ち着いて、無の境地でと思う。そうすると、穏やかに自分らしくいやすい。

飼い主に「僕はただエネルギーや自覚することや正し方のコツを教えるだけです」。エネルギーや自覚することの大切さ。

犬を、「まず、動物としてとらえ、犬としてとらえ、次に犬種でとらえます」。人の場合も、まず動物としてとらえ、人間としてとらえ、次に国民性をとらえ、それから、どんどん性別や出身地、家族構成、履歴……と細かくとらえていけば、順を追ってその人をしっかりと受けとめながら、理解もしやすいかも。後ろに行くほど個人的なものになるけど、最初の動物、人間、あたりのところを常に忘れずに根本的な目で人を見てると、おもしろく、またやさしい気持ちにもなれそう。

ずっと飼い犬のことを心配していた飼い主が、訓練によってだんだん改善されていく様子を見て、「たまに心配していない自分に気づき、とてもしあわせに思いました」。そうそう、そういうことある。ずっとなにか悩みの種があって、ずっとずーっとそのことばかり考えていた人が、たまにハッ、今、心配してなかったということに気づき、しあわせを感じるということ。私もあります。

## 11月7日（月）

今、いいことが起こった。

仕事してて、ちょっと疲れたのでお茶でも飲もうかなと台所へ行って、ついでにお皿なんか洗って、蛇口のまわりをごしごしと拭《ふ》いて、お湯を沸かそうと振り返った時に、それが目に入った。すっかり忘れていた昨日買ったナッツタルト。アーモンドやカシューナッツなどがカラメルでコーティングされてのっかっているおいしいお菓子。ラッキーと思い、いそいそとお茶をいれる。

家の固定電話に電話が来ることはほとんどないのだが、さっき来た。出ると、銀行からでカーカのことを「いらっしゃいますか?」と聞かれた。「娘ですが、今はいません」と答えたら「お手紙を出します」とのこと。ドキドキして「どういうようなことですか?」と聞いたら、「ご本人にしか伝えられませんので」と。なに?
電話を切って、いったいなんだろうと気になり、「何かした?」とカーカにメールしたら、「なに? しらないよ!」とのこと。なんだろう!

最近、3人の人から「私のことを思う時、私に何か言いたい時、空を見上げます」と聞いた。私も時々、空を見上げてます。

仕事しながら「偶然」を聴く。ああ、やっぱりいいなあと思う。いろいろなものが入ってる。

今日は外出しなかったので家にあるもので夕食を作る。冷凍しておいた鮭を焼いて、ジャガイモとブロッコリーのソテー、大根と鶏肉の煮物。

## 11月8日(火)

今、私は沈んでいる時期だと自覚しているのだけど、ひたひたひたと足元に押し寄せる波のような感傷。苦い思いも招いたことも後悔も、すべて含めて自分だと思う。全部、自分なんだ。なにをどういいわけしようが、自分にどう言い聞かせようが。

なくなってもいいと思えば気が楽になる。想像して恐れてみても、この先が想像のようにならないかもしれない。だから、あまり先のことは考えないようにしよう。ほとんどのことは予想したようにはならない。ならば、なってから考えよう。
暗い時期の暗さ。それを我慢しているとフィに心地よい甘さに襲われる。

今住んでいるところの部屋代を安くできないか相談したら、管理会社の人が貸し主の会社と交渉してくれた。そしたら安くなった。先日見にいった新しいところよりも安く。なので、このまま同じところを借り続けることにした。よかった〜。先日の不動産屋さんにも連絡する。「そうですか〜」と。「またいつかお願いすることがあるかもしれませんのでよろしくお願いします」と電話のこちら側でそっと頭を下げる。

夜、ひさしぶりに飲み会。働く女性5人の「秋の女子会」。どの人も素敵な仕事人で、話も勢いがあってどんどんお酒もすすむ。さいきん遭遇した困った……を通り越した、ひどい人々の話で盛り上がる。みんなそれぞれに困った仕事仲間がいるようで、聞いては同情と同意で、大いに笑って、溜飲《りゅういん》が下がる。雪の温泉に行きたいね！　と話す。

**11月9日（水）**

ちょっと二日酔い……。うう。なので昼間はぼんやり。

夜、久しぶりの友だちとご飯だけど、二日酔いなのでグラスのスプマンテ1杯だけにした。残念。また次の時に。飲みすぎないようにしたい。

その友だちも子宮筋腫《きんしゅ》があるそうで、ヘモグロビン値が低くて血液検査した病院から電話がかかってきたのだそう。8だったとか（12以上が正常といわれてる）。私は6・5だったと言ったら、負けた、と言っていた。最近は検査してないけどどうなってるか……。たんぱく質を摂《と》るようにって言われたなあ。

昨日の女子会メンバーたちから、とてもすっきり、のびのび楽しかった！　と口々にメールが。みんな一生懸命なので心強い。

## 11月10日（木）

昨日の二日酔いをまだ引きずっているのか、昨日の夜中に空腹で眠れなくなり、2時間ほどベッドの中で我慢したけど、朝方4時半ごろに起きてパンを食べた。それからまた寝て、午前中はそのまま。お昼ごろ夕飯の食材を買いに行き（今日はすき焼き）、帰って来て仕事してたらだんだん気分がよくなってきた。そのあと昼寝をしたらいい気持ちに襲われた。眠っている時にこのいい気持ちに襲われるとかなり精神的にいい状態になる。なにしろ今月上旬からずっと沈んだままなので。早くこの沈みから浮かび上がりたい。もうすぐのような気がする。

夜の12時。だいぶ気分がよくなってきた。ちょっと小腹も減り、どうしようかなあ～と思いながらいそいそと白ワインを開けて、すき焼きの残りをミニすき焼き丼にして食べる。窓の外の夜景をチラリと見る。この夜中の静かなひとときがしあわせタイム。

いいねえ……。

私は思うけれども、人っていうのは、意識していてもいなくても、賭《か》けをして生きている。危機管理にしてもなんでも、世の中はこうなるだろうと予想して行動している。どこに賭けるか、その人が決めた答えがその人の今日、今の行動に結びつく。だから、その人が今なにをしているかがその人の生き方・思考を端的に表していると言っても過言ではない。

今、なにをしようとしていますか？

## 11月11日（金）

節約ムードに入る前に注文した炊飯器が届いたのでご飯を炊いてみた。10万円の、南部鉄でできた「極め羽釜《はがま》」というもの。確かに同じお米が、ふんわりとしておいしく感じる。さくに「どう？」と聞いたら、「わからない」と言ってたけど、しゃもじでよそった時に「あ、つぎやすい」と言ってた。全体的にかたまってなくてふんわりしているから（でも、まわりのお米のつぶが乾燥するのが早い）。

ホームページの更新作業をしてくださる方が見つかった。変えたいと思った時に変えたいところだけをピンポイントでやってくれるそうで、合理的な感じで私に合ってると思った。

夜はひさしぶりに会う友だちとごはん。そしたら、お店の人が間違って、パテをやめてカルパッチョにしたのに、パテがでてきて、あれ？と思いながら食べてからやっぱり変だと気がついて言ったら、パテ代がタダになった。でもカルパッチョはもう注文しなかった。量が多くなるので。ということで、楽しく語り合う。

**11月12日（土）**

さくが火曜日に部活でつき指したのが痛いと言うので整形外科へ。内出血して黒くなってたので「普通のつき指じゃやそうならない」と友だちに言われたのだそう。そしたら小さく剥離《はくり》骨折していた。2週間ほどかかるとのこと。その先生の話はよくわかった。なんというか、人の中にはまったくこちらを向いていないというか、ストレートに人に向かってない人がいて、そういう人にあたるとすごくもやもやするので、その先生はよかった。言葉がわかる。気持ちがわかる。言ってることがわかる。

思いをはっきりと人に伝えられない人って本当に困る。特に仕事だったらクリアな意思の伝達が必要不可欠。

夕方、2カ月ぶりにマッサージへ。いつもやってくれる人（カミナリ小僧さん）に首のコリと足のむくみを訴える。相当、こっているらしい。時々ほぐした方がいいというので、また気をつけて行くようにしたい。

基本的に沈みこんでいる近頃だけど、時たまぐっと平穏な気持ちになることがある。夜、ひとりで静かに、なんとなくぼんやりとしたいことをするでもなくしていると、そういう落ち着いた、幸せとまではいかないけどほんわかとした気持ちになる。

前に「銀色さんになりたい」と言ってた人がいたけど、私はそんなに楽しくないよ。いろいろ長々と考えがちなので、どちらかというと明るくない時間の方が多いと思う。私は人をうらやましく思う時、でもこの人もつらいこともあるんだろうなと思い、結局人は他の人と、ならすとあんまり変わらないのかなと思うところまできて目を覚ます。

生きるつらさと喜びと感謝。悲しみや面白さ、情熱。そういう感情が12色のクレヨンだとすると、どの色をいちばんよく使ってるだろう。どの色がいちばん短くなってるだろう。どんな配色の絵を描いてるだろう。途中、その絵の色味は人によって違うかもしれないけど、人が持つクレヨン一箱という量は同じかもしれない。

人生は宝さがしだ。宝物への行き方を自分の地図に記している。とんでもないものにも出会う。蓋《ふた》を開けたらハズレもある。ハズレの底が二重底になっていて、よくみたらいいものが埋もれているかもしれない。それに気づいたり、気づかなかったり……。
人生は宝さがし。好奇心にあふれた人にも、無関心な人にも。

**11月13日（日）**

朝起きたら（10時に）、いいお天気。青空でさわやか。
大きく伸びをした。
若草色の幸福。寂しい野原。うす桃色のそよ風。

今日はユーチューブで建築家やアートデザイナーや広告プランナーや起業家の講義を聴いた。私はずっと個人で仕事をやっているので、こういう社会的な職業の人に興味があり、おもしろく聞く。

ひじをドアの取っ手にぶつけ（あの内側のぽこっと小さくでてる痛いところ）、ものすごく痛かったので、痛くなくなるまでイタイイタイとずっと叫び続けたら、さくが笑ってた。

**11月14日（月）**

デザインソフトの講習。10時から5時半まで。お昼休みの1時間に外に出てお蕎麦屋《そばや》さんで鴨せいろを食べる……。

最後の方まぶたがけいれんしていた。頭を使い続けてものすごく疲れたけど、今までわからなかったところがよくわかってよかった。今週は木曜日まで。今日は早く寝よう……。

## 11月15日（火）

今日も10時から講習。今日は行きがけにカツサンドを買ったので、家から持ってきた熱い紅茶と共にお昼は教室で食べた。またまたものすごく疲労する。デザインソフトなどができるようになりたいと思ったけど、だんだん、「これでなんとなくわかったから、やはり自分でやるのはやめようかな」と思ってきた。こういうのを身につけるよりも、私は自分の手で自由に絵を描いたりしてた方がいいんじゃないかと思ってきた（笑）。

## 11月16日（水）

今日も一日、勉強。ずっと教室。お昼は行く途中で買った小ぶりのおにぎり3個（焼き鮭、ちりめん、いくら）。最後の方、もうろうとしてきた。それにしても、あの先生。年齢もお若く、たぶん20代ではないかな。ぽわんとした色白のかわいらしいお顔で、素朴な化粧っけのない女性。一日中大きな声で説明されていて、とても大変そう。お昼も質問に答えたりしていて、昼食を食べてないんじゃないかなと思った。そっと後ろで食べてるのかな。あの一生懸命に教えてくださる姿を見て、私も素直に学ぶ気持ちになる。あの先生でよかった。なんか好き。生徒の人数はだいたい6名から8名。最大で8名。今日は会社の上司っぽい白髪の男性や、遠くから通って来てるようで5時になったら「最終で帰らないといけないので、すみません」と言って急いで帰って行かれた女性など。みなさんそれぞれに真剣そう。

講義中、一瞬でもぼんやりしてると指示を聞き逃し、わからなくなる。とにかくだいたいの構造をつかむのに必死だが、なんとなくわかってきた。やはり実際にやりながら身につけていかなくてはダメだ。実際に物を作って経験を繰り返すことが必要だ。私は身につけなくてもいいや、感じだけわかればと思うけど。

どんどん便利な機能ができていることも知った。今後も限りなくアップグレードされていくのだろうと思うと、ああ……と思う。

**11月17日（木）**

早く寝なくちゃ、と思って11時に寝たら、朝4時過ぎに目が覚めて眠れなくなった。しょうがないので思い切って起きる。

ふんふんふん。

私は変化しなくてはいけないと思った。変化が必要。

脱力感と傷心のようなものをかかえてここ数カ月過ごしてきたけど、このままではいけない。新しいエネルギーの中へ入っていかなくては。新しい場所、人、環境、出来事、興味の対象が必要だ。とにかくこのままではダメ。何か新しいエネルギーの中へ。この停滞感や閉塞感《へいそくかん》を乗り越えるには、この滞った空気の中にいては無理。

風を、新しい風を入れなくてはいけない。そうすることによって、たとえ場所は移動できなくても（本来は旅行好きなので昔はパッと旅行することでこれを乗り越えてきた）、精神的に移動できるはずだ。今、連日学んでいることもそれになるし、あと、絵画教室にも行こう。調べて見つけた近くの絵画教室。気楽で安くて、とても自由そうなところ。ここに通って自分にハッパをかけながら絵本を完成させたい。自宅でやろうとすると忍耐力がなく、途中でくじけそうになるから。そしてそのあともまだやる気だったら、いろんな絵を描きたい。

## 11月18日（金）

今日の生徒はふたりだった……。

けど予約したので行かなきゃ。ひととおり学ぶこと。それをやるために。

この項目で、まだあと2回、さらに専門的な機能編がある。さすがにもういいやと思う

込み）」とか文字詰め、字送りのなど文字組みの細かい設定、私、自分で考えたくない。

じゃない。これは専門家がやることだ。「行末受け約物半角・段落1字下げ（起こし食い

今日も、まる一日、講習。さすがに疲れた。そして完全に思った。これは私がやること

グーグルの画面上になにかのアップロードがでてきて、処理速度が速くなるというのでOKしたらバージョンアップされたみたいで、アイコンその他の並びが微妙に変わってしまった。ちょっと気持ち悪い。でもこれも流れか。どんどん最新版になっていくからいつかはこうなる運命。もうこの進化の網からは逃れられない。

ま、でもそれもネットの中だけだけど。

一歩、電力世界の外に出れば、そこはあまり変わらない空と大地。動きも自然の速度。こんなに多層化した世界。自分の立ち位置をはっきりさせないと迷いそう。

今日は何もない日。たまっていた雑事を片づけよう。

「マツコ&有吉《ありよし》　怒り新党」でマツコ・デラックスがフィギュアスケートの伊藤《いとう》みどりのことをどれほど好きか語っていたのがとてもおもしろかった。マツコの気持ちが伝わってきて、伊藤みどりのことを見なおしてしまった。マツコの正直さが好き。

もしかして私は、安定したいのかもしれないとふと思った。テレビでつまらない映画を早送りして観ながら。

うーん。そうなのか……。

私はどうすればしあわせになれるのだろう……、などと考える。まったく考えつかない。

まったく。

今がそうなのか？　と自問自答してみるけど、とてもそう思えない。といっても他の人の感覚がわからないから人とは比べられないけど。私の心は全然落ち着かないし、しあわせな感じがしない。不思議なほど暗い。というか、いつもこんなだったっけ？　と思う。憂鬱《ゆううつ》な感じ。同じように感じている人と一緒に語りあいたいと思うけど、実際そうしたこともあるけど、何も解決しなかった。憂鬱の質が違うと、かえって孤独感が増す。

こういう気の沈みが一瞬でも解消するのはどういう時かというと、もっとショックなことが起こった時や、感動した時、大きな変化に襲われた時などだ。人は、他の人の心の中は、どんななんだろうなあ……。想像は果てしなく広がる。そして私は気分転換にお風呂《ふろ》にはいろう。なんか言われたよ。水で気分は流せますよ、って。行ってくるわ。

行ってきました。流すどころか、よりいっそう深く考えてきました（笑）。性格ですね。

## 11月19日（土）

一日中、冷たそうな雨。カーカが昨日遅く帰って来たので、家でごろごろ。午前中土曜日授業だったさくが帰り、お昼どうする？　という話に。

「またピザたのむ？」とカーカに聞いたら、最近健康的な生活してなかったから野菜が……という。なのでパスタを作って食べることにする。キャベツや四角豆入り。

作りながらいろいろ話す。

「すき家の牛丼、おいしいんだよ。食べさせてあげたい」とカーカがいう。「先週、お金なくて、昼、牛丼、夜、カレー、昼、牛丼、夜、カレーっていうのが続いたの」

「おいしいのはたぶん知ってるよ。昔、吉野家の牛丼食べたことあるから。おいしかった。でも行く機会がないんだよね。ひとりでは食べにくいし」

「ママは買ってきて家でゆっくり食べたらいいよ。家で食べてもおいしいよ」

「うん」

カーカの知ってる人の中にふたり芸能人に似た女の子がいて、ひとりはぼんやりしてて ひとりは天然だと言う。
私「天然って、変わりもので、面倒くさいってこと？」
カーカ「……で、ちょっとバカ」
私「ああ〜」
カーカ「でもかわいいんだよ。うん？　って、自分で考えて、ちょっと違うかな？　って言ってる」
私「……ってことは、自分でわかってるんだね」
カーカ「その子が冗談言っても、みんな笑わないんだよ」
私「みんな気を遣ってないんだ〜。仲いいんだね」など。

カーカと最近の出来事、感じたこと、友だちのことなんかを話すのは楽しい。

ひとりで携帯見て、「紅ショウガって、梅酢に漬け込むんだね……」とつぶやいている。


おやつにホットケーキを作ったけど失敗。

玉子と牛乳がたりなくて、代わりに水を入れたらスポンジがふんわりできなかった。もっちりした餃子《ぎょうざ》の皮みたいになってしまった。

「デザートは絶対に分量通りに作らないといけないって本当だね」と反省する私。

「おかずみたいに味が薄いとか濃いとかじゃなくて科学だからね」と納得するカーカ。


それから数字や確率に関するおもしろいテレビを3人で見た。

夕方、高校の時の友だちと会う約束したとかでカーカ、外出。玄関から「マリに会うよ」と言うので、「心でよろしく〜」。あの、スティッチの子だね。カーカの高校の文化祭の。


外に出て、「すごい雨。寒くないよ〜」

しとしととした雨のまま、空は夕方の青から群青色、そして暗くなっていった。

**11月20日（日）**

カーカは朝方帰って来た。夜の10時ごろ帰ると言ってたのに。まあ、まさか10時に帰るとは思っていなかったけど。

朝、ねているカーカに。「カーカ。遅くなるならメールしてよ～」

「充電が切れてた。カラオケ行ったんだ」

「気になるから、メールしてね」

「まだ？」

「うん。やっぱり、気になるよ。いくつになっても。ちょっとメールするだけでいいから。カラオケ行ってるから朝帰るとかさ。わかった？」

返事がないので、いつものように代わりに自分で小さく「うん」と言っとく。

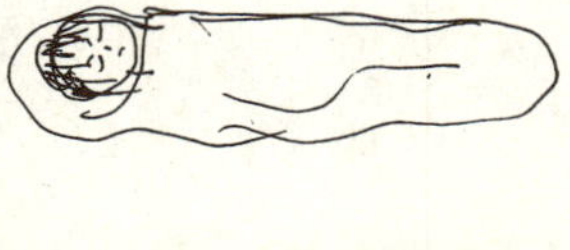

昨日の夜、「衝動家族」の原稿チェックをしてから「まえがき」と「あとがき」を書いた。酔っ払って書いたのでかなり真剣に（笑）。今回で完結編ということにしたのだけど、それはせっせの旅行記を読み終えた時にそう思った。これは……、ここで終えるのがいいんじゃないかと。このまま続けると、しげちゃんがせっせに殺される！　とも思ったから。なにしろエスカレートしているせっせ。ネタを仕込もうとしているようだったので。

テレビやラジオや雑誌の取材っていうのはおもしろいこともあるけど、やはり自分らしさが表せないなあと思った。私の話すことは私の本を読みこんだ読者の人にしかわからないところがあるので、もどかしいことが多い。一般の人向けに変換されてしまうというか……。そうするとなんか違ってきてしまう。まあ、そういうものなのかな。半分程度伝わったらいいかなぐらいに考えといたらいいか。

お昼はオムレツを作って食べる。カーカの素敵な友だちの話を聞きながら。その子は高校の時の同級生で、私も入学式の日に「ハッ」とした女の子。子どもの頃から好きなことがあってそれに向かって努力してて、将来のことも考えてて、実力も魅力もある素敵な子。「すごいね〜」と話しながら、「カーカは就職のこと考えてるの？」と聞いたら、「考えとるワ」と言っていた。

「明日《あした》さくひとりでつき指の診察に行ってって言ったらすごく嫌そうにしてて、なんであんなに嫌がるんだろう」と言ったら、「子供だからだよ。カーカもそうだったよ。宅急便の人が来るの嫌だったもん」「そうか……。ひとりでどこにも行けないって嫌だから、いろいろできるようになってほしい」「これからだよ」「そうだね」

私はだいぶ快復してきた。落ち着いてきたというか。気の沈みから戻ってきつつあるような気がする。ちょっと前までは自分が立っている地面が不安定なような、変に浮いたような気分だったのだが、それがだんだんおさまり、自分らしい落ち着きが戻ってきつつある。落ち着きが戻ってくると、ひとりでも満ち足りた平和な気持ちになれるからいい。なんか強迫観念みたいなのがあったんだけど。なんだろう。あせってるみたいな。みんなが背を向け、ひとりで底なし沼に落ちて行くような……。それがね、おさまってきたみたい。シーソーみたいなものなのだろう。

自分がいちばん安定するのはどういう状態なのかを、思い出したかった。

来年のワコールの企業内カレンダーに詩を提供したのが、できてきた。壁掛け用の大きなのとブック型の。イラストは大久保厚子《おおくぼあつこ》さん。とてもいい感じに仕上がってうれしい。くるみちゃんにも送ってあげたらお礼のメールが。その中に、「せっせお兄さんの……完結編、さびしかです！」と。うんうん。そうだよね。まあ、今のこの沈み込みから立ちなおったら、また何かやりたいことが湧きあがってくるような気がする。面倒くさくなくて、大げさじゃなくて、気軽にさっさっとやれる楽しいことが。

案外、いろんなこと、知らない方がしあわせってこと、多いと思う。

私は今、リハビリが必要だ。やさしく、疲れた心身を癒《いや》してくれるものが！

なんだろ。温泉かな。……違うかな。

夜、もう寝ようと電気を消してベッドに入ったら、カーカが終電に1分遅れたから寝かせて、と帰って来た。明日提出するレポートを家に帰って書かなきゃと言ってたけど、ここで書くと言う。今夜は寝ないで書くと。そしてお腹すいた、なんかない？　と言う。私もお腹すいてたけど、もう寝ちゃおうと思ったけど、じゃあ、何か食べる？　と冷蔵庫を探して、ごはんと鮭と玉子としらすとタマネギでチャーハンを作ったら、まったくホロホロしてないチャーハンになってしまった。ものすごくねっとり（笑）。「しらすがいけなかったね」。失敗した。でも、食べる。カーカが途中からあまりにも味がぼんやりしているのでシーチキンを見つけてきて、上にのせて食べ始めたので、私ももらってチャーハンの上にのせ、マヨネーズとお醬油《しょうゆ》をかけて食べる。するとおいしかった。「味が薄かったかられくらいしっかりしたのがおいしいね」と言ったら、「ね」と。


カーカに、「カーカ。勉強、生まれて初めてしてるんじゃない？」

「そんなことないよ。まあ、自分からはね」

「今までしてた記憶がないんだけど」

「やるときはやってたよ」

「昔、もっと勉強しといたらよかったって思わない？」

「それは思わないんだよね〜」

「だよね」後悔しないタイプ。

「中学の頃とかに授業中いねむりしたことがないって言ったら、みんなびっくりしてた。みんな寝てたんだって」

「昼ごはんのあとも?」

「うん。カーカ、できないんだよ。性格」

「眠くならないんだ」

などとしゃべりながら食べ、私はお腹いっぱいになったので寝に行く。カーカは、「2時間だけ寝る」と言って寝始めた。

**11月21日(月)**

朝起きたら、カーカ、めっちゃグーグー寝てたけど……。宿題、やったのだろうか。

さくに朝ごはんを作って、私は録画しておいた「カリスマドッグトレーナー」を見ながら食べようとテレビをつけたら、昨日、予約したはずなのに録《と》れてない。

「あれ~。録れてない~録れてない~」とすごく悲しんでいたら、カーカが「スカパー入る前はその番組知らなかったんだから」という。「そこまでさかのぼる?」「そう思うとちっちゃいことって感じるじゃん」「まあね~」

私は今日も講習。10時から5時まで。

くたくたに疲れて帰宅。帰りに中華のおかずを買ってきたので、スープだけ作って食べる。

ああ、疲れた。明日あさっては、お休み。そのあとまた2日続けてある。

今日の先生は違う人だった。女性で、落ち着いている。一生懸命なあの先生もよかったけど、今思えばちょっと必死に声を張り上げて慌ててるようなところがあった。今日の先生はゆっくりと進めてくれて、これもいいなと思った。最初の先生しか知らなかった時は、あの先生がいいと思ったけど、次にこの先生を知ったら、こっちの先生もいいと思った。

そういうこと、よくあったなと思い出した。ひとつのお店しか知らない時はそこがすごくいいと思うけど、他のを知ったら、こっちの方がいいかなと思ったり。たくさんのお店を知れば知るほど比較ができる。いろいろなタイプを知るというのは大事なことだなと思う。家庭教師の先生もそうだった。仕事を頼んだ会社もそうだった。恋人や人なんかもそういうことあるんだろうな。なにしろ他を知らないってことは視野が狭い。いいと思う根拠に客観性がない。ものごとを幅広く知れば知るほど、視野は広がってくるし、決めつけなくなるし、物の見方も柔軟になる。幅広く知ることは大事だな。

こういうこともある。自分が体験していることがひどい状況だということが他の例を知らないばかりにわからず、そういうものかとずっと思ってきて、ある時、実はひどかったんだということを知るというようなこと。

知るということは、大事だ。他のものを知るということ。視野を広げること。それによって、認識が変わってくる。

教えてあげたい人がいる。知らせてあげたい人がいる。

気づいてほしい、自分で。

**11月22日（火）**

さくが家の中でずっとiPhoneのイヤホンしていることをまた注意した。「いつまでそうやってるの？」「ゲームセンターCXを見つくすまで」「いつ終わるの？」「増え続けてるんだけどね」と困った顔で笑ってる。


カリスマドッグトレーナーのシーザーが、犬との関係を支えるのは信頼と尊敬ですと言っていたが、私も友情に必要なものは信頼と尊敬だと思っているので、同じだと思った。それを得るには穏やかさが必要だと言う。穏やかさね……。確かに。穏やかさって大事だな。穏やかかどうかって、判断材料になる。いい関係かどうかの。持続可能かどうかの。継続できるかどうかは大きい。

あと、「よく見ると問題犬ではない方に原因が隠れているのです。本当の原因に対処する必要があります」と言っていた。これも人に当てはまる。問題だと思われていた人が悪いのではなく、原因はその人のまわりだったというようなこと。その人の夫とか親とかに原因があったというようなこと。問題の発症がその関係者の中のだれに出るかはわからない。関係し合っているすべてに原因が潜んでいる可能性があるということだ。病気でも、弱いところに症状が出るとよく言う。犬の場合はほとんどが飼い主が問題で、対処の仕方がわかるとすぐに改善していく。なぜ問題行動を起こすのかその理由がわからないとなかなか改善しないだろう。間違った対応をずっとしてしまうから。犬の気持ちがわかるというシーザーに観察されるといつも理由が明白になり、飼い主がその指示に従うと奇跡のように犬の態度が変わるという様子を見るにつけ、人もそうだ人もそうだと、面白く思う。

昨日、私はあることに気がついた。それは自分を悩ましていた強迫観念のようなものに関係することだった。そのことを考えていて、恐怖を感じさせているものの割合を数字に換算していろいろ計算していたら、私が思うほど恐怖心を感じることはないんじゃないかと思ったのだ。はっきりしないぼんやりとしたかたまり……、怖れていたものを漠然と大きく感じていたけど、それほど大きくもないいんじゃないかなと。私の心が勝手に大きく感じていたのだ。それがわかったら、急にスッキリとのびのびした気持ちになれた。落ち着きだけでなく、うきうきした気分も戻ってきつつある。キラキラした透明な虹色《にじいろ》のキャンディが心の底でパチパチ飛び跳ねてるみたいな感じ。

世界中を飛び回る旅をしたい。

**11月23日（水）**

昨日の夜、「明日《あした》休みだから帰るね」とカーカが帰ってきた。今日は昼間はごろごろして、さくも明日からテストだし、カーカは提出しなきゃいけないレポートがあると言ってなんとか書いていた。夕食は3人で買い物に行って、家でキムチチゲを作って食べる。

カーカが「部屋に帰りたくないんだよね～」と小声で言ったのを聞き逃さなかった。

「なんで？」

「散らかってるから」

「ついに！」

「食べ物のゴミが散乱してて、その間にいる感じ。最近、友達が遊びにこないからさ」

思い出した。あの散らかり。

**11月24日（木）**

今日も講習。今日も疲れた。ぼんやりしたまま、おかず（薄切り肉巻きカツ）を買って帰る。あまりにも疲れるとお酒も飲む気にならない。

仕事部屋の本棚の整理をちょっとする。

今日、そのぼんやりとした帰りがけに考えていたのだが、多くの人もこういうことあるんじゃないかな。その時どうするかな？……と。

ある、先輩や友達、親切な同僚、上司、仕事仲間など、それほど親しくはないちょっと気を遣う人（Aさん）に、こういう仕事を頼みたいけどだれか知りませんかと言ってたら、ある人（Bさん）を紹介してもらったとする。で、お礼を言ってそのBさんと関わり始める。そしてしばらくたった頃、なんとなく「あれ？」と思うようなことがあり、そのBさんは仕事できないんじゃないか、人間性に問題があるんじゃないかと黄色信号が点滅。でも、まだはっきりしないし、Aさんの紹介でもあり、漠然としたまましばらく過ごす。その間にAさんに会った時には、そのあいまいな気持ちを伝えることもできず、Aさんは Bさんをいい人だと思ってるから紹介してくれたのだろうから、言えず、「お世話になってありがとうございます」という態度で接するしかない。で、またしばらくたって、ついに Bさんという人はダメだということがはっきりとわかる。

その時、あなたはそのことをAさんに言いますか？　というか、どの段階でAさんに伝えますか？　というか、Aさんとの関係がどれほどかによってそれは変わってくるとは思うけど、あまりにも変だったらいつかはAさんにも伝えなきゃいけないよね。でもAさんとそれほど親しい関係ではなかった場合、つまり普通にしていたら会うことはないぐらい遠い関係だった場合は、あえて伝えたりはしないよね。

人にある人をいい人だと紹介してもらい、その人がいい人じゃなかった時、「あの人はいい人じゃなかった」と紹介してくれた人に言うのは気が引ける。その人がいい人だと褒めていたりしたら余計。私との関係では嫌な人だったけど、Aさんの前ではいい人なのかもしれない、それだとしたらわざわざ告げ口するようなことをしたらいけないんじゃないか。でもあの変な人をいい人って言ってたAさんにもちょっと疑問を感じる。見る目がないんじゃないだろうか。それとも私が変？　などなど、いろいろ考えてしまう。

私の場合は、Aさんにはあえて何も言わずにBさんとは離れた。Aさんが Bさんをこれからもいい人だと思うならそれでいいのだろうと思う。私は認めなかったというだけだ。Aさんとも特に親しいわけではないのでこのまま会うこともないだろう。でもなんかもやもやする出来事だった。あまり親しくない人に人を紹介してもらうのってそういう危険性がある。どちらにせよ仕事でもなんでも、人とはしばらくつきあってみないといいかどうか、仕事ができるかどうか、気が合うかどうかは判断できない。

## 11月25日（金）

今日も講習。ぼんやりと人ごみを抜けて、教室へと続く路上を歩く。やはり子宮筋腫《きんしゅ》がまた筋腫分娩《ぶんべん》になっている気がする。あまりに多量の経血だもの。それで貧血もあるはずだ。来週にでも病院に行こう。考えると気も沈む。疲れたら嫌なのでゆっくりと歩く。

歩きながらまたいろいろ考えた。外から何かが突然やってきて素晴らしいことを持ってきてくれるというような夢のようなことを期待するのはやめよう。今のこの沈んだ状態の私がありのままの飾らない私そのものだ。期待をなくすとあせりや人と比べての落ち込みもなくなる。ここが基準だと決めて、ここで自分を楽しく思える、しあわせになる考え方をしよう。小さな幸せを見つけよう。幸福のハードルをさげればいいんだ。すると心がおだやかになる。この小さな環境の中で、毎日を大事にしてすごせば虚《むな》しさはなくなるだろう。

などと考えながら教室に着き、授業が始まった。講習中、いくつかのテキストがデスクトップに映し出された。夏目《なつめ》漱石《そうせき》の『草枕』がちらっと見えた。そこに、さっき考えていたようなことが書いてあった。

……とにかくこの世は住みにくい。住みにくさが度を超えると住みやすいところに引っ越したくなる。が、どこへ越しても住みにくいと悟った時に、詩や絵が生まれる。

気になって、帰りがけに本屋さんで『草枕』をさがしたら、他のはあったのにそれだけなかった。どうしようかと考えて『草枕』のない書棚をじっと見ていたら店員さんが近くに来たので思い切って聞いてみた。すると下の引き出しを開けて探してくださり、3つ目の引き出しにあった。うれしくなり「ありがとうございます。うれしいです」とお礼を言った。帰って、その続きを読んでみた。

……この世が住みにくければ、この住みにくいところをすこしでもくつろげるように、つかの間の命をつかの間でも住みやすくしなければいけない。そこで詩人や画家が必要とされる。あらゆる芸術家は人の世をのどかにし、人の心を豊かにするからこそ価値がある。

住みにくいこの世からわずらわしさを抜き取り、素晴らしい世界をそのまま写すのが詩であり絵である。いや写すことさえしなくていい。ただ物事をあるがままに見れば、それが詩であり歌になる（この小説の主人公は画家。詩人は俳句を作る人）、というようなことが書かれていた。

昔から人は苦しんで生きてきたんだなと思う。それは変わらないんだ。だれでも一緒なんだ。そういえば……と考えた。見栄《みえ》っ張りな人はいつも虚勢を張っているように見えるけど、正直な人は自分のつらさを素直に告白してくれる。もったいぶったふうでもなくさらりと。そういう姿を見て、周りの人はほっと救われたり、この世は捨てたものじゃないというような気持ちになる。そういうのがこの「芸術家」なのだと思う。悲しみの中にある人でもふっと笑わせたり、苦しみをありのままに表すことで人の感情を昇華させてあげられるような人。

おかずを買って帰る。疲れたので今日はお酒でも飲もうかなとシャンパンを開けようとしたら蓋《ふた》が硬くて、ぎゅ〜っと力を入れて抜いたら勢い余って床に落ちた！　ものすごい勢いで泡が吹きだしている。あわてて持ち上げたけど、わずかに5分の1ほど残ってるだけ。あわてて床を拭《ふ》く。まあ、しょうがないね。シャンパンで拭き掃除《そうじ》。

さくは昨日と今日、中間テスト。「どうだった？」と聞いたら、「うーん。理科は、でないと思ったところがでた。国語と英語が心配……」と言う。でも終わってほっとしている様子。

マツコ&有吉の番組を見る。笑ったのは、有吉が言った「一度有名人と付き合ってみたいなと思っていたけど、有名人と付き合ったことのある先輩にどうですかと聞いたら、一番ドキドキするのがブラジャーを外した瞬間で、それ以降はふつう、かえって疲れると言われ、有名人と付き合いたいという気持ちがそれで完全になくなった。また自分を強くしてくれたね」の、「自分を強くしてくれた」のところ。

## 11月26日（土）

さくは今日の部活を、手がまだ治らないから休もうと思って休んでたら、部活は休みというメールがあとになって届いたそう。行かなくてよかったねと言い合う。で、家でごろごろする。しあわせタイム。さくの廊下の移動の仕方が私に似てた。小刻みにパタパタと。やだ。

そういうふうにして、午前中は寝ていた。

「中国の植物学者の娘たち」という映画を見る。中国の自然の景色も植物園の植物もきれいで、娘たちは美しく、静かで、テレビもパソコンも出てこない世界に引き込まれる。

「あなたが来る前、私は恐ろしいほど孤独だった。あなたが現われ、もう孤独でなくなった」という言葉が胸に迫った。

夢のように夢を見たまま生きてはいけないことをわかっている人と、夢のように夢を見たまま生きていくのもいいなと思った。

## 11月27日（日）

私のこの秋から冬は精神的リハビリ期間。さまざまな意味でダメージを食らったこの弱った心を癒《いや》すのだ。春ぐらいまでは休養したい。

さて、今一番好きな番組を見ていたら、シーザーがまたいいことを言っていた。子供のころ犬に襲われて以来、犬に恐怖心を抱くようになった男性を治すのが今回の目的。犬とよい関係をはぐくむ上で大事なのは「信頼と尊敬と愛です」と言う。信頼と尊敬は今までも出てきたがそこに愛が加わってた。「円満な結婚生活を送るコツと一緒です。奥さんの言動に怒るか、リラックスするか自分で選びます」と。私はなるほどと思った。怒るかリラックスするか、なんでも解釈によって正反対にも受け取れるということだ。そしてどう受け取るかは自分で決めるということ。リラックスを感じることができる関係を相性がいいというのかもしれない。そういえば同じ言葉に、怒る人と笑う人がいるよなあ……と思った。

穏やかで毅然《きぜん》とした態度と興奮し毅然とした態度というのがあって、犬にはいつも穏やかで毅然とした愛ある態度で接しなければならないという。興奮し毅然とした態度というのは、奥さんと踊りを踊るときの態度なのだそう。有無を言わさずリードする。その時奥さんは従順に従う（これは踊りというふうに比喩《ひゆ》的に表現していたけど、男性として奥さんに接するとき全般に言えることだろう）。「犬の飼育も子育ても肝心なのは忍耐力です。何度も肝に銘じてください」とも言っていた。そうそう。

そして「犬はあなたの鏡です。自分を見つめ直せます。それが犬を飼う利点です」と。自分の周りのものはすべて自分に自分を教えてくれる鏡になるということが、ここでもまた。

カーカが夕方帰ってきた。どこかに出かけたついでかと思ったら、「ヒマだったから来た」と。最近、よく来る。で、3人で晩ごはん。カーカがキムチ納豆玉子かけを作ってくれた。寒くなると暖かい家が気持ちいい。3人で過ごすのも楽しい。

食後、おやつ食べたいということになって、ケーキを買いに行く。遅くまで開いてるカフェの1階のケーキコーナーへ。3個買って、ソフトクリームも買って食べながら帰る。「なんかいいことないの?」とカーカが聞くので、「今年はないと思う」と答える。今年はまだリハビリ期間だもん。「来年になったら始動開始って感じ」とカーカも。

## 11月29日（火）

明日《あした》から私は神戸。ひさしぶりの遠出なのでうれしい。

きのう神戸に行って、帰りに奈良によってさきほど帰宅。ぐったりと疲れた。神戸では昔からの友人母娘《おやこ》と会っていろいろと話す。自分のもともとの核、確かなところを大事にしようという結論になった。この母娘は本当に変わっていて、この世にどういうふうに生きているのかなといつも不思議に思いながら見ている（その後、私がずいぶん話が上手になって感心しましたと感想が来た。去年からちょっと人前で話したことで練習になったのかも……。うれしかった）。

その夜は十数年ぶりに会う美しき女性とご飯。近況や考えていることなどを話す。食事のあと、夜景の見えるバーカウンターでちょっと飲む。そのカウンターには中に小さな泡がたくさんたくさん入っていておもしろく、何枚も写真を撮る。次の朝は、朝食ビュッフェ。素敵なビュッフェだった。いろいろなお料理が上品に置かれていた。あまりにも種類が豊富だったので、次々とつまんでいたら統一感のないものになってしまった。豚しゃぶしゃぶと穴子ごはんとラーメン、魚介とフルーツのオードブル、えび蒸し餃子《ぎょうざ》、カリカリベーコンなど。にゅうめんと明石《あかし》焼きを食べなかったのをあとでちょっと悔やむ。通された席が窓際で、直射日光がまぶしくて暑くて苦しかった。でも8割の席がそういう席だったので我慢する。本当に、目がチカチカした。日光地獄のようだった。窓に背を向けて横向きになって食べた。その中で食後のワッフル&ブラックチェリー&杏《あんず》のホイップバターとメープルシロップがけまで食べて出る。出たらロビーは薄暗くていい感じだった。

それから電車を乗り継いで奈良へ行き、お寺巡りをして、帰りの新幹線で牛肉弁当を食べて、帰ってきたところ。
疲れ切ったので、早めにおやすみなさい。

## 11月30日（水）

朝、6時半に起きてさくの朝食を作っていたら、さくが起きてきて「なんか具合が悪い。頭が痛い……」と言う。うちの家族は、ふだんめったに具合が悪いということはない。もし頭痛が起こったら、それからどんどん悪くなり、最後、吐いて治るという流れで進んでいく。なので、ちょっとでも気分が悪いということは、もう本当に具合が悪いということなので、休ませることにした。学校に電話して寝かせる。すると、3時間ほど寝たら気分がよくなったようで、「よくなった」と言ってきた。起きてテレビを見てる（その後、学校を休んで元気になった人がしがちなこと……部屋の整理整頓《せいとん》をしていた）。

私は午前中、ちょっと食材の買い物に行って、午後から靴屋さんに行く。その靴はMBTという靴。このあいだふとしたことから目にした靴で、私は歩きやすい靴とか体によさそうな靴には弱いので、がぜん興味がわき行くことに。

フィッティングした。そのふわふわとした歩行感触に心で笑う。おもしろい。こういう気持ちで日々歩いたら、外出も散歩も嫌いな私も楽しめるかもと思い、迷わず購入する。そこから履いたまま帰る。「では、ここから出発します」と言ってドアを開けた。その店長さん（オーナー兼セラピストさん）にも興味を覚えた。3週間後にまたアドバイスを受けに来る予定（歩き方に方法があるので、すぐには覚えられない）。

歩行を意識しながら帰り道を歩く。途中見かけたキッシュの店でキッシュを4つとマカロンとメレンゲを買う。気分よく靴のふわふわ感を感じながら。

そして夕方は、近所のレディースクリニックへ。子宮筋腫《きんしゅ》の経血過多の診察。今まで診察に通っていたところはちょっと遠いので、歩いていける近所にお医者さんを探そうと思って調べて見つけたところ。今後もお世話になりそうなので近くがいいと思って。初めての病院は本当にちょっと不安。でもしょうがないので気を強く持って割り切る。

で、先生に今までの経緯を話し、「また筋腫分娩《ぶんべん》になってるかも？」と不安を訴えて（そうだったらすぐに手術しなきゃいけないようなので）診察してもらったら、筋腫分娩ではないそう。診察中、退屈だったのでカーテン越しにいろいろ聞きたくなって、「年齢的に閉経がもうすぐだと思うので、早くそうなれば助かるのですが……」などと言ったら、「そうですね～」と先生も。

その後また机に戻って話をする。子宮壁が厚くなってるそうで、それで経血過多になっているのかもと。「内膜症になったことありますか？」「いいえ。……それはなにか自覚症状がありますか？」「生理痛があります」「それはなかったんですよね……」。で、「どうしたらいいでしょうか」と相談する。また人工的に生理をなくして筋腫を小さくするか……。

そうすると閉経と同じ作用で骨粗鬆症《こつそしょうしょう》になったりするらしい。「でも人工的なのってできれば嫌なんですよね～」。でもこのまま経血が多いままにすると、貧血や……、不便……。などとプラスマイナスいろいろ考えて、結局、3カ月ほど人工的に鼻から吸う薬で生理を止め、それからちょっと違うタイプの飲み薬であとを続けて様子をみる、ということになった。このままも、治療するのも、あまりうれしくはないけどしょうがない（私の経血過多ってどういうのかと言うと一度にどっと滝のように出るので、その期間は心配で外出ができないほど。気の弱い人や血の怖い人は倒れるかも）。でもまあ、筋腫分娩じゃなかったということだけでもホッとして、処方してもらった薬を薬局で買って帰る。

病気っていうのは、どの段階でそれを受け入れるかということだと思う。しょうがないと思えれば、そこから前向きになれる。そうやって今後もどんどん受け入れていくのだろうなと思った。病気は人のも自分のも、最初に抵抗したり悲しんだりするところが一番つらい。今までの世界（自分）と変わる（変わってしまうような気になる）というところが。

## 12月1日（木）

午前中、「天然生活」の取材。編集長さんは昔、私を取材したことがあるそうで、その奇遇に驚く。取材をいくつか受けた20代後半の頃だ……。ライターさんたちと楽しく話し、暮らしの中のほっとするものということで、丸いガラスの浮き球などを撮ってもらう。

女性ライターさんたちの後ろにその編集長さんがいらして、時々そっちの方も見ながら話す。肝心なところはやはり経験があり、年齢を経た人の方がうんうんとうなずき合える。大人になるとわかることや言えること……大人にならないとわからないことがある。「私は別に幸福ではないですよ」などというようなシニカルなことをつぶやく時など、編集長さんの方をつい見て、同意を確認してしまった（うんうん言ってくれた）。いろいろなことを考えたり追求する職業の人、作家や芸術家などは単純で完全な幸福などありえない、というようなこと。表現の仕方の違いということなのだろうけど。

今日は寒かった。外を見ても灰色の薄曇り。ちょっと外に出たら、しんしんと冷えていた……。もうすぐ冬か……。

今、HPをちょっと新しくシンプルに手直ししているところ。私の本を好きな人の会（静かなファンクラブみたいなもの）を考えている。交流を望む人と交流できる機会を持てたらいいなと思う。

ハウステンボスが18年やってきて開業以来初の黒字というニュースに目がとまる。何度も経営が悪化したけど続けてきてすごいなと思う。たしか2度ほど行ったことがある。

カーカから時々、琴線に触れた時だと思うけど、メールがくる。

「南極料理人ってすごいね」「見たの？　映画」「映画はみてないけど8月に録《と》った1ヵ月1万円生活に出てた。すごいね南極も。ドラム缶でお風呂《ふろ》入ってたけど、頭凍ってた」「南極料理人ってだれ？　ひとりの人？　それとも南極で料理する人のことといったの？」「ひとり。が8人分の料理を作る。本と映画になったって」「映画、あるから見てみる。今度一緒に見ようか」「うん。堺雅人《さかいまさと》だけどね。まぁ最近は嫌いじゃないわ」ふふ。そのドラム缶のお風呂が見たい。頭凍ってるとこ。

## 12月2日（金）

午後、新宿御苑《ぎょえん》で竹内寿くんの撮影。すごく寒かったせいか人があまりいなくてよかった。人がいると嫌なので。紅葉の中を散歩しながら撮影する。これでほぼ1年かけて撮影したことになる。

そのあと幻冬舎の菊地さんとちょっとお茶を飲む。このあいだ買ったMBTを体験させたりした。東海道五十三次を歩くという仕事をしているというので、「じゃあ次は奥の細道を歩いたら？」となんとなく言ったら、「じゃあ一緒に歩きますか？」と言われ、「え？私が？」と驚きつつ、この靴で歩くのもいいかもと思う。歩くのが嫌いな私だが、この靴なら歩けそう。奥の細道を研究することにした。

私が「またなにもすることがなくなった～。退屈～。かけるものがないと気が沈む～」とグチったら、「しょうがないですよ」と、私のことをよく知っているので。「ヒマなんだよね。みんなはどうしてるんだろう……」「銀色さんはエネルギーがありすぎるんですよ。仕事してない主婦の人でも毎日忙しいって言うじゃないですか。あっというまに一日が終わるって」「そういえば私の母は、病気になってもその環境の中でいつもあれこれと忙しそうに何かやってるけど、私もああなるのかも」「そうですよ」「誘ってくれる友達もいないし〜」「なかなか銀色さんを誘えませんよ」「しょうがないよね。そういうふうに生きてきて、そういうのがよかったんだから」

それから「私が時々興味を持って夢中になる人やものがあるけど、それってそれを好きってわけじゃないんだよね。嫉妬《しっと》してるの。うらやましくて。だからさあ、私は人を普通に好きになることがないんだよね」と言ったら、「仮に銀色さんに興味を持たれたのが自分だと想像すると、私は苦しいです」と菊地さん。ははは。そこまで？　……でも、そうかもなあ。なんか菊地さんから非常に端的で的を射た言葉を引き出せたので気分がよくなって、帰途につく。

夜、MBTの説明書とDVDを見る。「厳密に言えばMBTは靴ではありません。非常に効果の高いトレーニング器具です」だって。ほー。マサイの人が裸足《はだし》で地面を歩く感じを硬いアスファルトの上に作り出しているのだそう。自然の不安定さをもたらすがゆえに、かえって姿勢がよくなる。でも練習が必要みたい。1日15分程度の短い時間から。楽しみ。

そして、その店にいくつかオーガニックな製品があってシルクの5本指靴下など買ったのだが、「拝経美人のすすめ」というDVD本があったのでそれも買い、見てみた。この作者は経血を自分でコントロールしていてトイレで出すので生理用品を使わないのだそう。それはいい。昔はみんなそうやっていたらしいが。わかりやすい講義と体操だった。で、そのDVDを見ていていちばん興味を持ったのが、その方のなさるピールアート。果物の皮をつかったアート。そして目が釘付《くぎづ》けになったのがその人のお店の天井からぶらさがっていたタンポポのわたげ。本物で、長さは80センチぐらいあるそう。それがたくさん、何百個もぶらさがっていた。

『草枕』の続きを読んでいたら、まだまだ先があった。

……そういう芸術家はしあわせだと思ったけど、そういう人は他の人よりも敏感で苦労性かもしれない。喜びもあるだろうが人一倍悲しみも多いだろう。

芸術家は聖と俗のあいだを行ったり来たりするものだ。世俗的なものの中でどうすれば詩的な心境でいられるかといえば、物事から一歩ひいて他人のように見る余地をもつことだ。自分の死骸《しがい》を自分で解剖してその病状を世間に発表するというようなことをしなくてはならない。

うんうんとうなずきながら読む。私も人並みの幸せを求めたからいけなかったのだ。芸術を志しているくせに、私生活では普通でありたいとは。両方は無理、といつも思っていたけど、思い方がまだ足りなかった。もっと割り切らなくては。イタリアのある画家は泥棒を研究してみたい一心で山賊の仲間に入ったという。「自分にもそれくらいの覚悟がなくては恥ずかしい」と『草枕』の主人公は言っている。私も（私はあるものをよく知りたくて自分の個性を消してそのものの近くに行くことがある。でもその時にそこと同化しているようで実は違うということを忘れると困ったことになる）。芸術家は幸せになれないというわけではなく、幸せの形が人によって違うということ。そこをいつも肝に銘じていなくてはいけない。自分の都合のいい時だけ、普通の人の権利を主張したり変わり者だからと許されようとしたりというように、あっちこっち立場を変えてはいけない。変わり者の個性を主張するのなら、いつの時も変わり者で通さなくては。

そう。同じような仲間をどうにかひとりでも多く見つけて、その人たちと楽しく過ごそう。そうしよう。別に友達になる必要はない。何かの接点があれば。そう思うと素敵な人はたくさんいる。いやもう、一期一会でいい。今日は素敵な人に会った、でもいい。

## 12月3日（土）

雨。さくの指の整形外科へ。ほとんど治ってて、あとはサポート力のある絆創膏《ばんそうこう》でしばらく保護してたら大丈夫とのこと。リハビリ室で温めてくださいと言われ、リハビリ室へ。おじいさんが肩をマッサージされてたり、天井からぶらさがっている首をけん引する道具に頭を入れてたり、またまた私の好きな光景だったので、すかさずメガネをつけてよく見る。首のけん引おじいさんをワクワクしながら視界の端に置く。ちんまりとおとなしく頭を引っ張り上げられているおじいさん。引っ張り上げられたまま、ちんまりと座っている……。心が興味でむずがゆい。

終わって、傘をさして帰る。MBTの靴は不安定なうえ、雨の日はすべりやすいということなのでゆっくりと歩く。

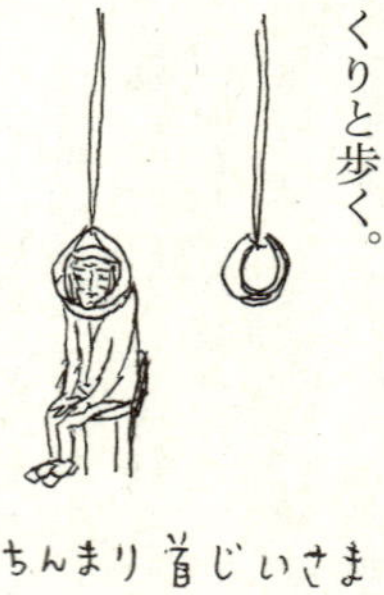

それからまたすぐに今度は絵画教室の見学へ。駅前の雑居ビルの中。やけに田舎じみた、それだけにあたたかく庶民的な雰囲気。生徒はだれもいなかった。先生とちょっと話す。先生はやさしそうで、いい人そうだった。威張ってもいなくて、ガツガツもしていなくて、いい人と言ってもいい人そうででもなんか嫌な人、ではなく、本当に素朴そうで人にあまり干渉しなそうないい人だった。この人なら気を遣わなくていいやと思う。「仕事で絵本を作るのですがペインティングは忍耐力がなくて……」といろいろ説明する。「いつまで

に作りたいのですか？」と聞かれ、「春ごろまでには」と答える。１回目の予約を入れて帰る。

それから昨日お茶飲んだカフェにカメラカバーを忘れたので電話したら着払いで送ってくださるとのこと。よかった。

そして、ピールアートの人のことが気になって調べたらなんと近所のカルチャーセンターで月に１回教えていることがわかり、さっそく予約した。18日の日曜日の体験教室。小さなみかん３個以上持参とのこと。これはうれしい。

夜、やよいちゃんと本屋で待ち合わせ。ダウンに帽子にメガネの私をパッと見て、驚いた顔をしている。「アラスカに行った時にそっくり」だったそう。雰囲気が。「人って変わらないものだね」と感心している。

靴のことを言ったら、「それみんな履いてるよ」と。「え？ 何人ぐらい？」「私の周りでも３人は履いてる」「そうなんだ」「でも危ないから私はやめた方がいいって。それにそういうの好きじゃないし」「うん」

それからお蕎麦屋《そばや》に行って、冷酒をちょっと飲みながらむかごや銀杏《ぎんなん》のつまみを食べ、冷やしおろし蕎麦を食べる。おいしかった。お客さんも大人の人が多く、とても落ち着いていた。やなせたかしがＮＨＫに出て話した話がおもしろかったと教えてくれた。それからその近くでミルクティーを一杯飲んで帰る。とてもいい夜だった。

## 12月4日（日）

今日はとにかくだらだらしようと10時ごろまで寝て、ゆっくり過ごす。「奥の細道」関係の本も来た。マンガも買ったのだけど、あら？　やけにむずかしい。他の本もやけに読みづらい。これは……、読まないかも。写真の多い雑誌風のを見るにとどめそう。

さくぼう、意気消沈。

昨日、珍しく興奮したさく。買おうとしていたゲームソフトと同じものをちょうど宮崎の友達も買ったことがわかり、「運命だ！」と大興奮。すぐに注文して、今日にも来るかと待ちわびて、郵便受けにまで見に行ったのに、さっき、来るのは1週間後というメールが昨日来ていたのに気づいた。早く来そうなお店をわざわざ選んで買ったのに。気分がダウンしたそうでガックリと肩を落としている。見るからに悲しそう。

すると、夕方、今日送ったというメールが。ちょっと回復。

夜、少々気の沈むことがあって沈んだままシーザーを見る。さくが来たので、手をタッチしてと頼む。タッチ。「どうして？　犬を見てるから？」「うん」ホントはそうじゃないけど。

見終わって、やっぱシーザー、いいなと思う。今日の犬はかなり凶暴なレッドゾーンのピットブル。問題のある犬を飼うためには、ただの愛犬家ではなく、強いリーダーになることを飼い主も決意しなくてはいけない。そのためには自分の生き方を変える必要に迫られることもある、という例だった。

今、私が好きで尊敬する人は、シェフのジェイミー、サバイバルのベア（このふたりの番組はいつか見ようと思って保存中。録画したまま見てない）、ドッグトレーナーのシーザー、久しぶりに見た「アンソニー世界を喰らう香港編」のアンソニーの４人。この４人がいればかなり満たされ、私も頑張ろうと思う。

## 12月5日（月）

来年の手帳を買う。去年は9月に買ってたのに今年はこんな遅く。そして去年は細かいスケジュールが書けるようにと分厚いのを買ったけど、来年はシンプルに過ごす予定なので今回は小さくて薄いのにした。来年は、なるべく予定を入れないようにしよう。

新しい手帳ってちょっとうれしい。めくってもめくっても真っ白な、まったく新しい未知の日々が並んでる。

## 12月6日（火）

外は灰色の曇り空。家で、北極をダイビング探検するドキュメンタリーを見ていたら寒さと海中の様子に苦しくなった。でもその人たちは達成感に満足していた。

どうにも気が沈む時、詩を書くと持ち直す。さっき3つ書いた。また沈んだら書こう。詩を書くと、その瞬間どこでもないところにいられるからだろう。内容というよりも言葉とイメージによる心のシャワーのようなもの。

ちなみにその3つは、これ。

「春の若草」

春の若草
薄みどり色の後悔
そよ吹く風
その下
春の若草

燃え立つ夕陽
ひとつ光る星
その下

「星　月　流れる」

足元に夜の影
星
月
流れる
凍った銀河
白い雪
祈るような
笑うような
孤独

「なぎ倒す風」

なぎ倒す風になぎ倒されたい
どこまでも強く吹き飛ばされて
くるくると回され
遠くへ持っていかれたい

## 12月7日（水）

今日も心のシャワーから。

「麦の穂」

するどい針のような影を持つ麦の穂
深海の暗さ
透明な星座のギザギザ
北極の青い氷

水は落ち　流れる
意図がちぎれ　舞い飛ぶ空

家で映画を見てて思った。いつか何かいいことがあるかもしれない。で、途中で止めて、他のことを始める。私は2時間続けてじっと映画見るの、苦手。

あー、温泉かどこか行きたい。雪の中の露天風呂《ぶろ》。


さくの仮歯がさっき、やっと入った。よかった。前歯に空洞がない。矯正器具もとれた。これで大人になるまで過ごして、大人になったらどうするか決める。またその時にいろいろとあるだろうけど、とにかくしばらくはこれで。何度も「見せて見せて」と言ったら、「これからずっと見れるんだから」と。

## 12月8日（木）

朝、さくが学校に行くときにも、「さく。見せて」と言って歯を見せてもらった。常に私の心の痛みだったので、ホッとする。

私自身の体の悪いところも細かく言うといろいろあって、考えると気が沈むので気にしなくなりたい。

ワコールのカレンダーができてきた。大きな壁掛け式とブック式があって、紙もいい紙だった。河出書房新社の私の初期の4冊のカバーなどがリメイクされたのもできあがったので、それも記念に写真を撮る。

夕方、雨の中、さくの三者面談。さくたちのクラスはとても賑《にぎ》やかなのだそう。さくは学校のことを何も言わないので、私は本当のところはわからない。先生が「とてもまじめにやってます。でも時々からかわれるけどね。今日も、給食のお皿を自分のお皿の上に重ねられたんだよね」と言っていた。

そのことが気になり……、帰りに、「からかわれてるって……、嫌だったら嫌って言ってね」とそのことに関していろいろ言ってたら、「ママは、その人がまるで悪い人みたいに言うから嫌だ。その子はそういう性格で、部活の友だちなんだよ」と言う。「だったらいいけど。どんなことでもママは心配するでしょう？　さくがママを安心させるようなことを言ってくれないと」と言ったら、「ああ、わかった」と言っていた。

帰りに夕食の買い物をする。昨日、「ためしてガッテン」で天ぷらの作り方のコツを見たので今日は天ぷらそばにする予定。先日、やよいちゃんと食べたえび天入り冷やしおろしそばがとてもおいしかったので。今日はあたたかいつゆで作ろう。つゆ、少なめにして濃くして。

夕食の準備をしていたら、さくが「アハハハ、アハハハ、アハハハ」と笑ってる。何かと見に行ったら、「リンカーン」を見てる。着ぐるみで戦ってるところ。私が前によく見ていた番組をさくが楽しく見ているのを見ると、血は争えないなあと思う。私もイカちんもお笑いが好きだった（好みはちょっと違ったけど）。「水曜どうでしょう」もよく見てる。で、えびの天ぷらはどうだったかと言うと、……失敗。衣を薄く薄くと気をつけすぎてほとんど素揚げみたいになってしまい、硬くなってしまった。次に期待しよう。

## 12月9日（金）

今日、午後2時に、いや、30分遅れて2時半に、絵画教室に行った。また生徒は誰もいなかった。先生と紙の大きさについて検討して、まずはとにかく描き始めることにした。入会金1万円、週1回、月4回分の月謝1万円、画材費5千円を支払う。「エプロンは？」と聞かれ、「持ってきていません。最初だったので何が必要かわからなくて……。必要ですよね」と答える。最初、先生が2〜3分、何か教えようとしてくれた。でも、実はそれがわずらわしかった……。先生が隣の部屋へ消えて、私は1時間半、黙々と描く。途中1〜2回来て、ちょっと意見を言ってくれた。

果たして私は、ここに来る必然性があっただろうか。やってることは家でひとりでやってるのと一緒だ。……今日は焼肉にしよう。「焼肉のたれ」の味が好き。時々、食べたくなる。今日はこれが終わったら、帰って一杯飲もう。なにかおつまみを買って帰ろう……。

今月だけ来て、来月はもう辞めようかな。自分で家でやろうかな。そうするとしても、今月あと2回ぐらいは来なきゃいけないかな。来るとしたら……、などといろいろ考えた。

焼肉の材料と、シャンパン（おまけにエプロンがついていたので、ちょうどいいと思い、それにした）を買って、家に帰りついてフルーツトマトとチーズのおつまみを作って飲み始める。

疲れた。絵画教室、もう行きたくない……。どうしよう。あそこはあまりにも私からは遠い。でもいったい、私に近いと思うようなものはあるのだろうか。

## 12月10日（土）

絵画教室、あと1回行って、今月だけでやめよう。家で自由にのびのび描こう。

今日はいい天気。

さくが起きてきて、「人とすれ違う時さあ……、こうなるんだけど、どうやったら……」と見せてくれた。右に左に、お互いにお見合いのようになってしまって動けなくなるあれ。「ああ～。あれね。なるよ、よく、ママも。あれはね、しょうがないんだよ。だから、ちょっと前から自分はこっちに行くんだっていうふうに強く思ってたらいいよ。こっちに進む、っていうふうにして歩いたら、相手にも伝わるから」

冷凍のピザをあたためて食べさせたら、「硬いとこかんだら、歯が取れちゃった……」と、仮歯が……。「ああ～」しょうがない。すぐに歯医者に電話して、11時に行くことに。慣れてないのでどれくらいの硬さまで大丈夫かわからなかったのだろう。1～2回経験したらわかってくるだろう。「帰りにコンビニでお菓子、買ってきていいよ」と500円渡す。

天ぷら、リベンジ。失敗。難しい……。

カーカがメールで皆既月食のこと教えてくれたので、さくと見る。「見たよ！」とメールしたら、「しってた？」と目をつぶってにっこりしてる絵文字つきで。「ううん」と返事。ちょっとうれしそうだった。

しばらくして、お風呂上《ふろあが》りに気分よくしていたら、「ちょっと見たけど赤いね」とメールが来た。もうベランダからは見えなくなっていたので着替えて外に出る。さくを誘ったけど、どうしようかな……と考えて「行かない」って。で、見た。オレンジ色だった。

## 12月11日（日）

今日もシーザーの言葉に涙する。だれもが手を焼く凶暴な犬への接し方にはハッとさせられることが多い。飼い犬を矯正しながら飼い主の性格と人生も変えていくシーザー。

「自分自身を信じないことで人は深く傷つきます。信じることは人生における課題です」

私も自分にあてはめて深く考える。

また、キャンキャンうるさい4匹の小型犬が仲良くかわいく大人しくなった姿に苦しいほどの小憎らしさを感じ、テレビ画面を一時停止にして4匹がちょこんと座って飼い主の方を見上げているところをデジカメで撮る。時々、見直しては、かわいさにむかむかする。そうだ。今度、携帯で撮ってトップ画面にいれよっと。

「正しいエネルギー同士は必ずひかれあいます」という言葉も印象的だった。

一日中部屋にいてゲームとテレビだけのさくに「晩ごはんを買いに行くよ。一日一回ぐらいは風に当たらないと……」と言ったけど、行きたくない様子。私もだんだん面倒くさくなってきた。私とさくはこういうところが似ていて、ずっと家でのんびりただ好きなことをしているのが好きだ。「何食べたい？」と聞いても、「どうしよう……」「じゃあ……、やっぱ買いに行くのやめて、家で作る？　親子どんぶりなら作れるよ」と言ったら、「それでじゅうぶん〜」と。

そうしよう。で、つまみにかまぼこ&からすみを作って一緒に食べる。

ビルのあいだから月が昇ってきた。さくが「赤いね」と言いながら双眼鏡で見ている。ビルの形に切り取られた月。いい眺め。

さくとフィギュアスケート「グランプリファイナル」を親子どんぶりを食べながら見る。最後の人が滑り始めた時、衣装が忍者や影武者みたいだったので、「影武者、影武者が……」と小声で解説していたら、さくが笑っていた。

ふと脈絡なく、ある真理がうかんだ。

「人がバカを言えるのは、それを聞いてくれるバカがいるから」

夜、テレビにオノ・ヨーコさんが出ていた。お好きな人には悪いけど、この人どうも苦手。なぜなのか、どこが？　と考えてみた。この人が、有名人のオノ・ヨーコだと思わずに見た時、そのしゃべり方や雰囲気が苦手なんだと思った。でも、世の中に貢献してるし、寄付やボランティアにも熱心だし、素晴らしい人なのだろうから尊敬しなくてはと思っても、なぜか。

それで思い出したけど、世界で尊敬されているというダライ・ラマ14世、あの人も、普通の人のいいおじさんにしか見えなかった。先入観や予備知識だなと思う。予備知識や着ている服や周りの警護や反応がなければ、その人がTシャツみたいなのでぽつんと砂漠の中に立ってたら、だれでも同じように見えるんだろうな。で、近づいて、その人の態度や話す内容で、その人を尊敬できたら、自分にとってそれこそが本当に尊敬できる人だ。

**12月12日（月）**

今日もテレビの前につくねんと座り、シーザーの番組を見る。

夕方、打ち合わせで角川書店のツツミさんとスガハラくんと会う。このしんなりトリオで会うのはひさしぶり。スガハラくんは先日酔っぱらって転んで首やあばら骨を折ったりなど重傷を負ったにもかかわらず奇跡的に快復したらしい。悪運が強いと言われているそう。

ツツミさんはこのあと仕事だと言うのでスガハラくんとご飯でも食べようかということになり、ダメもとで人気のイタリアン「ドンチッチョ」に電話したらふたりなら大丈夫ということで行くことに。悔しがるツツミさん。おもしろいので、逐一料理の写真を撮って大げさな解説をつけて11枚も送りつける。「おふたりとも、もうけっこうですよ！」と、とても悔しそうなメールが来たのでスガハラくんとにんまりする。

**12月13日（火）**

先日の近所のレディースクリニックにがん検診の結果を聞きに行く。すると、がんではないけどなんとかっていう子宮内膜の病気の疑いがあるというので詳しい検査をすることになった。なんか、怖い……。「緊張します」と言ったら、先生が「そうだよね」と思いやり深く。軽いのから重いのまで4段階ぐらいあって、その中のいちばん重いのは子宮がんの0期で手術になるらしい。それ以外だったら薬で治せるとか。あ〜あ。で、また診察台で診察してもらって、組織をとる。今回はちょっと痛いよと言われたが、確かに、きゅう〜っと痛かった。

来年、お正月明けに来て結果を聞くことに。

ああ……。また心配事が……。

でも、しょうがない。もし病気だったら、できる治療をする。治療して、治ったらいい。治らなかったらしょうがない。人はいつか死ぬ。今だって、生まれてから死ぬまでの人生を死に向かって生きているわけで、高齢になるほどだんだん病気を持つ可能性が高くなるのも理解できる。考えてもしょうがないので、結果を待とう。結果がでてから対処しよう。

薬局で処方された薬を受け取る。その薬局のおじさんがいい感じの人で気持ちがほっとする。こういう仕事の人がやさしい人だと本当に助かる。ちょっと貧血気味だということで鉄剤も出た。

帰り道。くどくど考えてもしょうがないので気を取り直して買い物する。夜はクリームシチューにするかな。あと、お昼には、おいしそうなぶりのお刺身があったので、そのあまりの脂ののり具合に思わずカートに入れた。お団子や野菜も買って帰る。

で、さっそくお刺身とごはん。思った通りおいしいぶりだった。

夜、さくに病院で言われたことを全部話したら「いやだ〜」と言っていた。子どもにとって親の病気は嫌なものだ。まあ、でもね。

## 12月14日（水）

今日から3日間、また朝から夕方まで1日講座。

web デザインなど。疲れたけど、先月ほどじゃない。慣れたのだろう。

点鼻薬も持って行ってお昼にシュッ！　今までいやいややってたけど、この薬で治るかもしれないと昨日言われたので、気合を入れて吸い込むことにした。

講座の帰り、もう真っ暗の商店街。いい匂いがするなと思ったら焼き芋屋さん。すっと寄っていき、安納芋《あんのういも》の文字が見えたので「小さいの2個か、中ぐらいのひとつください」と言う。おじさんが探してくれてる。「あ、安納芋の方」と言うと、「こっち？　高いよ。2倍ぐらいするよ」「いいです」「これはどう？」「それでいいです」「500円ね。これ、おまけにあげるよ。べにあずま」「いいんですか？」「うん。すぐ黒くなっちゃうから」うれしい。

帰って、さくと食べ比べる。「あんまり変わらないね」とさく。「安納芋の方がやわらかいね」「バターつけたらおいしそう」「つけようか」バターを削って半分に割った安納芋にはさんでしばらく置いて、溶かしてあげたらよろこんでた。

気持ちのいい疲れと共に、今日は仕事はしないで、もう早めに寝ることにしよう。

**12月16日（金）**

勉強、3日目が終わった。疲れた〜。でもHPの作り方の大まかなところがわかった。難しかったけどおもしろいところもあった。

帰りにRF1で炙《あぶ》りサーモンサラダ200グラムを注文した。その店員の女の子は明らかに新入りだった。商品の名前を聞き返したり、恐る恐るという感じでサラダをつかんだり、で、何かあったのか隣の先輩に聞いている。するとその先輩が「すみません。サーモンが5切れしかありません。100グラムに3切れ見当なので、200グラムには足りず、170グラムぐらいになりますがいいでしょうか？」と聞く。「いいですよ」と答える。170グラムぐらいのサラダ。プレートには野菜だけがちょっと残っている。普通の小売店だったらその残りの野菜をおまけしてくれるところだけどな……と思いながら見ていた。

さくが帰ってきた。帰るなり、袋からいろいろなものを出して見せてくれた。学校で東京ビッグサイトの展示場に行ったそうで、たくさんの企業のエコグッズを見て、いろいろなものをもらってきてる。特にうれしそうだったのがカップヌードルのリフィル用マグカップ。人気で、結構並んでもらったらしい。あと、水だけで汚れを落とすスポンジや世界最高クラスの強力磁石の小片、リサイクルせっけん、シャーペン、LEDペンライト、携帯画面ふきなど。すごい数のお店があったらしい。


最近、読者の方との交流を目的とした密《ひそ》かなファンクラブ「夏色会」という会を思いつき、HPで会員登録を呼びかけた。まだ何をするか決めてないけど。

そこに登録してくださった方のコメントで、さっき妙に心を惹《ひ》かれたのがあった。

「はじめて銀色さんに発信をさせて頂きます。何度チャレンジしてもツイッターは登録できなくて（汗）みせてもらうだけでした。『砂の魚』にある『しゃべりたくないことはしゃべらなくていいと誰かに言ってほしかった……』という詩に支えられて今日までなんとか生きてまいりました。銀色さんに伝えたいことがあります。『ありがとう』です。ただそれだけです。よろしくお願いします」

その「砂の魚」の詩が気になったので、探した。これです（……ページを書こうとしたら、この本、ノンブルがない。このページの写真も好き。私は乾燥した土地に生える葉っぱの裏が白っぽい木がとても好き）。

しゃべりたくないことは

しゃべらなくていいと
だれかに言ってほしかった
だれも言ってくれなかったから
自分で思った

今なら
人にも言える

心はいつも
振り子のように
ちょっとゆれる

『砂の魚』は好きな本だ。こんなふうな写真詩集をまた作りたいな。

心が悲しく強く、遥《はる》かになるような。この本を文庫化ってどうかな。余白が多いから、そこに新しく詩や文章をぎっちり詰め込んで。

## 12月17日（土）

今日、さくは土曜日授業の日。お弁当が必要とかで、いい夢を見ていたのだが、そのことが気になって目覚ましよりも早く起きてお弁当を作る。麦茶を水筒に入れて渡したら、なんとその水筒の蓋《ふた》の一部が壊れていて全部こぼれ、カバンの中が水浸し。あわてて中のものを取り出して他のバッグに移す。どたばたと慌てふためいた朝だった。あの水筒、そういえば蓋が壊れていたんだった……。捨てるべきだった……。カバンをベランダに干す。

絵画教室に行った。今日は他の人もいてよかった。4～5人はいただろうか。ずっと鉛筆で真剣に下書きをしている男性。やけに熱心でいい。白髪の素敵なおばさまは先生に長崎からなにか小ぶりのお菓子のようなものを贈ったらしい。先生との会話でわかった。芍《しゃく》薬《やく》をお描きになっているそう。「花びらをうまくかけないのよ～」と。それは隣の男性との会話から。「かわいらしいじゃないですか」と言うその男性は昔見た映画に出てきた絵が好きだったのでそれを模写してるとのこと。帰りがけに見たら、シャガールの絵だった。小さな小宇宙での温かな交流。ほっとする世界だったが、私は今日でお終《しま》いにする予定。ここまで来るのが面倒だし、先生が空の色はどうとか、後ろは暗くとか教えてくれるのがうるさいので（すみません～）。やはり、教わるのは向いてないなと思った。ちゃんと自然でもっともらしい理由を来月伝えるつもり。でも、先日今日とで2枚描けたので、よかった。

帰りにグリーンカレーを買って帰って3時ごろだったけど遅いお昼として食べたら、すごく眠くなって熟睡。

すると夢を見た。ジャージくんという二十歳ぐらいの学生（夢の中では恋人）がふざけて乾杯のビールを飲んでいる私のグラスをぐいっと上にもちあげたので、「やめてって言ったでしょ」と泣きながら怒ってるところで目が覚めた。あー、臨場感のある夢だった。ドキドキ。

さくが帰ってきていた。

今日は仕事をしなきゃいけない。コツコツとした細かい仕事。がんばれ。疲れても、くじけずに、根気よく。

夜はハンバーグ。9時から「ポーラー・エクスプレス」があるので、さくと最初だけ10分ぐらい見て、おもしろかったら録画しようかと言って、買っといたフルーツケーキを食べながら見る。また私があれこれ突っ込みを入れては、さくが「ふっ」と笑う、を繰り返して、1時間ちょっとまでは見たけど、そこでふたりとも眠くなってしまい、寝ていた。しばらくして起きて、お風呂《ふろ》を入れる。ぼんやりしていて、栓をしないでためていた。

で、またもう1回やり直し。たまったのでさくに「入って」と言う。

「ほら、どんどこちゃん、どんどこちゃん」とせかす。

## 12月18日（日）

今日はお休みなので朝寝坊。ベッドの中で目が覚めてからもぼんやり考え事をして何度も寝直す。

その時に考えたこと。なぜか憂鬱《ゆううつ》。なぜだろう。今現在、これといって問題はない。重大なこと、気になることもない。もっと気が晴れてもいいんじゃないか。なぜそうじゃないんだろう。こういう気持ちの時に過去の嫌な出来事を思い出すと、ハッとしてまた暗くなり、これからの嫌なことを想像しては暗くなる、という嫌なスパイラルに入ってしまっている。不思議と暗い。なぜか。というようなことを考えていて、もしかしてと思った。この暗い感じが普通なんじゃないだろうか。私のスタンダード。私はこれが基準で、ここから日々ちょっと上やちょっと下にあがったりさがったりしてるのかも。と思ったら、だったらこれ以上考えてもしょうがないと思った。この気分を味わい続けるのもバカみたいだなと。で、いつのまにか眠くなって寝ていた。

昼前に完全に起きて思ったけど、寝ながら考えることは起きているときの考えとはちょっと違う。いい気分の時もあるけど、たいがい変な渦に巻き込まれてる。

玉子と青梗菜《ちんげんさい》のチャーハンを作る。午後はちょこちょこと予定があるので忙しい。

「ピールアート1日講座」というのに行った。みかんとカッターを持参。みかんの皮をむいて切って、オーナメントを作る。すでに長く受講されている先輩方が和気あいあいとむずかしそうなのをやってらっしゃる様子を隣のテーブルで聞きながら黙々と作る。先輩方はりんごや梨の皮を使った器を作ってらした。2回目だという人や1年ぶりという人もいて、少人数ながらあたたかい雰囲気だった。先生は不思議な雰囲気の素敵な方で、時代を超越している感じだった。でもみなさんの会話は……、年配の方々の話題と言えば、なんといっても病気。病気や孫の話題が多く、それは私の興味とは違った。

みかんの皮を丁寧にむいて切って細かいものを作るのは楽しかった。

先生はいいことをおっしゃってた。「自己満足でいいのよ。それがいちばん楽しいじゃない？　子どもはみんな自己満足よ。夢中でやってるでしょう？　それを大人が止めるのよね」と。

そのあと、MBTの靴のエクササイズに行ってフットマッサージと、歩き方を見てもらう。やはりまだうまく歩けていない。フットマッサージは気持ちよかった。この施術者の方は上手だなと思った。いつか全身のマッサージを受けてみたい。

帰りに途中の手作りタルトのお店でタルトを6個買って帰る。このあいだもこのルートで買って帰った。その時も近所の若奥様が数人、悩み相談みたいなことをしていたが、今日もまた奥様方が悩み相談をしていた。ここって、悩みをつぶやくタルト屋?

カーカが注文したらしいゲームソフトがこっちに届いた。送り先、まちがったとのこと。

**12月19日(月)**

今日は仕事をしなければならない。細かく根を詰める仕事で、いつもこの作業の日は、ぐずぐずしてなかなか取りかからない。今日も午前中は「英気を養う休憩だ」と思って、ベッドの中でぐずぐず寝ていた。そしたらまたいろんな夢を見て疲れた。猪苗代湖《いなわしろこ》のような北の方の湖に写真を撮りに行ってた。そこで昨日のような趣味の会のおば様方につるしあげくらってる(笑)という苦しい夢。仕事を逃避してたからかな。ようやく、10時半に「よっしゃ!」と起きて、まず大好きな「カリスマドッグ」を見ながらご飯を食べて、正午から仕事開始。

これから一生懸命がんばります。無事終わったら、またここへ来ます。

終わったー! バンザーイ。うれしい。すごい解放感。

お風呂入ろう。

夕食の時見たら、さくの仮歯がまたとれてる。気づかなかったそう。慣れるまではしょうがないか……。まだ強さがわからないのだろう。

カーカ、就活している様子がない。「ママのアシスタントがいいわ」などというメールが来たので、いけない！と思い。「仕事、ない」とすぐに返事する。

カーカが何かを見つけますように……。

## 12月20日（火）

今日が講習、最後の日。イラストレーターの実践編。先月のふたり目の素敵な先生だった。ちょっとでもぼうっとしてると、ついていけなくなり、わからなくなるところがあった。行きに京樽《きょうたる》の巻きずしを買ったのでお昼はそれを教室で食べる。それにも慣れた。

みっちり学んで、ついにすべて終わった。疲れたけど晴れ晴れとした気持ちで、帰りに夕食の材料を買う。明日《あした》の朝のさくのパンをパン屋さんに買いに行ったら、サンタの顔のチョコクリームパンがあったので、それも買ってあげることにした。手作りなので一個一個顔が微妙に違う。いちばん太ってるのを選んだ。会計の時、女の子が「まゆげが取れてましたので、他のに換えておきました」と、他のになってる。痩《や》せてるの。

あ、と思ったけど、自分のだったら前のでいいと言ったかもしれないけど、まいいやと、そのまま買う。

夜、そのことを話して、さくにそのパンをあげた。もぐもぐ食べて、「けっこううまいよ」と言っていた。

## 12月21日（水）

冬の……あったかい……ふとんの……中……。

極楽〜。ハハハ。

さて、しょうがないから起きる。

さくの朝食に、まるパンサンドを作って、ラ・フランスを半分剥《む》く。

ラ・フランスをひと口食べて、「あ、これ好きなのだ」と言ったので、残りの半分、食べようと思ったけどさくのために取っておくことにした。夜、あげよう。

出かけて、15分ぐらいして帰ってきた。どうしたんだろうと思ったら、「今日はジャージ登校だった」と言いながら急いで着替えてる。「走って行かなきゃ。遅刻だ〜」と出て行った。気の毒。あるね、こういうこと。

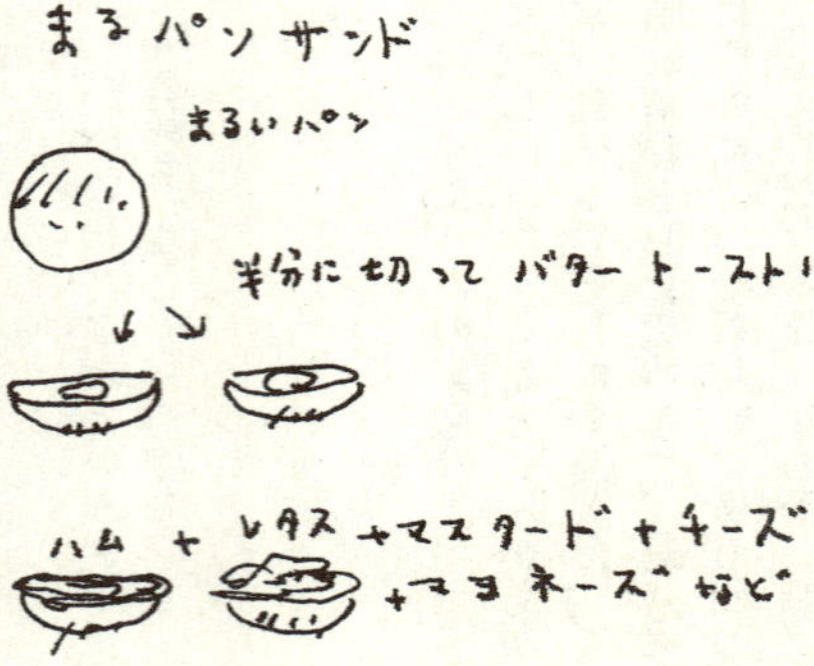

昨日、さくの仮歯がまた取れたのでつけてほしいと電話したら、来週まで予約が取れないと言われた。前に「取れたら学校帰りでもいいからいつでもおいで」と先生は言ってたのに。そこで急にむくむくと疑惑が。どうにかやりくりしてあげようという気持ちはないのだろうか。前歯が1本ないのはちょっと目立つ。仮歯をくっつけるだけの応急処置は他の歯医者さんでもできますと前に言われていたので、「じゃあ応急処置で他に行くことにします」と答えた。で、さっきすぐ近くの矯正もやってる歯医者さんに行ってつけてもらった。そこで今の仮歯は左右の歯のあいだに接着剤でつけてるだけなので取れやすいですよと言われた。左右の歯の裏側も使ってつける仮歯があって、その方がまだ取れにくいとのこと。こっちの歯医者さんの方が家から近いし、その取れにくい方がいいのでこっちにしようかと思った。なにしろ取れたのをつけてくれようとしてくれなかったことが私はもう……。だいたい、つけてすぐ2回も取れるって……。

今日の先生は、どんな方法があるか話だけでもしてくれると言っていたので、1月に次の予約を入れた。経験も豊富そうで信頼できそうな先生だった。さくも今度はしっかりついてる気がすると言う。

この話を後日カーカとしてて、「歯医者さんって多いから、いい歯医者さんを見つけるのが大変だよね～」と言ったら、「そうそう。歯医者ってコンビニより多いんだって」って。私も何度もひどい目にあってきた。治療したのに噛《か》むと痛いとか、まだ治療しなくてもいい歯を削られたとか、とんでもなく不器用な先生とか。

「やさしい人より、技術がある人の方がいいよね」とカーカ。

「うん。やさしいと最初はいい先生だと思っちゃうけどね。愛想がないけど腕はいい先生っているよね」

「愛想がないのに続いてるってことは腕がいいからじゃない？」

「とにかくいくつか経験しないと、どこがいいかはわかんないね、最初は」

## 12月22日（木）

今日、さくの学校の帰りを待って宮崎へ。こんなに慌ただしく帰るのは、今日と明日では飛行機代が2倍ぐらい違うから。

準備して、夕方、空港へ。外は寒い。

売店でお弁当を買った。やはり年末で人が多いのかほとんどが売り切れだった。

8時過ぎに鹿児島空港へ到着。せっせが迎えに来てくれてる。建物の外へ出たとたん、そのすがすがしい空気に「あ、いいね」とさく。キーンと冷えた澄んだ空気。

私も、いいなと思った。

私の運転。車中、せっせとポツポツ話す。

「またみんなで温泉に泊まりに行こうよ」と言ったら、「体の調子がよくなくて」と浮かない返事。「どうしたの？　私もよくないよ」「元気そうに見えるけど」

持病の痔《じ》も悪化し、それだけでなく他にも色々と……などと言う。「どうしたの？　どこが？」と聞いても生来の秘密主義で教えてくれない。自分から具合がよくないなんて言う人じゃないから、よっぽど悪いのか。

この車のバッテリーがあがらないように時々動かしてもらっているが、傷でもつけたらと思うと緊張してなかなか乗れないと言う。傷がついてもいいから乗ってよと言ったら、「このあいだは遠くに行くとき、レンタカーを借りた」などと言う。「えーっ、これ使ってよ。使ってもらったほうがいいのにー」「緊張するから」「どこに行ったの？」「博多《はかた》に」「この辺、レンタカー屋ってないけど、どこで借りたの？」「人吉《ひとよし》で」「ふうん……。なにしに行ったの？　博多」「相撲を見にね」「へえー、また行ったの？」「賑《にぎ》わってたよ」

家は思ったほど寒くはなかった。4カ月ぶりなのでちょっと埃《ほこり》が気になるけど、掃除は明日にしよう。落ち着く私の部屋でゆっくりする。

寝る前、さくがお腹すいたと言う。どうしようか迷っていたけど、結局ごそごそ起き出して自分で鍋《なべ》でインスタントラーメンを作って食べていた。具なしの素ラーメン。私も食べたかったけど面倒だったので我慢する。時々、インスタントラーメンって食べたくなる。お腹すいてる時はすごくおいしく感じる。素ラーメンは特に。

## 12月23日（金）

朝起きて、まず庭を一周。木々を見ていろいろチェックする。もみじが1本だけ、まだきれいな紅葉中だった。また剪定《せんてい》をお願いしよう。茶色くなったバナナの葉っぱも切ろう。

さくが午後から友達の家に遊びに行くというので、午前中に服を買いに行く。さくの背が伸びて着られそうな冬の服が1枚もない。とにかくパジャマがわりのジャージと、ズボンと、長袖《ながそで》の服と、ジャケットとダウンは買おう。町に車や人がいなくて「こんなだったっけ……」とつぶやくさく。

車で30分のユニクロ&ジャスコまで。空が広くて気持ちがいい。天気もよくて車の中はぽかぽか。面倒くさいと行っていたさくもちょっと気持ちよさそう。

着いて、ささっと選ぶ。できるだけ軽いのを選んでた。食料品売り場で食料を買う。安い……。「安いね。なんか、将来、またこっちに帰ってきてもいいかな」とつぶやくと、「でも今だけかもよ。もうすぐクリスマスだから」と言いつつ、「僕も」とも言ってた。

お昼、お蕎麦屋《そばや》さんでお蕎麦を食べて、さくを友達の家に送る。

帰り。空が広い。

胸のすくような広々とした空だ。

明日、温泉にでも行かないかなとくるみちゃんに電話する。するとだんな旦那《だんな》さん、原因不明の熱がでて、今、宮崎の病院に入院しているのだそう。だったら忙しいのかなと思ったら、行けるって。明日行くことになった。そして、「すげーこと聞いちゃった」と言う。

「なに？（その言い方……）それってもしかして、聞いていい気持ちがしないこと？」

「いい気持ちはしないね」

「じゃあ、あんまり教えなくていいよ」

「そうだね」

輪郭だけ聞こう。


午後は、掃除機がけと床の拭《ふ》き掃除。これで気持ちよくなった。コタツも出したし、今夜は薪《まき》ストーブを焚《た》こう。少なくなった薪も注文しよう。

夕方、しげちゃんちにお土産のいくらを持っていく。しげちゃんに「またどこか行こうね。温泉にと思ったけどおにいちゃんの痔が悪くなったそうで……」と言いかけたら、せっせがちょっとと私を呼んで玄関の外に。「僕の具合がよくないことはしげちゃんには言わないでおいてほしいんだよ。心配するから」という。「わかった」と言って、また中に入ってしげちゃんに「こんど夕ごはん食べに行こう」と言って出る。車までせっせと話す。

「あの人は心配するから話してないんだ」

「確かに、変なこと言い出すしね」

「そう。だから気づかれないように、目を盗んで病院に通ってるんだ。この間はちょっと手術してね……」

「え？　どうしたの？　どこを？」

「いやあ……。しげちゃんが出かけたあと、日帰りで帰ってきた」

「本当は入院しなきゃいけなかったの？」

「1日ぐらいはそうした方がって。でもどうにかなりませんかってお医者さんに無理言って」

「へえー」

「だって、しげちゃんに知られたら、あの人は何を言い出すかわからないから。変な治療法や薬とか言い出しそうだし」

「そうだよね。ふうん……、せっせ、気をつけてね。あんまり動かない方がいいんじゃないの？」

「この家は塀がないからだれでもどんどん入ってきて、それがストレスになってる。昨日もトイレに入ってたら、集金の人が裏庭まで来て名前を呼ぶからトイレの窓を開けて返事したら、トイレでしたかって言って待ってるのであわてて出たけど、そういうのが本当に嫌で、それも体によくないと思う」というようなことを言っていた。「早く塀をつければ？　何よりもまず先にそれをするべきじゃない？」「長ーい計画でやってるんだけどね」最後までどこが悪いのか言わないせっせだった。しかも他にも色々悪いって言ってたような……。せっせが病気になったらどうしよう。でも、どうにかなるものだ。

夜は鍋にした。さすがに冷え込む。さくを迎えに行った時、夜の道が真っ暗で、人も車もいなくてあまりにも静かだった。こんなだったっけ……と私も思った。

夜の街中も真っ暗。今では無人駅になってしまった駅から伸びるメインストリートを横切ったときにその道をさっと向こうまで見たら、お店は一軒もなく、真っ暗だった。「昔は今の道がいちばん賑わってたんだよ。お店もたくさんあって……。街って、時代によって変わるんだね……」と思わずしみじみとつぶやいてしまった。

寒くて暗いなあ。でも気持ちいいな。私は時々、ここに帰ってこよう。そして気持ちを落ち着かせよう。私にとって何か、言葉にできない何かがある。

## 12月24日（土）

と日付を書いて気づいた。あれ？　今日はクリスマスイブ。知らなかった。特に何もしないので関係ないものになってしまった。

昨日の夜、ぐっすり寝て、朝、あたたかい布団の中で気持ちよく目覚め、しばらくぼんやり考え事をしていた。

私は長い間、ずっと昔から、子供の頃から、いつか幸せになりたい、いつかそれがやってくる、いつだろういつだろうと思いながら生きてきた。いつかいつかと。でも今、50歳を過ぎたら、それが先にあるようなイメージがわかない。私の思う幸せの時期はすぎてしまった。それは40歳ぐらいまでに（若い間に）起こるものというようなイメージがあった。がらっと世界が変わるような、外から人が、何かが、素晴らしい変化を引き起こしてくれるような。だからこれから先に、昔からずっと考えていたような幸せは起こらない。来るとしたらあれじゃなくもっと年齢にあったものだ。

先が少なくなったので、振り返った方が自分の人生を広く見渡せる。で、振り返ってみると、いろいろあったその時々に、今ちょっと幸せ、今ちょっと楽しい、今ちょっと気持ちいいというような、ちょっと……というのは結構あった。小さな小さなのが。その時はあまりにも小さくて、これが望んでいた幸せだなんて絶対に違うと思うような小ささで。で、思う。

このこれまでの人生という平原にところどころチラチラ光り散らばるそれらの小さな幸せ感、あれこそが幸せというものだったと。あれらはその時、その瞬間にしか感じない幸せだ。幸せはいつかどこかにあるのではなく、今のこのふとんのあたたかさそのもの、そして振り返った時に見えるあれらなんだなと思った。

……というようなことを考えながら、そろそろと起床。10時から温泉に行くんだった。

急いでさくに昨日の鍋のスープで雑炊を作って、温泉の準備をする。

10時にくるみちゃんが来たので車に乗り込む。今日も晴天、朝方は氷点下になり霜が降りるほど冷えていたけど、いい天気。車の中は太陽の陽射しがまぶしく、ぽかぽかしている。

「かくれ里の湯」に行くことにした。人里離れた山の奥にあって、夏でもすずしくて囲炉裏に薪が燃えているところ。かかり湯のお湯がたぬきの小便小僧のおちんちんからでているというほのぼのとしたところ(幻冬舎文庫『南九州温泉めぐりといろいろ体験』参照)。

「昨日の話ってなに?」と聞いてみた。そしてわかった。それは、私がかつてお昼を食べたあとに拉致《らち》されるがごとく連れ去られ化粧品を買わされた知人のその後に関することだった。その知人はあれから保険の外交員、飲み屋を何軒か渡り歩き、今、ある宗教に属して祈って回っているらしい。

「ふう……ん。エネルギーにあふれて、人好きで、淋《さび》しがりや、何をやっても満たされず胸の中に空虚な空洞がある(想像)人がたどる人生のある典型的な例を見ているみたい。宗教ね……。そこでゴールかもね~。宗教以上に強力に洗脳してくれるものある?」

それから、せっせが病気で密《ひそ》かに手術したらしい、病気も秘密主義という話、私の病気の話、などを話す。くるみちゃんのご主人の病気は原因不明で来週も検査らしい。

「言っちゃ悪いけど、楽~」と言う。夜中も朝も今まで何かと気をつけて看《み》ていたので、それがなくなってとても楽だと。自分ひとりの時間ができたそう。でも来週、検査のために頭部を切開するそうで、その時は病院の近くに泊まるとか。なんだかんだいってもやさしくかいがいしい。

くねくねとした山道をどんどん進む。

「人って、病気したり、いろいろあって、だんだん人生の終わりに向かってるんだよね。この山道を進んでる様子も人生みたい。先がわからないままくねくね進む。みんな、明日《あした》何があるかわからないまま、とにかく進んでるんだよね」

温泉に着いた。空気が冷えている。寒い寒いと言いながら古い民家風の建物に入る。真っ暗だった。呼んだら奥から人が出てきた。囲炉裏に薪が燃えている。

だれもいない温泉に入る。お湯の温度が熱い。慣らしながらゆっくりとつかる。冷えていた体が温まっていく。

そこでまた話す。

「幸せな人ってまわりにいる？　幸せな人ってどういう人だと思う？　たとえば、文句や愚痴を言う人って幸せな人って思えないでしょ？　文句や愚痴を言わない人、……言わないけど何考えてるかわからないような不気味な人も幸せそうじゃないよね？　だとすると、……おだやかな人？　おだやかで仏像のような人かな？　でも、おだやかで仏像のような人と友達になりたい？　そういう人に日々の考えなんか話したら、おだやかな正しいことを言われそうで、それはあんまり面白そうじゃないよね。……家庭円満でだれにでもにこやかで優しくて幸せそうな人っていそうだけど、でもその人と友達になりたいとか、話したいとかあんまり思わないと思わない？　そういう人といたら、共感しあうって感じじゃないよね。かえって自分の暗さや不幸さが強調されて自己嫌悪に陥りそう。

おだやかな人や幸せそうな人はちょっと離れたところにいてやさしい雰囲気を出しててくれたらいいよね。じゃあ、その人と話して楽しいとか、接点を持ちたいと思うような人ってどういう人だろう？　共感しあえて、うんうんって言えて、話してて、聞いてて胸がすっとするような人。正直で素直な人。それは、幸せそうな人というのとは違うね。正直に素直に不満や愚痴をこぼす人。共感して納得できる不満や愚痴はかえって聞いてて胸がすっとする。ということは……」などと立て続けにくるみちゃんに質問を交えて、熱い風《ふ》呂《ろ》につかったり、出てふちに腰かけたりしながら勢いよくしゃべり続けていたら、くるみちゃんが、「みきちゃん。どうしたの？」と。

ハッとして、アハハと笑った。

「実はね。去年から今年にかけて、いろんな人にあっていろんなことをして、いろんな感情を感じたの。で、あれはなんだろう、あれはいったいどうして、って今はそれをずっと考える時期で、それで今、ずっとこういうことをくどくど考えてんの」

温まったので、もうでようと言って出る。

脱衣所に、それがあった。

体重計。

夏からだらだらとした暮らしをこれでもかというほどし続け、ものすごく気ままにのんびり、食っちゃ寝。いつも横にねころがって暮らしているので体重がどんどん増えていて、もうずっと体重計に乗ってない。

興味があって乗ってみた。

やはり。6～7キロ増えている。もういいだろう、私。もうそろそろしゃんとした暮らしをしようよ。体重も落とそうよと、小声で心でつぶやく。


お昼どこで食べる？　と考え、いつものお店でナポリタンにした。そこへ行く途中、

「くるみちゃん。今振り返って、人生であの頃はしあわせだった、と思うのはいつ頃？」

「うーん。……子どもが小さい頃かな。その頃は必死だったけど」

「その頃は別に今が幸せだとは思ってなかったでしょ？」

「全然思ってなかった。ただもう必死で」

「だよね？　そういうものだよね。前、ふたりで温泉にいろいろ行ったでしょ？　あの頃って、あの時はあの時でカーカの部活の先輩ＰＴＡのことですごく苦しかったけど、でも温泉にいろいろ行っていい思い出があるよね。楽しい印象だよね」

「うん」

「なんかしあわせな感じがするよ。でも、嫌なこともたくさんあったのに。それはあんまり覚えてない。だから今もそうかもね」

「私、今、旦那《だんな》の病気のためにあちこち行ってるけど、これもあとになったら、そう思うのかも知れないって思う」

「だよね〜」

そういうことを今、私は毎日考えてる。前だったら、これから先こうしたいああしたい、こうなるかもって、未来に希望を馳《は》せてたけど、今は思考がそう流れない。今は、未来に希望を託す前に、「今」のところでストップしてる。前だったら、「で、これから先……」と、大きな夢を見てたところを、今でストップさせるのでワクワク感はないけど、あせりもない。しりきれトンボのようだけど、茫漠《ぼうばく》とした安らぎ……というか、ふわっと紛れて消える感じがある。

ナポリタンとホットコーヒーを注文する。鉄板の上に玉子がひいてあって、その上に昔ながらのこってりとしたナポリタンがのってる。来て、見たら。玉子、私のは白身が多く、くるみちゃんのは黄身ばかり。「いいんだ〜」と言ったら、「かえていいよ」と言うので、かえた。ちょっと子どもっぽかったかなと思ったけど、くるみちゃんは特に黄身が好きってわけじゃないっていうからいいかなと思って。私は黄身が好きなのでとてもうれしかった。

今日はクリスマス・イブだけど何もしない、と言ったら、くるみちゃんは娘や孫が来るから唐揚げを作る……と言う。私も、じゃあ、鶏のももを焼こうかな。塩コショウで焼くと美味《おい》しいよね、ということで、帰りにスーパーに寄ることにした。

骨付きの鶏のももをさがしたらあったけど、箱に200本ぐらいぎっちり固めて入れてあって、それを見たら買う気がなくなった。なので迷った末、骨付きじゃない鶏のももにした。小さなお菓子のような350円のパック入りクリスマスケーキがあったので、さく用に買う。

そのあと、ドラッグストアにも寄った。そこで買い物してレジから出口に行きかけたら、くるみちゃんが今出口から出ようとしている白髪の痩《や》せた男性を見て、「ほら、あの人、タチバナくん（仮名）」と言う。「覚えてる？」

車に入ってから続きを話す。

「タチバナくんって、あの強かった？」小学校中学校の頃の学年一の不良だ。超ワル。

「そう。年取ったでしょ？」

「うん。見てもわかんないね。あの頃、小学生だけど、もう大人みたいだったよね〜。私、一度、殴られたから嫌だった。小学生の頃」

「私は中学の時」

「タチバナくんって、ガボってあだ名だったらしいんだけど、私はそれを知らなかったんだけど、子分のソトヤマくんが私がガボって言ったって告げ口して、それで、ガボって言ったのかって聞かれて、『だれかがガボって言って……』って答えてる途中で殴られた。本当に嫌だった」

「あの人、親分だったから、自分では手を出さなくてよく子分に叩《たた》かせてたでしょ？」

「そうそう」私が殴られたのは稀有《けう》。

「子分に叩かれたの。私を叩いてこいって命令して。同窓会で会ったとき、叩かれてすっごく嫌だったってタチバナくんに言ったら、『もう言わないでくれ～』なんて言ってたよ」

「その時はふつうの感じだった？」

「うん。ふつうのおじさん」

「あ、そうそう。で、その子分のソトヤマくんって、いつもいじめてたあのおとなしい女の子と結婚したんだよね。不思議だよね～。わかんないね～」

「ソトヤマくんって発作を起こす持病があったでしょ？　運動会の前に興奮して急にバタンってうしろに倒れてふるえだして、先生が靴を口につっこんだのがもう衝撃的で」

「ああ。舌を噛《か》まないようにね。とっさにね」

「うん。その、靴をつっこんだっていうのが、もう。一生忘れられない」

「先生も心得てたね」

「ぶるぶるふるえて、靴のわきから泡が吹き出してきて……」

「へえーっ」

と、なんだか今となっては思い出。そう、小学校高学年の頃は不良がいて、すごく嫌だったんだった。

「あの頃、嫌だったよね」と私も思い出す。

「嫌だった。大嫌いだった。学校、行きたくなかったもん」

「そうそう」

それが今は、あの白髪か……。あの頃、地獄だと思っていたけど、それも懐かしいような……。でも、確かに地獄のようだったわ。地獄を生き抜いたから強くなったのかも知れない。そしてそういう地獄がだれにでもいくつかあるんだろうと思う。小さな地獄ってたくさんあるもん。人に知られないようなのも。


夜、チキンを焼いて、フィギュアスケートを見る。

それにしても、せっせという人は本当に面倒くさい人だ。今日、畑の草刈りが大変だろうからせっせが楽になるかなと思って、畑を探してる人がいたのでその人に貸したらどうかと軽い気持ちで聞いたら、長期計画があるからどうのこうのというので、貸したくないんだなと思ってわかったと電話を切ったら、夜、メールが来て、「畑を貸せというお話ですが、はっきりときっぱりとお断りいたします」と始まる、貸さない理由が箇条書きで厳しく書いてあった。まるで私が土地を貸すように強く要求したかのような、嫌なことをさせようとしているひどい人であるかのような、なんとも不愉快になる文面だったので、すぐに電話して、「何をそんなに大げさに？　1ミリでも嫌だったらもうそれ以上何も言わないよ。嫌なことをさせる気はまったくないから」と言ったけど、せっせという人は物事をなんでも悪くとって、ものすごく暗く恨みがましく考え始める、ちょっと異常なほど心配症で被害妄想があり猜疑心《さいぎしん》の強い人だということを忘れていた。言ったことを後悔した。

車のことも、事故でも起こして傷をつけたら弁償しなきゃいけないし心配だから乗りたくないけど我慢して乗っているようなことを言うので、バッテリーがあがるよりもまだ傷ついた方がいいし、もし傷ついても弁償してなんて言わないよと言ってもダメで、こんなに心配症の人に車を動かしてと頼むのは悪いからやはり他の人に頼もうかと思った。そう言ったら、「君がそう思うならそうすればいい」と言う。そうしよう。せっせは普通の人じゃなかったことを忘れていた。「そんなに心配症で物事を暗く考えるんだから、毎日、苦しいでしょう？」と言ったら、「けっこう苦しい」とのこと。ひさびさに腹が立って、熱心に話しあった。そして暗く嫌な気持ちになった。ああ、本当に大失敗。せっせのいちばん嫌なところを刺激してしまい、味わいたくない気分を味わってしまった。

それに時々、私が言ったことと逆のことを私が言ったかのように取り違いをしていることがある。YESと言ったのにNOと思い込むようなところ。「君がそう言った」と。「反対だよ。メールに記録が残ってるから見てみて」と言ったのだけど、そういうところは本当に困る。

思い出した……。この人のこういうところ。大嫌い。普通の感覚の人じゃなかったんだった……。もう何も頼まないようにしよう。といっても時々頼むことがあるのでそれはしょうがないけど……。いや、できるだけ頼まないようにしよう。

私がなぜ嫌な気持ちになるか。一番の理由は、せっせが（私も含め）他人を信用していないからだ。他人は「自分に損をさせる人」と思っているかのよう。私にとってはすべての関係のベースが信頼なので、そういう気持ちがない人というのはルールも仕組みも違う異星人のようだ。交流のよりどころがない。やりきれない。

## 12月25日（日）

朝ねぼう。

さくに「クリスマスプレゼント、欲しいのあったら言ってね」と言ったら、「何にしようかな～」と。そういえばスーパーファミコンをやりたいと言ってたのを思い出して、せっせに聞いてみることに。電話して「スーパーファミコン持ってる？」と聞いたら、「あると思うけど奥にしまい込んでるから見つけるのに時間がかかるかも」「いつでもいいよ」と言ったけど、せっせのことだからすぐに探し始めているだろう。

するとやはり、1時間もしないうちにゲーム機を持ってきてくれた。これからしげちゃんと買い物に行くというので、じゃあクリスマスのプレゼントにお金を包むと言ったら、外の車にいるから連れてくると言って連れてきてくれた。さくにも挨拶《あいさつ》させて、今度ご飯でも食べに行こうねと言う。しげちゃんは、これから小豆《あずき》を買ってきて煮たい、と言っていた。せっせはそれはやめて欲しいと言っていた。

昨日のせっせのことだけど、土地という最もせっせが敏感になっているところに触れたのがいけなかったのだと思う。地雷を踏んだようなものだった。

ふと、ある小説が浮かんできた。それは……美しくて聡明《そうめい》で芯《しん》の強い女性が精神を病んでいく小説で、なんともいえない重苦しい、でもいい小説だったけど、あれはなんだったっけ……、とずーっと考えて、思い出した。曽野綾子《そのあやこ》の『無名碑』だった。

本棚に探しに行ったら、あった。そう……これは……、読んでどうしようもない気持ちになってしまった本だ。また読んでみたいなと思い、でもじっくりと読むとまた苦しくなるから軽めに読もうと思って読み始めた。なんとも引き込まれるこの世界。午後はずっと読んでしまった。

さくが、今日の昼間友だちと買い物に行って帰ってきて、「この町には何もない」と改めて驚いていた。

静かな夜。静かすぎる。

さくが前にビンゴ大会でとった丸いホットプレートで焼肉を食べながらテレビでフィギュアスケートを見て、「お風呂《ふろ》ためたら?」とマンガを読んでるさくに言って、洗濯物をたたむ。床にしゃがんでひとつひとつパタパタとたたむ。タオル……ズボン……シャツ……パンツ……靴下……。靴下が一足たりない……どうしたのかなと思いつつ引き出しにしまいに行って、途中で洗濯機をふと覗《のぞ》いたら、側面にぴっちりと張りついていた。おかしくて「あらっ」と思わず声を出したら、さくが「なに?」と向こうから聞いてきた。「靴下がね、ないと思ったら洗濯機に張りついてたの」

私は時々、生きることは悲しい、と思うことがある。

さくの「なに?」を聞いた時にまたそう思った。生きることは、なんて悲しく寂しく孤独なんだろう。

でもこれは、『無名碑』とこの静けさのせいかもしれない。

## 12月26日（月）

この静けさ。人のいなさ。これは、それはそれでとても美しいものなのかもしれない。深いところで何かにつながっているような気もする。豊かなものに。

昼頃起きて、午後からひとりで温泉に行く。ほかのお客さんのおしゃべりを聞くともなく聞きながら露天風呂《ろてんぶろ》。それから、人がいないなと思いながらスーパーで買い物して帰る。

読書。

遠くまで電車で遊びに行っていたさくが友だちと帰ってきて（それは初めての体験だったので最初ちょっと不安だったそう）、今日は友だちが家に泊まるのでカレーを作る。だいたい子どもの友だちが泊まる日はカレーだ。

トマトと玉ねぎとコンビーフのカレー。「うまい」と友だちがまた言ってくれた。

スケートを見ながらカレー食べて自分の部屋に帰る。

カーカからメール「ママはなんでやりたいことあったのかな」

「うん？　それはまた今度。それより家に帰ることある？　カリスマドッグ」

1週間分しか予約録画できないので、録画してって頼んどいた。土日にそれがある。

「ああ～土曜までに帰ればいいでしょん」

カーカが気ままである限り、私はなんだかほっとすると思う。

**12月27日（火）**

今日、庭の木の剪定《せんてい》を頼んだ。私の大好きな造園一家である末川《すえかわ》家。とても働き者。それだけでも尊敬する。そしてその上に人がいい。

年々、高く高く生い茂る木。

私もみんなが同じ場所にいるという安心感に頼って、自分のできる範囲のことを黙々とした。草むしりと、小さな剪定。かなり進んだ。自分ひとりではなかなかできない。私のこの小さな、切れの悪い剪定鋏《ばさみ》では直径1センチの枝でも四苦八苦するのに、あの高い木の枝をよくもたやすくするする切っていくなと感心してつぶやいたら、お母さんが「研いでるから」と。それは私の胸にスッと入った。そうだよね。……そこよ。

大好きな人たちと会えて、特に多く話はしなかったけど、それだけで私はいい気持ちになって心が清くなった気がした。

まだ終わらなかったので続きはまた明日《あした》の午後から。帰りに私の詩の、あのワコールのカレンダーとこぶたカードをあげた。

「先生のは、なごむよね」と、娘のみさちゃんが言う。なごむと言われるのはうれしい。

**12月28日（水）**

おとといは寒くて雪もちらついたけど、昨日はあたたかな一日だった。今日はどうだろう。

昨日、せっせがダイエットコーラは飲むけど普通のコーラは飲まないからと、貰《もら》い物のコーラを3本さくに持ってきてくれた。やけに機嫌がよかった。機嫌がいいときは表情や態度ですぐわかる。笑っているから。

午後、剪定の続き。

私もみんながいるからやる気が出る。一生懸命、次から次へとやることを見つける。この枝を切ろう、この草を抜こうと。ずっとそうやってパチパチやっていて、薔薇《ばら》の緑色の茎と赤いトゲを見つけてその枝を切った時、幸せを感じた。ふわっと。すぐに去ってしまったけど。でもとてもいい気持ちだった。


夜、こたつでご飯を食べてテレビをみてる時、ひさしぶりにさくの写真を撮る。携帯いじってるとこ。最近はなかなか撮る機会がない。

## 12月29日（木）

寒いながらも澄んだ空。朝早くゴミを置きに行きながら霜の降りた白い畑を眺める。

庭がすっきりして厚く茂っていた木も陽の通りがよくなっている。

年の瀬のぼんやりとおだやかな一日。

物事を全体的に捉《とら》えられない人がいた。一面的にしか捉えられない。自分にとって大事な人を飛んできたボールから守ろうとして、途中にいる人を踏みつけていることに気づかないような人。そして、うまく助けられて自分はすごいなと思っているような人だった。

謙虚で、自分を卑下してみせたが、それは同時に他の人に失礼なこと（自分を卑下すればいいのに自分の職業ごと卑下したら、同じ職業の人が隣にいたというようなこと）で、それには気づいていなかった。よかれと思って言ったりやったりしているが、その視野の狭さ（頭の悪さ）によって実はとんでもなく失礼なことになっていた。そのことにいつまでも気づかない。人から注意されてもピンときてない。私はそのタイプの頭の悪さが非常に苦手だし、嫌いだ。愚かで気の毒だと思う。そういう人はきっと今までにも時々怒られることがあっただろうと思う。親身になって教えてくれる人や注意してくれる人もいただろう。その時に、どうしてだろうって、人の言うことを聞ける人は変わっていける。嫌なことを言われてると思ってへそを曲げて聞こうとしない人は変われない。人の言うことに耳を傾けるって時々とても大事だ。

心癒《いや》される人物、シスターMとランチ。私はカルボナーラ。冬の陽がさしこむあたたかなレストランでゆっくりと食べる。オーちゃんが引っ越して、「一度メールのやりとりをしたけど、つい先日連絡したのに返事が来なくてどうしてるんだろう。でも彼女のことだからきっと波乱万丈な人生をまた繰り広げてると思う」と話す。

帰りにさくの好きなうなぎを買う。しげちゃんたちにも買った。シスターMも買っていた。

家に帰るとさくは友だちと庭で鬼ごっこをしていた。

昼下がり。

あたたかく、眠かったので読書しながら昼寝する。いい夢を見て、すごくいい気持ちの時に電話で目覚める。電話を切ってから夢を思い出そうとしたけど、ダメだった。うすぼんやりとなんとなく覚えてて、うーんと考えたけど、どんどん遠ざかっていった。

夕方5時ごろ。

安売りスーパーにちょっと野暮用（買い物）。駐車場に止めたとき、隣のバンの助手席に丸い赤ん坊の頭がゆらぐように動くのが見えたので、「うん？ 今日は犬じゃなく、赤ん坊ちゃんが車でお留守番？ わくわく。赤ん坊をじっくり見るかな」と思ってよく見たら後ろの席に大人の人が乗っていた。残念。

店に入り、買い物をして帰る。

帰ると、ちょうど夕焼けがきれいだった。木の枝がシルエットになり、背景の上半分が空で淡いオレンジ、下半分が山の青。

私は今、4月に出る『私だったらこう考える』（幻冬舎文庫）という本の中の「こころ澄まして」という文章を書いていて、思ったことだが、私はいつもいろいろ考えていて、自分がやってしまった不愉快な出来事を「あれはああでああだったからああいうふうになって、でもあれはああいうことでもあり、そういう意味では当然でしかたなく、そしてこういうことを知ったわけで、それはそれで価値がたぶんあるし、自分を知ったし、そう思うとこの流れは当然といえば当然で、私にとって必要で必然でムカムカするけど教えられたし、とは言ってもひどくないか？　と思うけどそうじゃないのかな。あの人ひどいよね。でも私も悪い？　いやいや、許せない……」などとあれこれくどくどと意味を探すのが好きなのだが、結論をあえて出さずに曖昧《あいまい》なまま終わったらどうかなとふと思い立ち、そう試みることにした。

そう思っただけで、ちょっと気が楽になった。いくら考えるのが好きだと言っても、あまり考えすぎるのもいけないよね。

考えないぐらいがいいのかもと新たな地平線を見る思い（笑）。

夜、うなぎ。「今日はうなぎだよ」と言ったら、さくが「最高だね」と言う。

食べやすいようにひつまぶしのように細かく切った。一緒に買った山椒《さんしょう》の小袋が見つからず、「ないない。ないない」と言ってゴミ袋まで探したけどなくて、冷蔵庫に前の山椒の袋を見つけたのでそれをかけた。で、お代わりしに台所に行ったら、まな板の脇のキッチンバサミの下にあった。あんなに探したのに。笑える。

食べ終え、「おいしかったね。ママのパパも好きだったんだよ。ここのうなぎ」と言って私は自分の部屋へ行く。

## 12月30日（金）

ゴミ集荷、今年最終日。寝坊しないように昨日の夜から気合を入れていたので、6時半に目が覚めた。8時までふとんの中でぬくぬくと幸せにすごしてから行く。6袋もあったので車で出して、そのままくるりと一周ドライブ。川には朝霧がたちこめ、遠くの山は水色。とてもきれいですがすがしく、空気もきりりと冷涼。朝陽がオレンジ色のベールをあちこちに投げかけていく。

走りながら思った。この町にはなにもなく、過疎化が進んでいて老人ばっかりで覇気がなく、店もどんどん潰《つぶ》れて、年々生活も不便になっていると。でも、もし何もない空気のきれいな山奥だと仮定したら、何もないよりは便利だ。ガソリンスタンドも、種類は少ないけど最低限の食料や生活用品も揃っている。何もないのと比べたらずいぶんある。何もないよりは、便利だ。ここが何もないところだとしたら、車でちょっと行ったところに銀行も郵便局もコンビニもないだろう。何もないよりは便利だという目で受け止めよう。

で、くるりが終わって家に帰りつき、まだ床のふとんで寝ているさくをチラリと見て、仕事。

今日は、食料の買出しに行く予定。年末年始の分。年越し蕎麦《そば》と、すきやきもしよう。

このあいだ末川さんからお米とお餅《もち》と小みかんと大根と白菜とねぎを貰ったのでこれらを有効に使おう。お正月用には黒豆と数の子とかまぼこがあればいいかなあ。いくらはあるから（箱で買ったら食べ飽きてしまった）。

オーちゃんからメールが来て、所在が判明（笑）。やはりまた引っ越していた。「いつか近くに行ったら連絡するから会いましょう」と返事したら嬉《うれ》しそうだった。

私の好きな規格外の女性たち。ツー、オーちゃん、神戸で会った美人。魅力ある個性を持ちながらも世間の基準とちょっと違うので、自由でありながら苦しみがある。闘いながら生きている戦士達。この3人の人生を私は見守りたい。

今日来たコメント、「中学の頃、すりガラスのような気持ちをクリアにして毎日を生きやすくしてくれたのは、『詩集　ロマンス』の中の『……どこかからきっと、あの夜空などと呼ばれている』という詩でした。その詩があのころ特有の、狭い狭い世界から連れ出してくれたのでした」

ということで、

「星々のあいだ」

星と星のあいだにあるのは

まっくらやみではなくて
ただ見えないだけでたくさんの星
まっくらやみのように見える夜空は
無数の星で満ちている

からかわれているようなたよりない私たちの
人生は
風に吹かれる木の葉のようで
それは　あの夜空からとても遠い
けれどそれは確かにあの夜空の中にあって
どこかからきっと
あの夜空などと呼ばれている

午後、買出し出発。

スーパーに買出しに行ったら、すごい人だった。しかも時間が10分20分とたつにつれてもっと混み出した。カゴ2つ分、1週間は過ごせるぐらい買い物して、カートに乗せて車に運ぶ。途中、焼き鳥があったのでふら〜っと吸い寄せられる。じっと見て、買うことに決めた。「2本ずつ。豚バラと、ネギまと、鶏皮と、モモ肉たれをお願いします。……あとソーセージ」。荷物を車に乗せる。焼きあがるあいだ、おじさんとしゃべる。今日も暖かい。「昨日は暑くてTシャツでしたよ」とのこと。痩《や》せて、色が黒くて、いい人っぽい。いい人と話すと気持ちがよくなる。私もにこにこして天気の話などする。

いい人に会っていい気持ちだと思いながら帰る。今日はよかった。最近いい人とよく会う。

## 12月31日（土）

大みそか。今日も快晴。

このあいだなくした草取り道具を買ってこようかな。たぶん、切った木の枝と一緒に捨ててしまったのだと思う。それで草取りでもしようかな。頑丈な草の根を丹念に掘り起こして。

人が、人のいたずらに寛容だったり人のやんちゃ自慢を笑えるのは、被害者になるまでだなと思った。私の家に空き巣に入ったり私の自転車の鍵《かぎ》を盗んだりした子供が、大人になってそれを人にやんちゃ自慢したら嫌だなあ。二股《ふたまた》、三股、女泣かせ、男泣かせ、浮気自慢も、被害者の立場になると笑えないよね……。よく人前で自分の悪行をぺろっと舌出しながら笑い話にする人がいるけど、同じようなことで傷ついた側の人が隣にいるかもしれないね。

草取り道具を買いに行った。草の種類によっていろいろ便利そうなのがあったので、3つも買ってしまった。そのあと、うどん屋さんにおいなりさんを買いに寄る。6個買った。年越しそば用のえびの天ぷらがあったのでそれも買った。家に帰っておいなりさんを食べた。私の好きな裏返しのおいなりさんだったので、2個のつもりが3個食べた。それからちょっと草取りをして、部屋で本を読んで、油絵を描いた。

おだやかで暖かく、静かないい日。

私が時々気がふさいで憂鬱《ゆううつ》になるのは、ひまだからだと思う。ずっと何かを考えているのでそうなるのだと思う。忙しさに忙殺されている時はこんなじゃないもの。だから、下手に考える時間がない方がいいのかもと思った。自分のことを考える時間がないほど忙しかったら、変なこと考えないような気がする。

夜は、年越しそばを食べながらさくの好きなテレビ（「笑ってはいけない……」）を見て、焼きリンゴを作る。静かな年越し。

学校の家庭科でミシンを使うトートバッグというのがあり、途中まで作っていた素材を返されたと言う。東京の家にはミシンがないので、「今日、テレビを見ながらそれやろう」と、不器用なさくをなだめたりすかしたりしてやっと作った（細かい作業は本当に苦手らしい）。くじけそうになるので大変だった。作り終えて「やった！」と思ったら、よく聞いたらその授業はすでに終わっていて、バッグを作るのが宿題じゃないのだそう。「え？　作らなくてもよかったの？」「言ったじゃん。宿題じゃないって」「でも新学期に授業で続きをやるのかと思ったんだよ。で、ミシンがないからここでって……。せっかく作ったんだから休み明けにこれ提出してね」と言っとく。

## 2012年1月1日（日）

午前2時。

庭に出てみた。

いい匂い。

それほど寒くない。空を見あげると、星は見えない。

ベンチに腰掛けて暗い空を見ながら考える。

去年はいろいろなことがあり心労も多かった。ショックなこともあった。

だから早く時間が過ぎて記憶が薄れればいいと思った。時間が過ぎて記憶が薄れることしか対処の方法はないと感じたから。

今年はどんな一年になるかな。

今は何もない。

計画も、したいことも。

でも、それでも時は過ぎていく。

こんなにぼんやりとした今だけど、時は過ぎていく。

いいことって何なのかわからない。

悪いことって何なのかわからない。

わからないから、わからないままに物事をただ受け止めよう。

新年。

明けましておめでとうございます。


朝起きて、庭をぐるりと散歩する。

朝陽が照りつける。目をつぶって顔に当てる。

表面的なものにまどわされないようにしよう。表面的なものは、薄くコーティングされた砂糖のように、ゆするともろく、ハラハラと崩れ落ちる。

お雑煮を作って食べる。さくに「おめでとうって言う?」と聞いたら、「言うの?」と聞くので、私もちょっとテレくさく面倒だなと思ってたら、「明けましておめでとう……」とさくが小さな声で言ったので、私はもっと小声であやふやに「おめでとう」と言った。なんかこの挨拶《あいさつ》は自分にしっくりこない。

昼ごろ、しげちゃんたちが来て、さくと私にお年玉をくれた。これから神社にお参りに行くと言う。お正月はだれも遊びに来ないからドライブにでも行く? とさくに聞いたら、いいって。私も面倒だと思ったので、今日も家でごろごろ。さくに「お年玉あげるね」と言って、さっきしげちゃんからもらった5千円をあげる。「さっきもらったの」「さっきの?」と笑ってるさく。「金額、同じだったんだもん」。でもそのまま渡すのもなんなんでポチ袋から出してお金だけあげる。

さくは昼間からお風呂《ふろ》をわかして中でマンガを読んでた。私も本を読んだり、昼寝したり。

明日《あした》カーカが帰ってくる。何度も伝えてるのに、「JALだよね!」と。「うん、こ」と返事したら、いつになく早急に返事が来た。「おっけー」。

夜はすき焼き〜、さくはギター。

## 1月2日（月）

何か……、まったく新しいこと。今までと違うことをやってみたいと今朝のふとんの中で思った。何だろう。

今までと毛色の違うこと。違う空気に触れるだけでもいい。違うものを見たい。まったく違うことで興味を感じることをしてみたい。

モンタナのアマナさんからメールが来た。セドナから引っ越した最初の頃はいろいろと大変で、2度も死にかけたけど今は元気だということ。やっとメールできる余裕ができたのだそう。激流を漂う木の葉のような、彼女は本当に縛られてないというか不安定というか、波乱万丈な人生を送っている。

自由ということは縛られないということで、それは落ち着かないということでもあって、安定しないということでもあるんだなと思う。私も彼女ほどではないけど自由で縛られない暮らしを求めていて、それは落ち着かないということでもあって、そのことからくる不安定さを甘受しないといけないんだなと思う。つい落ち着きもほしくなるけど、落ち着くということは、それで失う状態があるということだ。

状態というのは、違うものを一緒には味わえない。

モンタナ。冬は寒そうだから、夏、子どもたちと遊びに行きたいな。

ご飯食べながらニュースを見ていたら、渋谷の109の福袋のために早朝から地下の駐車場みたいなところに座り込んで待っているたくさんの若者たちの映像が。「カーカみたいな人がいっぱい」と言ったら、さくが「カーカ、いるんじゃない？　ここに」と言うので、ちょっと探す。でも待つのも忍耐力がいるから、そういうタイプでもないか。その後、銀座の三越の福袋を争奪している人々の映像へ。ものすごい形相で3袋つかみとる女性の顔に福袋の角がぐいぐい当たって痛そうだった。ほっぺたがつぶれていた。

カーカの迎えまで庭の草取りをしていたら、あっというまに時間が来てた。予定よりも5分遅れて出発。空港のいつもの場所でカーカが待っていた。いろいろしゃべりながら帰る。

「夏休み、モンタナ行かない？」「行く。その頃までに就活、終わってたらいいなあ」なんて言ってるから、就職は考えているよう。「ここでもいいかなあっていろいろ会社、見て思うけど、よく考えると、おもしろくなさそうだな〜って思うんだよね」「どこも同じようなものじゃない？　よくさあ、従業員募集の広告って見るけど、ああいうのはバイトみたいなものなのかな？」などなど。

家に帰ったら、さくが友だちとゲームしてた。今日、カーカが友だちを3人泊まらせると聞いたさくが、ひとりで静かにしてるのはいやだから、「だったら僕もせいちゃん泊めていい?」と聞いたので「いいよ」と言ったのだ。カーカの友だちはたぶんこたつで朝までしゃべってそれから帰るはず。さくたちは2階で好きなように。夕ご飯も自分たちでコンビニで好きなものを買ってきてもらうことにした。そういうのも楽しそう。

カーカは、こたつにもぐりこんで、最近買ったPSP Vitaで「塊魂」のゲーム。5時に友だちのまあんちに集まって、ラーメン屋でごはん食べて、それから家に来る予定と言ってる。

ちょっと寒いから薪《まき》ストーブ焚《た》くねと、薪に火をつけてたら、「坂本九《さかもときゅう》って知ってる?」とカーカが聞く。「……坂本九? うん。知ってるよ。どうして?」「携帯見てたら、死んだ人の中に出てた」「……? ああ、そうそう。飛行機事故でね。山に落ちたんだよ。あの事故はすごかったよ。かわいそうだったよ。週刊誌にね、写真が出てて、木の枝に……」と、その事故のことをちょっと話してあげた。それから、カーカはそれ関連の動画をユーチューブで見始めた。最初の一報のニュースを私にも見せてくれた。歌番組の途中に入ってる緊急ニュース。薪に火をつけながら、それを見る。

「そうそう。最初、レーダーから消えたって言ってたんだよ……」

カーカは5時にお出かけね、さくはコンビニに買い物、と思いながら、私は自分の仕事部屋に帰って本を読む。

しばらくして(5時20分)、部屋の引き戸が開いて、カーカが入ってきた。

泣いてる。「う、うえーん」と、まんじゅうつぶれ顔で。

こわっ！　いったいどうしたのだろう⁉　と私はわけが分からない。

友だちのところでなにかあったのか⁇

「どうしたの⁉」

「うえーん。ずっと見てたの……」

聞けば、あれからずっと日航機事故関連の動画を見ていて、「スチュワーデスの人が、メモにずっと指示を書いてたの……。ハイヒールはどうとかって……。あと、落ちてから、どこかから子供の声で、僕は頑張るって……」と言いながら泣いてる。私もそれを聞いて涙があふれてきたので、ティッシュで拭《ふ》きながら、「5時にまあんちに行くんじゃなかったの？　行かないと」「うん、うん」と言いながら、カーカ、行きました……。

さくたちもまだ買い物に行ってなかったので、ついでにお菓子とジュースも買ってきてねと言って送り出す。

8時ごろ、カーカたちが帰って来たようで、向こうがにぎやか。台所への通りすがりに見たら6人ぐらいいた。携帯を見せあいながら「この人、めちゃイケメンなんだよ」とか

キャーキャー言ってるのを、ほほえましく聞く。そういう異性に対する夢のような興奮って、若い時期ならでは。これからいろんなことを経験し、知っていくという人生の山の手前だね。19歳の女の子たち、それぞれの山の山登り。健闘を祈ります！
それから夜明けごろまで大変な大賑《おおにぎ》わい。大きな声で笑ったりしゃべったり。さくたちは2階でやけにおとなしく、でもたぶん気ままに楽しくやってるはず。

前回、彼氏と別れて死にたいと言ってたあの子がいたので、「どう？　最近。今は。悩みない？」と聞いてみた。あのあと新しい好きな人ができたらすっかりもう前の人は忘れて、今は新しい彼に夢中らしい。でもその彼は大人で働き者で忙しくてあんまり会えないから、今までになく我慢もしてるという。「それは自分も成長していいね〜」と言いつつ、「彼、何歳？」と聞いたら、22歳。写真も見せてもらった。こちらも健闘を祈る。「お正月、おみくじ引いたら、『今は遊ぶ時』って出たんです」と言うので、「遊ぶ時じゃない時ってあった？」とつっこみつつ、一緒に笑った。「自分の将来は考えてるの？」と聞いたら、「考えてます」と、今後の仕事について話してくれた。

**1月3日（火）**

くもり。家の中はまだ静か。
どうやらカーカの友だちは明け方帰ったよう。カーカはこたつで寝ている。

さくたちが起きてきたのでパンを食べる。うるさくて眠れなかったそう。うすら寒い。

何もすることがない。なんとなく退屈。

午後、カーカが起きたので、だらだらしゃべる。今日の夜はしげちゃんたちと食事に行くことになった。その前にお腹すいてマグロのお茶漬けを食べるカーカ。

夕方、カーカの友だちのまあがやってきた。これから鹿児島に遊びに行くというまあはエクステつけてオシャレしてる。メイクもばっちりしてたので「ちょっと見せて」と言って近づいて目をじーっと見た。目のまわり、まつ毛がたわしのようだった。

私は毛玉がたくさんついている家用のセーター、カーカは灰色のジャージをだらんと着て、とてもリラックスムード。

夜、食事に行く。私たちは焼肉、しげちゃんはお刺身盛り合わせ、せっせはビビンバ定食。せっせは夏から毛はえ薬をつけている。つけ始めに写真を撮ったのだが、今日、カーカに同じ角度から写真を撮ってもらって見比べたら、確実に毛がはえていた。見えていた地肌が見えなくなってる。でもつけているあいだだけしか効果がないそうで、ずっとつけ続けないといけないと言っていた。そのはえてきた毛だが、ちょっと感じが違う。なんというか……フェルトみたい。

そのあとカーカとさくと3人でイルミネーションの町に電飾を見に行く。3年前にも行ったことがあるところ。寒い中、散歩しながら見て回る。きれいだった。なにしろ一番驚くのは街の人たちがイルミネーションのために、生活している気配を消しているところ。窓に暗幕を張って、テレビの音もたてず、犬も鳴かさず、まったくの静寂を保っている。そこにいつも感心する。とてもきれいだった。行ってよかった。

私は、生きていると実感させてくれるような緊張感のある人や事やものが好きで、私自身もそう感じながら生きたいといつも思っている。だからそうじゃない時は、ものすごく憂鬱《ゆううつ》になるし落ち込む。

生きがい。

生きているという、かい。

それは、意識のレベルに関することだから、どこにいて何をしていても、そこに行けるはずだ。そう思えない時の自分は、高い目的を失っている時だ。達成すべき目標や目指したいものがあるということは、なんて人として、うれしいことかと思う。

人は皆、同じ場所にいても、実際に立っている場所は違う。それは目指すところが違うから。目指すところが違うと、同じ場所にいても、違うところにいる。

夜中。いつのまにかパラパラと雨が降り出していた。

外に出て、その雨に打たれる。冷たくなったので雨にぬれない渡り廊下に入る。しみじみと思う。

快楽と幸福は違うと言う。そうだなと思う。今の私に快楽はないけど、だからといって幸福でないというわけではない。パッとした華やかな快楽はなくても、全体的に引いて見ると不幸ではない。欲を言うときりがない。

恋人がいない人が恋人を願う。でも、と思う。好きな人がいないんだったら無理に人を好きにならなくてもいいんじゃないか。

人の言うことを気にするな。世間の言うことを気にするな。

気にしても誰も責任を負ってくれるわけじゃない。自分のことをずっと見てるのは自分だけ。誰も気にしてないんだから、気楽にいこう。

## 1月4日（水）

昨日の夜からやけに冷えると思ったら……。朝起きて外を見たら雪がチラチラ降っていた。大きなぼたん雪。

今日のお昼はツーと人吉市にある温泉旅館「たから湯」で待ち合わせてごはん。11時に着いて先に温泉に入る。昔ながらの木の浴室が気持ちいい。つるつるとしたお湯。

12時ちょっと前に出て、ツーも到着して、お部屋でお食事。ツーは相変わらず元気そう。すべてにおいて前向き。いつも今のことで忙しく、ちょっと前のことは存在しない。なので臨場感がある。人に「自分を出し惜しみしないとダメよ」と言われたそうで、今、男心をつかむテクニックが書かれた「恋のルール」みたいな本を読んでいるという。今まで駆け引きとかしたことがなかったけど、だからいけなかったのかもと勉強中らしい。「これ、20代ぐらいの人が参考にする本じゃないの？」と言ってはみたが。

彼女とは物の考え方や優先順位が全然違うけど、明るさやおもしろさがあって、見てると楽しい。……そう。私は黙って見てるという感じだなあ。成り行きを。あまりにも違うのでお互いの話は参考にならないし。私のことが目に入ってるようでもないし（笑）。

仕事のことも家族のことも全部ひとりでかかえてかなり大変なのに愚痴は一切こぼさないところが性格というか。家でぼーっとするのが嫌いなので朝から晩まで予定を入れてるとか。5年後に海のそばに移住する夢があり、それに向けてあれこれ考えている。

口が悪くて人前で部下を叱るような人が大嫌いだそうで、飲み会があって、そういう人がいて、「大嫌い」と周りの人に言ってしまい、「まあまあ。口は悪いけど人はいいから」となだめられたけど「人がよかったら口は悪くないわ」と思い、このままいたらケンカしそうと感じ、さっさと帰ったところが我ながら成長したところだと思うと言う。「もしケンカしてたら何て言ってた？」「……何様と思ってるの？　って」

食後にも温泉に入って、いろいろとしゃべって気分も楽しくなった。また次に会うまでそれぞれに頑張りましょうと言って別れる。私が「今年はまったく違ったことをしたい。毛色の違ったことを」と言ったら、「嫌いなことをしたら？　運動？」「それだけは嫌だ」

帰りにモスバーガーでハンバーガーその他を買って帰る。

昨日の夜からカラオケに行ってたカーカも帰ってきて、夜、ハンバーガーを食べる。「これね、会計したら2060円だったの。で、できるのを待ってる時にレジの脇を見たら福袋があって、2000円分の券と、そんなにかわいくなかったけど掛け時計と、卓上カレンダーとシールが入ってたの。それを買って券を使えばよかったかなって後悔したんだけど……」とずっとくどくど言ってたら、「もういいじゃん。わかったんだから来年、買えば」とカーカ。うん。そうする。

夜、カーカがお腹すいたと言うので、ビビンバを1個作って3人で食べる。

そのあとお風呂《ふろ》に入って体重を計ったら、……また体重が増えていた。59・5キロ。確か半年前は52キロぐらいだったはず。体脂肪率ももうすぐで軽い肥満とでてる。どうしよう。健康にも悪そう。よく考えよう。53キロぐらいがいいんだけど。

……あれがいけなかった。昼間は寝転んで映画見て、夕方からこってりとしたおいしいつまみをつまみながらお酒飲んでお腹いっぱい夕ご飯食べたら眠くなるのですぐ寝て、という夏からの暮らしが！

やはり生活に張りがないのがいけない。目標が。今年は新しいことをするつもりなので、そこに道を見つけよう！（と言っても現在、思い当たる新しいことは何もないけど）

## 1月5日（木）

ああ〜。今日はゴミの日だった。今日出さなかったらもう出せない。唯一あたたかい私の部屋で3人で寝て（カーカはさくのふとんの端っこ。朝見たら木の床に寝てた。さすがに若さゆえ板の上でも爆睡）、11時ごろ起きて、お昼は私たち行きつけのお店に「チキン南蛮」を食べに行く。「こないだテレビでね、浅田真央《あさだまお》ちゃんの行きつけの中華屋が出てて、いつも食べてた料理をお笑いタレントが食べてたんだけど……。もし……『私を育てた味』っていう番組があったら、さくやカーカはここのチキン南蛮かな？　それともキョウミンのラーメン？」とカーカに聞いたら、「……ここ」と。

帰り、会計してたらお店の女性が、さくが大きくなった大きくなったと驚いていた。「こんなに小さかったのに」と、1メートルぐらいを手で。

午後は（冷えこむ）家で、カーカはテレビ、さくは友だちが来てゲーム、私は自分の部屋でいつのまにか時間が過ぎていた。そして夕方、カーカは友だちんちへお出かけ。

私は、興味のないことにはいたって冷静だが、興味を感じたことに対しては強い探究心が生まれる。それは先月の24日、温泉からの帰りにスーパーへ寄って買い物して会計した時のこと、2000円だったか3000円だったか、いくら以上の方はクジがありますと、割り箸《ばし》が3本立っているビンから割り箸を引かされた。なにも書いていなかったからハズレだったのかも知れないけど、何かの缶をいただいた。アルミ色のシンプルな缶。見るとチューハイのようだった。私はかつては日本酒が好きで、それからワインをよく飲み、最近はシャンパンだったけど、それにも飽きてきていた。お酒も長く飲んでいると飽きるみたいで。でも缶チューハイだけは今まで触手がのびなかった。でももらったから飲んでみた。いろんなものが入ってなくて自然っぽくて果汁も多いと書いてある。それはとてもおいしく感じられた。果物のイラストもなくただ文字だけで、お試し缶とかなんとか書いてあった。

で、それ以来、スーパーやコンビニや安売り量販店に行くたびにその缶をさがすけど見つからない。もう何軒も行ったのに。それで他の缶チューハイを買ってたけど、どうしてもあれが気になる。あれはなんだったのだろう。ネットで調べたけどわからなかった。空き缶があったはずと空き缶用のゴミ袋の中を探したらもう捨てたあとだった。

気になってしょうがないのでその店に行くことにした。夜、ちょっと遠いけど車を運転して行く。着いて、お酒売り場をさがしたけどなかった。腕組みしてチューハイ売り場の棚をじーっと見ていたら近くのボサボサ髪の男が私の真剣な眼差《まなざ》しに、こっちをちらっと

見てた。気迫が伝わったのかもしれない。あるいはただの酒好きか。とにかく、「ないな……ないな……」と思いながら3周ほどぐるぐる回って、あきらめる。ああ。気になる。おいしかった。あれ。

夜は、しゃぶしゃぶ。

**1月6日（金）**

曇り。買い物行ったり支払いしたり、用事をすます。

庭に芝がところどころ生えている。それを草取りでカシカシと抜く。地下茎でのびていく植物には困らされる。最初はすぐに増えていいなと思ったのだけど。クローバーも植えたけど、繁殖しすぎて抜いた。今困ってるのはこの芝と、シダ、葉っぱが変な臭いのピンク色の花が咲くやつ。笹、トクサ、バナナ、カンナ。ツタやつる性の植物も困る。なにしろいろいろなものがどんどん繁殖している。

午後、ひがな一日、仕事部屋でぼーっと。

買ってきたカツ丼を食べてから、なんとなくネットで皇室の記事を見かけてそのままいろいろと流れるままに見ていたら、3時間ほど読みふけってしまった。遠巻きにうすらぼんやりいろんな風評を聞いてはいたが、こんなもりだくさんの偶像劇みたいになっていたとは。どれが本当かわからないけど、いろいろ想像しながら、あんまり口が悪いところは飛ばしつつ、楽しみながら読み、結局、どうせ真実はわからないんだから考えてもしょうがないと思い、読むのを終える。長い映画を1本、見た気分。

カーカが昨日、ふとんに寝転がってポツリと、「世の中はなんてどろどろとして汚いんだろう」と言ったので、「世の中が汚いんじゃないよ。人間の心が汚いんだよ。人の心の中に汚い部分があるんだよ。世の中は人が作ってるんだから。この世の中は人の反映なんだよ」。

人の汚いところを見て、自分の汚いところも見て、それでもその悲しみに屈せずに、すこしでもよき方へと立ちのぼろうとするところが人の尊いところだと思う。そこに希望を見出《みいだ》さなくて、どこにそれがあるだろう。

私が先月ウェブ上にひとりで勝手に作った、交流することを目的とした静かなファンクラブ「夏色会」の登録コメントを読むのが、今の私の毎日のひそかな楽しみになっているのだが、今日、「中一の息子がせっせとしげちゃんのファンです、学校の朝読書で早くしげちゃん本を読みたいそうです」というのが来た。きゃあ〜。次の『衝動家族』も、中一の彼が読むのかしら!? 楽しんでくれたらいいのだけど。それとか、「姉が銀色さんの本が大好きで私も影響を受けました。『銀色さんに会えるような気がする』と時々言っています。本当に会える日が来ると嬉《うれ》しいです」。はい。会えると思います。

さくの髪の毛が伸びて目に入りそう。早く切りに行こうよと言うけど、面倒らしく最後の日に行くと言う。気になるのでゴムで前髪をくった。嫌がったので「カーカが帰ってくるまでこのままでいて！」と頼んだ。カーカに見せたかったから。

それですごしてて、「どう？　すっきりしていいんじゃない？」と聞いたら、そう思ってるようだった。学校の宿題でバスケに関するレポートを書かなきゃいけないというのでパソコンを貸してあげた。うんうん唸《うな》りながら考えていた。

お風呂からあがったら、斜め前の洋服の部屋の引き出しにくつ下とパンツを取りに行くのが習慣だ。今日も出て、「くつ下、くつ下、パンツ、パンツ」と言いながら取りに行ったら、「くつ下、くつ下、パン」のところでさくが「ふふっ」と笑ったのが聞こえた。さくもパンツを取りに行くので、よくわかったのだろう。さくはちょっとした私の言動によく笑っている。

## 1月7日（土）

段ボールなどの大きなゴミを捨てに行こうとしたら、今日じゃなくて昨日だった。冷蔵庫に貼ってあったのは、去年のゴミの日程表だった。

カーカとさくとしげちゃんたちと温泉に行く予定だったけどカーカが友だちのところに泊まりに行ったので、さくの友だちをふたり誘って6人で出発。鶏の地獄蒸しを楽しみにしていたら今日は団体さんがいて食事はできないそう。ガックリ。さくたちは裏山の蒸気の吹き出る地獄に玉子を茹《ゆ》でに行った。アルミホイルにつつんで蒸気の穴に入れるとゆで玉子になる。私はしげちゃんと温泉へ。体が冷えていたのでかなり熱く感じた。すぐに慣れたけどよくあたたまる温泉なので熱くなり、出たり入ったりを繰り返す。しげちゃんはまだ肩までつかっていてすごいな、熱いの好きなのかなと感心した。若い団体さんが来たので、そろそろ出ようかとしげちゃんを見たら湯船の縁にねころがって「のぼせたわ」と言っている。さすがにそうだろうと思ったが、しばらくして立たせて脱衣所の長椅子まで連れていった時に、あれ？　これはちょっとまずかったかなと思った。かなり気分が悪そう。しばらく長椅子に横になったらだいぶよくなったと言っていたけど。

それから裏山にさくたちを迎えに行く。8個の玉子のうち1個どこに入れたかわからなくなったと言って蒸気の岩山の間をぐるぐる探している。「しょうがないから、あきらめなさい。前もあったよね。次は割り箸かなんか目印を立てておいたほうがいいね」

そして食事ができそうな他のレストランへ移動する。せっせが「しげちゃんが具合が悪いって言って寝てたけど、寝てたら治ったって。でもろれつがまわってない」と言うので、私が「あの温泉に長くつかりすぎたのがいけなかった。私でさえ熱かったのだからすぐに出すべきだった。自分で調節できないんだ。また脳の血管が詰まったのかもしれない。いけなかったいけなかった。しげちゃんを殺した殺した（殺してないけど）」と何度もしつこく言いながら山を下る。けどふたりはいたってのん気で、せっせは「かえって詰まるぐらいが僕はうれしい」と冷笑的。しげちゃんに「早口ことば、言ってみて」と言ったら、かえるぴょこぴょこや赤まき紙や東京都特許〜など、たどたどしくつっかえながらたくさん挑戦していた。

　しげちゃんはそのあとの食事の時、せっせの定食についていた大根の漬物がおいしかったからと言って、お代わりをもらおうとボーイさんを呼び止めようとして私とせっせに止められていた。


　今日の6時からどんどん焼き。カーカも帰ってきたので、焼きおにぎりを作って行く。今日はシスターMのバーベキュー網で一緒に焼かせてもらう予定。さくは友だちと遊んですごく疲れて眠いようで行きたくないと言っているけど、私とカーカにひっぱられて行く。ぐずぐずして出発が遅れた。点火の時がいちばん炎の勢いが強いのでそれをぜひとも見たい。堤防を歩いて行ってたら、途中で火がついた。ものすごい勢いで燃えている。ああ、近くで見たかった。5分早く出ればよかったねとカーカと言いあう。

　30分ほどしたら竹の炭ができたのでもち焼きを始める。さくは眠そうで、友だちも来てなくて、椅子で寝ていた。まるい杵《きね》つきもちが炭でぷっくり焼けてふくらみ、おいしかった。鶏肉も焼く。ホームレスみたいなおじさんが「これを一緒に焼いてくれませんか」ともちを2個持ってきたので、「いいですよ〜」とシスターが快くのせてあげた。そのおもちはヒビがはいっていてなかなか焼けない。先に焼けていたおもちや焼きおにぎりやウィンナーを皿にのせてあげた。喜んで食べていらした。おじさんが持ってきた硬いおもちもどうにか焼けて(ぷっくりとふくらまなかったけど)、それも渡した。おじさんはお礼を言って去っていった。あとで知ったのだが、そのおじさんは町で変人と呼ばれていた人だった。タイルや石で不思議な塀を作っていて、私はそれを見て「職人か趣味人」と思っていた。その石のオブジェはなかなかよかった。……そんなに変な人のように思えなかった。いい人そうだった。寒くなったので竹の炭に近づいてあたたまる。近づくとかなり熱い。でも火に当たってない背中はとても寒いので、ときどき体を前、後ろと、おせんべいのようにひっくり返す。

## 1月8日(日)

カーカが帰るので空港まで朝、送っていく。行く途中の車の中で、昨日の温泉のことを詳しく話す。

「のぼせたしげちゃんに脱衣所で服を着せたんだけど、たくさん着込んでるの。まわりに若い女の子達がいて気を遣ったよ。服を着るのを手伝ったんだけど、せっせは毎日こういうふうに世話してるのかと思うとせっせに感謝しないとって思ったよ。せっせが変わり者でも、しげちゃんのお世話をしてくれるからよかった。もしせっせが気取った人だったらやってないよね。そのあと休憩する部屋に帰って、しげちゃんがトイレに行くって言って、せっせがいたから、トイレに行くってと言ったら、あ、僕が連れていこうかって、すぐに連れていってくれたんだよ。ドアの前までだったけど」

カーカも「そうだね」と言ってた。せっせ。気も話も合わないし、ちょっと言葉の使い方を間違うと面倒くさいことになるけど、感謝しよう。

カーカは今日の夜、友だちとチョコレートフォンデュパーティするんだと言ってうれしそうだった。友だちがフォンデュセットを買ったらしい。材料、何にしようかなと考えていた。「いちごとバナナがいいんじゃない？　オレンジは水っぽくてあわないって言ってたよ」と私。「ポテチもいいかも」とカーカ。

夜、子どもの学校のPTAとして過ごしたある一時期の地獄の日々を乗り越えた仲間ふたりと飲み会。その頃の理不尽な出来事や人々に対する話が尽きなかった。私は期間がふたりより短かったので、主にしゃべったのはそのふたりだった。それにしても、あれがあったから普通に常識的な話が通じる人のありがたさをしみじみと思う。底意地が悪く横暴な人が周りにいないことがうれしい。そのあと、もうひとりの戦友が近所のドラッグストアで働いてるというので驚かそうと3人で会いに行く。眠かったのが目が覚めたと言っていた。それぞれにちょこっと買い物をする。私はなんにでも使えるオリーブオイルを買った。

行くとき、月がきれいだった。満月だったのかな？（調べたら満月は明日《あした》だった）

**1月9日（月）**

今日、さくと東京に帰る。

朝早くカーカからメールで、何時に帰る？　と。今、東京の家にいるらしく。寝てるかもと。それから、「こんなのが来たけどどういう意味？」と。見るとアマゾンからで、カーカがまもるくんってとこに注文した商品を出品者がまだ送ってなくて、あと5日で1カ月たつから、それまでに送られなかったらキャンセルになります。代金は返金します、ということだった。スマホのケースを買ったらしい。そう説明してあげたら、「お金払ったのに。どうなんのかしら。初めてねこんなの。まもるくん、口コミはかなり良かったけど、やっぱり流行《はや》りのやらせかしらね」「ぷふ。なに？　ああー、やらせね！　食べログね。そうかもね」

私はカーカがメールの時だけ使う女言葉が好き。

それから片づけしたり、荷物を送ったり忙しく動く。

午後、さくと東京へ。さくが帰るなり、「いいね」と言っている。こっちはこっちですっきりとした感じでいい。気が引き締まって働こうという気になる。どこもそれぞれにいいところがあるということかな。

カーカは私の部屋で寝ていた。

肉好きのカーカ。もつ鍋《なべ》食べたいと言うので、「健康的なのがいい」と言ったら、「にんにくなんて健康だよ。力だよ、力！」と力強く。で、家で焼肉。

明日、婦人科へ行って診察の結果を聞いてくる。カーカに、もし悪かったらがん0期で手術だってと話したら、「来たんだよ！　もうそういう時期が」と言う。「生きてる人間としてね。年齢的にね」と言ったら、「(治療するなら)早い方がいいよ」って。

そのあと私の部屋でぐたぐた。ベッドでユーチューブを見ながら、何見たんだか、「日本はいいねえ〜。この国っていいよ。カーカたち、よくこんないい国に生まれたね」としみじみと言ってる。どこかの国の悲惨な事件のニュースを見ているらしい。「そうだよ。日本はいいよ」と私も賛同する。よく考えるとすごくいいよ。おとなしくて平和だよ。

## 1月10日(火)

朝早く、目が覚めたのでふとんの中で考える。

今日の検査結果が気になる。昨日の夜、眠る時も考えていた。気が重い。で、もしガンだったらそれが私の人生だから、その人生を生きようと思う。そういう人生を自分で決めてきたのだと思うから。その中で自分らしくいながら治療することに集中しよう。

そしてもしガンじゃなかったら、今やりたいこと、読者との交流をしたい。これからそれを楽しくやっていこうと思った。

朝起きて、さくが登校して、カーカはまだ寝ている。いろいろ連絡メールなどしていたらもう行く時間だ。あわてて出発。11時に病院について、連休明けだからか人が多かった。心配な気持ちで待合室で待ってたら、何人か後にやっと名前を呼ばれた。入ると、先生が「その後どうですか？」などと聞く。経過を話したら、検査結果を教えてくれた。内膜なんとか症の軽いやつらしい。4段階のいちばん軽いもの。内膜なんとか症の疑いがある程度。ホッとしたけど、前回の簡易検査でも「疑いがある」で、今回も同じ。ということはそれほど脅かさなくてもよかったんじゃないか？　この先生、言い方が大げさじゃないかなと、話しながら思ってしまった。ガンという言葉は再検査して悪い結果が出てから言えばいいのに。なんとか症の疑いがある、って段階で言うから考えるタイプの私はずっとちょっと気が重かった。もし同じ状況で私が先生だったら、「子宮内膜増殖症（っていうのだった）の疑いがありますので再検査しましょう。まずその結果を見てみましょう」にとどめる。疑いがあるって程度だから。そして4段階の中のどれくらいかっていうのがわかってから先を考える。

ま、いいか。よかった。これで次の方針が決まった。帰りながらカーカに「ガンじゃなかったよ」とメールした。

サラダを買って帰って、食べて、部屋で仕事してたら、やっとカーカがぶたーっと起きてきた。お腹すいた、なんか作って、とうるさい。

「なんでママが？　もうおっきいでしょ？」

「早く早く」

「ちょっと待って、ここまで書いてから」

では、カーカのところに行ってきます。

ではまた。

# しゅるーんとした花《はな》影《かげ》

つれづれノート㉑

銀《ぎん》色《いろ》夏《なつ》生《を》

角川文庫 17307

平成二十四年三月二十五日　初版発行

発行者―井上伸一郎

発行所―株式会社角川書店
東京都千代田区富士見二―十三―三
電話・編集（〇三）三二三八―八五五五
〒一〇二―八〇七八

発売元―株式会社角川グループパブリッシング
東京都千代田区富士見二―十三―三
電話・営業（〇三）三二三八―八五二一
〒一〇二―八一七七
http://www.kadokawa.co.jp

印刷所―暁印刷　製本所―本間製本

装幀者―杉浦康平



き 9-21　ISBN978-4-04-100195-0　C0195

# 角川文庫発刊に際して

角川源義

第二次世界大戦の敗北は、軍事力の敗北であった以上に、私たちの若い文化力の敗退であった。私たちの文化が戦争に対して如何に無力であり、単なるあだ花に過ぎなかったかを、私たちは身を以て体験し痛感した。西洋近代文化の摂取にとって、明治以後八十年の歳月は決して短かすぎたとは言えない。にもかかわらず、近代文化の伝統を確立し、自由な批判と柔軟な良識に富む文化層として自らを形成することに私たちは失敗して来た。そしてこれは、各層への文化の普及滲透を任務とする出版人の責任でもあった。

一九四五年以来、私たちは再び振出しに戻り、第一歩から踏み出すことを余儀なくされた。これは大きな不幸ではあるが、反面、これまでの混沌・未熟・歪曲の中にあった我が国の文化に秩序と確たる基礎を齎らすためには絶好の機会でもある。角川書店は、このような祖国の文化的危機にあたり、微力をも顧みず再建の礎石たるべき抱負と決意とをもって出発したが、ここに創立以来の念願を果すべく角川文庫を発刊する。これまで刊行されたあらゆる全集叢書文庫類の長所と短所とを検討し、古今東西の不朽の典籍を、良心的編集のもとに、廉価に、そして書架にふさわしい美本として、多くのひとびとに提供しようとする。しかし私たちは徒らに百科全書的な知識のジレッタントを作ることを目的とせず、あくまで祖国の文化に秩序と再建への道を示し、この文庫を角川書店の栄ある事業として、今後永久に継続発展せしめ、学芸と教養との殿堂として大成せんことを期したい。多くの読書子の愛情ある忠言と支持とによって、この希望と抱負とを完遂せしめられんことを願う。

一九四九年五月三日

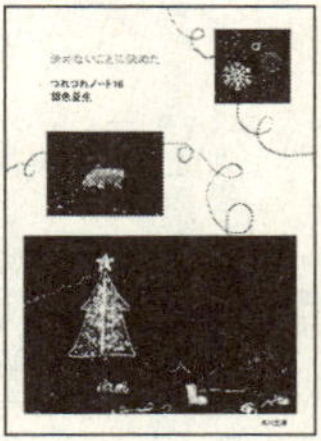

ISBN978-4-04-167373-7 C0195

# 決めないことに決めた

## つれづれノート⑯

このシリーズも16冊目ともなると、
まるで読者の方々と
身内のように深い信頼と愛情で
つながっているような気がしてきます。
なにがあっても離れない。
暗号さえも、通じるのでは？
永遠の、友達でいましょう。

角川文庫　銀色夏生の作品

ISBN978-4-04-167375-1 C0195

## きれいな水のつめたい流れ

### つれづれノート⑰

私は今、見晴らしのいい高台から、
私の人生のすべてを振り返ってみる。
ほとんどのことをやってきた。
でもただひとつ、やり残したことがある。
それは一人の男性を愛するということ。
だから、次はそれに挑戦したい。

---

角川文庫　銀色夏生の作品

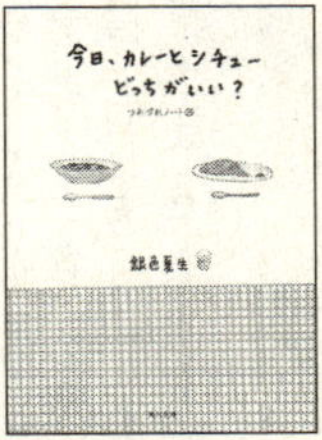


ISBN978-4-04-167377-5 C0195

## 今日、カレーとシチュー どっちがいい？

つれづれノート⑱

私たちはクリスタルを
見つけながら進んでいる。
目的地に向かって
道のない森の中を歩いている。
何かを作るって、
すべてがそうだね。

角川文庫　銀色夏生の作品

ISBN978-4-04-167378-2 C0195

## 出航だよ　つれづれノート⑲

前巻より三カ月という
短いインターバルですが、
今回はたくさん書くことがあり、
臨時に刊行することにしました。
ゆっくりよんでください。

---

角川文庫　銀色夏生の作品

ISBN978-4-04-167382-9 C0195

## 相似と選択　つれづれノート⑳

吹いてくる風に身をまかせたら、
どこへ飛んで行くだろう。
風船を持つ手を離してみる。
風船はみるみる高く、
見えなくなる。
でも風船からは広い世界が見える。

角川文庫　銀色夏生の作品

## ばらとおむつ

脳梗塞になった母、しげちゃん。
兄、せっせによる介護記録と、
日常のあれこれ。
まわりにいる風変わりな人たちや、
子どもたちとの会話を織りこみ、
毎日はつるつる過ぎていきます。

ISBN978-4-04-167365-2 C0195

角川文庫　銀色夏生の作品

ISBN978-4-04-167380-5 C0195

# しげちゃん田んぼに立つ

## 続々「ばらとおむつ」

老化とともにだんだんと、
いろいろな機能がおぼつかなくなること。
それは悲しくつらいことのようですが、
自然なことと思えば自然なことです。
母しげちゃんと兄せっせの、
果てしなくマイペースな介護の記録。

---